中国当代
作家小说集

陈斌先

著

HAN QIANG

中国文史出版社

为有源头活水来（总序）

温亚军

以网络为主流传播媒介的这个时代，文学所面临的挑战、创作的生长点以及得失，大家时常挂在嘴边，却无能为力。是的，我们对自己也是有提醒的，对文学的新动向应该进行反思，对其有一个清晰、全面的认识，并做出客观的评价。比如对现实生活中矛盾的大胆触及，注重塑造转型期新的人物形象，区别与以往人物性格的重复，增加时代内容的融入，社会气息的强化，平凡的人物性格等多样性与更新趋势方面，虽然不是为了迎合，但是否有所改观？我们对网络的冲击除了接受，别无他法，可始终在安慰自己，纸质阅读带给人的精神愉悦，总好过徜徉在俗世里平庸琐碎的纷纷扰扰。而清浅淡远的生活，也终是热爱生命的人殊途同归的期冀。那好吧，我们还在坚持纯文学创作的这群人，最终发现希望值得等待，有些失望也值得经历。

"锐势力·中国当代作家小说集"是中国文史出版社推出的一套品牌图书，在纯文学日渐式微、图书市场极其疲软的今天，该社编辑全秋生谋篇布局、倾心打造，为致力于中短篇小说创作的实力派作家提供一个展露成绩的阵地。众所周知，网络横行的此时，纸质阅读的空间几乎日渐稀薄，尤其文学作品，这是个不得不承认的事实。作为责编，全秋生先生坚持纯文学本心，坚守纯文学出版平台，他编辑这套丛书所面临的各方压力，未来市场的销售难度有多大，我们是可以想象到的。但他还是冒着风险坚持下来，并且在选择作者、书籍装帧上更加严格、考究，使这套丛书日趋精致、高端大气，符合大众的品位。此举于纯文学作家的创作来说，无疑是一种福音。

"锐势力丛书"第二辑中的这八位小说家，大多人我未曾谋面，但从各类刊物中读过他们的作品。单从作品上来看，他们对小说文本的探索，有自己的理解和认识，对小说艺术的追求，有较好的能力和把握，他们创作出了无愧于小说意义的文本。可以说，他们在小说领域各有千秋，而且，有些作家已经取得了不凡的成就。

陈斌先的小说从细微处着笔，艺术地再现了生活，具有很强的思想性和艺术性。收在这本集子里的七部小说，叙述的风格不尽相同，但就其故事背后所体现的大悲悯情怀，或娓娓道来，或抽丝剥茧，或深沉哲思，都饱含深情，包括作家采撷了一个又一个生动细节，塑造的一系列鲜活的人物形象等，可以窥探出作家的艺术情怀和艺术探索。比如作者所写的寒腔，是庐剧的一种唱腔，庐剧人的寒苦，水月、长生的挣扎、坚守和追求，尤其代表物质和当下世俗层面的句一厅与水月的精神对峙等，有了较深探索。《寒砚》写老大的一次善意赠予，造成授受者精神的异化和挣扎。《操守》写卤菜摊主小昭的片刻游离所带来的痛苦和挣扎，其故事背后呈现的面貌，值得深思。

王传宏的中短篇小说大都聚焦普通人的日常生活，以冷峻而细密的笔触描摹出他们的孤独、焦虑与失望。她的小说有一种奇异的色彩，沉稳而不安，动荡而释然。那些在时间的风尘中不断挣扎的人们，被流水般的过去与梦魇般的现实牵扯着，在那团从他们的心灵深处升腾而起的雾霭里踯躅、徘徊着。而这一切，总是被王传宏拿捏得恰如其分。王传宏的文字极富张力，饱满而冷寂，紧致而悠远。里面既有不动声色的平实，也有出人意料的绚烂。作者热爱她笔下的人物，把这种热爱隐藏在自己的文字之中，极富耐心地构筑起一个个小小的世界。这其实在某种程度上也造就了她作品特有的气质，绵长而柔韧的文字中所涌动的奇光异彩。

晓秋以女性的眼光，对准她所生活的城市背景，对城市的历史和生活的整体性做着追忆式的拆解和重构。她作品里的各色人物，如时光一般缓慢，他们的心境也如缓慢流淌的河水，在沸腾的时代背景下，再怎样暗流汹涌，依然对生活抱着希望和美好的幻想。晓秋的作品注重城市的人与自然、人与历史、人与时间、人与地域的关系，将人的行动放置在阔大的文化视野中加以审视，意境由此幽远起来。她打量当下都市生活中的女性群体，她们的情感、婚姻、家庭，还有友谊，于浓密的生活质地中把握住了火候，于婚姻的烦琐里写出了练达，于微波细澜的情谊里见著温暖。

叶炜的小说创作努力拓展乡土文学的书写空间，重新反思人与土地的关系变化，其乡土叙事聚焦一个区域、一个村落和区域文化特质，呈现出独具个性的乡土书写立场和姿势。同时，叶炜的乡土小说以全景式观照和"非道德"视角审视两种方式书写民族心灵史，在人与土地关系的视野中发掘和表达乡土中国的精神存在。如何在乡土的视野中去探索乡土中国更多的书写方式与路径，是叶炜及其小说创作带给我们的重要启示。

赵剑云的创作纯真而又深刻，她的小说关注更多的是平凡人物和普通人的生活，人物很现实，事迹很平实，却以一颗悲悯之心体察生命，由此实现了对命运及时间之河中的存在之思。赵剑云在自己的小说中，强化了日常生活中的温暖和爱意。她擅写感情，尤其是爱情，她从女性视角出发，叙述当下中国人的家庭、婚姻和情感生活，追随着人物波澜起伏的情感，探寻人物或柔软或幽暗的内心世界。她细致温婉地表达了对于中国社会精神情感状态诸多缺失元素的关注，例如情感的隔膜、亲情的淡漠、友情的缺失等等。赵剑云习惯书写杯水的微澜，小事之光，生活生命中那些纤细的、毫发的温度，以及由这温度而影响到的内心，赵剑云构建的是一个有着毛茸茸质感的情感世界，她体察、审视着那些和青春相关的冲动、爱情和孤独。

曹永出道就拓土开疆，构建自己的文学地域。他建造的野马冲镇和迎春社村，俨然已成他的地理标识。在这个相对闭塞的蛮荒世界，没有常见的田园牧调，由于恶劣的自然条件和生存环境，处处展现出人类的懦弱与偏执、无助与挣扎、粗野与凶残，他们似乎永远活在压抑和焦虑之中。这片领土上居住的民众，虽然活得像野兽般坚忍顽强，但生命的质地却无比脆弱，随时有可能被意外事故所折断。曹永的小说语言朴拙，棱角分明，故事在推进过程中没有多余的渲染，显得干净利落。他作品散发出力量的冲击，以及让人震颤的审美快感。感性的生活经历和理性的社会思考，形成他独特的写作风格，也让他在有限的叙事里，展示出无限的空间。

常芳的小说有厚重的文化思考，她有着温婉的书写姿态，不动声色的价值批判，在温情与诗意的文字下，直面广阔的世界。以中篇小说《一日三餐》《你在木星上有多重》《左青龙右白虎》为代表的市民生活系列小说，以中篇小说《纸环》《撒拉弗的翅膀》《冬天我们去南方》为代表的反映当下知识分子精神困境的小说，敏锐地捕捉现实与日常生活，呈现出人的本真存在以及与这个变化世界的复杂关系。以短篇小说《蝴蝶飞舞》《白色蝌蚪》《一只乌鸦口渴了》为代表的成长小说，在关于少年们成长的小小欢乐之外，更多的是呈现时代和命运的不可抗拒，以及少年们成长路上所背负的沉重和无助。

杨帆的作品试图展示不同阶层的个体在社会环境下的际遇，人的吃饭问题、安全感、幸福指数、情感与理想等等。杨帆近年偏于社会题材，在作品中继续质疑、探讨这些问题：经济与文化、自然与社会是否可以脱离，科学、艺术能留给后代什么，在先进与传统、个人与集体之间如何前行；房屋的功能是什么，不同阶层的人能否相爱，人的物化与物的人化完成后人类将走向哪里等等。杨帆将本来沉重、严肃的命题简约到用文字叙说来表达，然后再依靠文字的奇特功效"以小见大"，从而实现自己的文学表达目的。这一从具体到抽象、再通过抽象还原到具体的技巧，使得她的作品具有较大的扩张力和震撼力。

八位作家的中短篇小说在虚构能力、人性开掘上都有值得肯定的地方，因为大家的共同坚守，使纯小说领域的色彩更加丰富。大家都知道，小说是作家想象力的产物，说的核心品质在任何时候都是复杂的，而不是简单地表达一段生活经历，或者说故事。这个时代，还在保持传统阅读的人们对小说解读或多或少存在着一些偏差，甚至带有些许鞭挞社会现象的期待和给予混浊呼吸以彻底颠覆的情绪，致使小说作品的负荷时常超重。再就是，越来越多的诱惑对作家本人的冲击，致使某些作家很难沉静下来，认真面对小说的意义去创作。加上一些读者的误读，使一些作品奋不顾身地往"真实生活"上靠拢，有些作家越写越现实，越来越缺乏想象力，使小说创作越来越没有了难度，有些基本上就是现实生活的翻版，这显然削弱了小说的实质意义。

一个作家的观感、视角，也就是一个作家的价值判断能力，或者异质性的经验，是作家对生活不断地阐释，对生活的空间以及多变的外部环境做出充分的估计，在创作中不断地加入自己的思想认识，启发他人更加自觉地去发现生活中隐秘的一些事物，这应该才是我们创作小说的初衷。

愿与诸位共勉。

2019.11.28 于京华

（作者系第三届鲁迅文学奖得主）

目录

CONTENTS

寒　腔

一

长生走到僻静处，大声嚷，你委屈？谁不委屈？

电话那端的水月气息凝滞，一直不吭声，长生软了脾气，放低声音说，姑奶奶，算我求你行不行？

水月挂了电话，长生使劲吸口气想，跟谁较劲？拍拍心口才走进餐厅，见大家并不在意，立马换上笑脸，走到句总身边说，水月会来的，不行边吃边等？

句总原先叫句一堂，成事后，别人句一堂、句一堂地喊，他听着别扭，一沟一塘的，什么鸟？一次醉酒，别人喊他句一堂，他虎着脸说，从此叫句一厅了。别人以为他玩笑，谁知他酒醒后坚持让别人喊句一厅，并说，梦里神仙赐的。大家见句总认真，真的喊他句一厅了。熟悉后，朋友干脆省略了句姓，一厅一厅地喊，喊来喊去，把"厅"字喊出了特别的含义，啥厅也大不过一厅，敢叫一厅的是什么单位？

句总相信水月最终会来的，拗得过去吗？见长生弯下腰，呈巴结状，得意说，我们等。

长生知道麻烦来了，句总说等，大家都得等。长生气得牙疼，这个水月，较劲啥嘛。不行，还得打电话。见句总安心捣蛋，长生咝溜跑到外面，又打水月电话。

水月这回真的关了机。长生气得牙缝都能喷出火星，拨通丁小山电话喊，去，绑也要把水月绑来。

1

丁小山听长生火冒三丈的样子，嘟囔道，我懂了。

长生叮嘱，二十分钟赶到。然后说了酒店的地址。

挂了电话，长生松口气，顺着酒店，找到一处竹丛，不停调整呼吸。说实在话，长生受不了句总的烟味，也受不了那帮人说话的口气，说白了，他也不想参加这样的饭局，可为了剧团，为了发展，就得受些委屈。气息周正后，难受滚上心头，悲凉汩汩而出，用寒腔哼唱：寒露正端凝，苦霜霜，愁煞西庐人。这是长生喜欢挂在嘴上的唱词，水月厌烦长生唱来唱去的，听烦了，对长生嚷，苦霜霜的不仅仅是庐剧，还有人。长生那会儿缩了脖子，好像人也矮了几分。

庐剧以古庐州为中心，分为东庐、中庐和西庐等，西庐融合了大别山民歌还有淮河中游花鼓灯的动作要领，形成了以民歌小调为主，辅以欢快、俊逸的舞蹈动作，形成了一种别有情趣的小剧种，深受当地群众的喜欢。这些年，电影院一棍子都打不到人，别说庐剧了。辛辛苦苦排出一场戏，送戏下乡，也没有几个人，即便吆喝来了一些人，也是一群磕磕绊绊的老人，年轻人谁还看戏呀？

老人们自然懂庐剧的，还能细分花腔、二凉和寒腔，包括二凉转寒腔也能听得明白的，无论到了何地，支起戏台，总有老人喜滋滋地说，什么都能丢，庐剧不能，现在的歌呀舞呀，哪有看庐剧带劲？

这给了长生莫大的安慰，长生感到多年的坚守有了回应，忙问，咋个带劲？说说心中带劲的滋味。

老人说，小调味，就像小吊酒，迷吼吼的。

长生受到了鼓励，多了一份感动，眼睛湿湿地想，非遗传承，需要的是坚守，毕竟还有这帮老人，不信唱久了，年轻人听不进去。

长生擅长唱寒腔，常说，寒腔才是庐剧的魂魄。每每唱起，那份薄薄的悲怆像长生的情绪，添上了寒，带上了苦，盘结在心里，多了一份惆怅。尤其躲在嗓子背后的尾音，似声非声，来回撕扯人心。

哼了几句，气息彻底平复了起来，长生这才感觉手脚冰凉，毕竟初冬了，外面到底寒凉，甩甩胳膊、搓搓手想，丁小山能不能绑来水月呢？

句总因为赢牌，笑一直挂到耳根，见长生进来，随意问，快到了吧？

长生说，不行我们边吃边等？

句总说，等了半天了，不在乎一会儿。

句总说不急，大家都说不急。

另外站着的几个，哧哧笑，笑声轻薄，长生明白那些笑的暧昧和轻佻，看着句总想，什么玩意？心里泛冷，到了脸上变成了热情，起码笑脸看起来暖乎乎的。嬉笑怒骂都可以任意装扮，热乎乎的笑脸更不在话下，长生赔着笑脸说，句总懂庐剧，才等水月的。

其他人附和说，那是，谁不知道句总痴戏、痴水月呢。大家说完，哈哈笑了起来。

长生知道大家笑声的短长，只得装糊涂。为了庐剧团，"难得糊涂"也是境界，他把印制的郑板桥字画挂在办公室显著位置，常常对着字和竹子想，难得糊涂，就是明白了是非，装作糊涂。只是笑脸好装，糊涂难扮，明明清醒着，却要佯装糊涂，难呀。别人见长生整天混混沌沌，糊里糊涂，讪笑问，不憋屈？长生说，为了庐剧，憋屈也得忍着。那些人说，憋屈自己，不值。长生嚷嚷说，京剧大师都跑了堂子，不憋屈？说话的又说，国粹呀，可怜的戏剧。长生不服气，戏剧不可怜，可怜的是那些不懂戏的人。

一次朋友饭局，一人不知深浅，随口说了句，庐剧属于淫词滥调的"倒七戏"，下三滥东西。"倒七戏"是庐剧的前身，新中国成立后改称了庐剧。那人还算懂戏，说出了庐剧的来历。不说"倒七戏"长生不会不生气，说了，说明那人懂戏，既然懂戏，却说了这等轻薄之词，长生突然翻脸说，庐剧还当过大清国的国歌呢。说来话长，那是清光绪二十二年的事情，李鸿章率大清国出使团访问欧美六国，在德国，威廉二世为李鸿章举行了盛大的国宴。宴会上，威廉二世让各国使节唱本国国歌，当时大清朝没有国歌，李鸿章灵机一动，当场把家乡的"倒七戏"搬出，唱道：金殿当头紫阁重，仙人掌上玉芙蓉。太平天子朝元日，五色云车驾六龙。权作大清朝的国歌，终究糊弄了过去。长生说的就是这段逸事，说完逸事，长生并不打算给那人留面子，不屑地说，贵为当地人，也算懂戏的，如此轻薄庐剧，可见缺了滋味。说完长生当场拂袖而去。

问题是长生一人改变不了庐剧凋萎的现实，几十个庐剧演员只怕唱破嗓子也赢不了庐剧的春天。好在市里抓非遗项目的传承，给了一些经费，才不至于剧团彻底倒下去。可那点钱杯水车薪，如何能振兴一个剧种呢？说白了，一个剧种的振兴需要社会大环境，更需要年轻演员，抓戏得从抓演员开始。

专业人士说，现在年轻演员，早按捺不住寂寞，七七八八的，一代不如一代。

长生和水月听到这样的话很不服气，年青一代的唱腔弱过谁？长生说，就唱腔而言，水月早超越了上辈人。包括形体动作，水月一直在做新的挖掘和探索，怎么就一代不如一代了呢？

长生为此常对演员说，忍得住寂寞方得重生，我们不要憋屈，我们熬下去。

水月知道熬的滋味，水月说，当团长得学会化缘，找赞助，演员也要吃饭不是？

长生好不容易找到句总，一个痴迷水月的人，可水月听到是句一厅，鼻息说，就他？给八千万，我也不会低头的。

长生说，难得糊涂，演戏不会？

水月说，跟他演戏？丢的不是面子，是骨气。

长生说，我们还有骨气吗？脊梁骨早断了呢。

水月说，那是你，我只要还有口气，就会挺直腰杆的。

想到这里，长生心里更不是滋味，这么委屈水月，到底对不对？掏出电话，再次打给丁小山，丁小山说，绑来了，车上哭呢。

长生心里塞上一团东西，他感觉那团东西特别污浊，一直翻滚，他揉揉心，拍拍嘴，呼出口长气想，干吗哭呢？真委屈可以不来嘛。对不起水月，我也是没有办法呀，过了今天，有气冲我撒好了嘛。

二

水月穿了一件驼色的羊绒大衣，里面罩着一袭青色的长裙，乌黑的头发上卡着意大利产的琉璃发箍，细长的脖子上专门挂了件彩陶的链子。水月笑吟吟地走进门。

长生知道水月的泪都在笑的背后。

句一厅见水月走进餐厅，丢下扑克牌说，吃饭。

大家丢下牌，有人急着上洗手间。

句一厅看着水月笑，讪讪说，知道你会来的。

水月说，我给我自己面子。

句一厅敞开嗓子，哈哈笑着说，我也是给我自己面子。

长生的笑比较吝啬，轻微得就像房间里萦绕的薄薄烟雾，句一厅见长生皮笑肉不笑的样子，说，我最见不得你这等似笑非笑的人。

长生受到了埋汰，咧大嘴，发出比哭还难听的笑声。

句一厅说，甭装了，说，打了多少电话？才请来我的女神。

水月一阵恶心，打个榧子，遮挡心里的浊气。既然来了，就得帮下长生。她恨长生没有骨气，明知道短长，逼自己出场，想把自己身上这点骨气也逼走咋的？来的车上，水月边哭边骂，长生，你混蛋、庸俗、恶心。

丁小山劝，你骂他不是骂戏吗，为了戏，他苦着呢。

水月说，那也不能不分对象，低三下四。

水月来了，只想把句一厅当玩意，听句一厅说女神，呵呵笑着说，只怕句总的女神多到天上去了。

句一厅见水月给台阶，这才放松情绪说，谁又能跟你比呢？

酒至半途时分，水月恶心发作起来了。她不能闻臭豆腐味，那种味道勾起她想吐的感觉，她拿起餐巾纸，捂住嘴，接连干咳了几声。句一厅喜欢吃臭豆腐，他对别人说，豆腐臭了才好吃，大鱼大肉，哪能跟臭豆腐比？

水月走进洗手间，干呕了一会儿，平静了心情，再到桌上，变了一个人似的，满脸绽放着少有的笑意。本来水月不太喝酒的，高兴的时候，也许会喝上少许，当然红酒居多。今晚她想，既然来了，就得把戏演下去，她挑衅似的对句一厅说，不就是喝酒吗？我怕了你？

句一厅受到了挑战，突然来了情绪，站起来说，我知道你懂事。

长生怕水月喝多了，急忙拦住说，要喝也是我来。

句总说，不能喝，唱呀，她唱一段，我喝一大杯。

长生挑明说，哪有喝酒唱戏的？又不是卖唱的。

句一厅说，喝酒听戏才有味，皇帝老子喝酒还让人伴舞呢。

长生赔着笑脸说，句总懂戏之人，拿戏佐酒，说不过去。

没想到水月拦住了长生的话头，水月说，句总这么说，我倒乐意，我本来就是个戏子，唱戏就像吐口气一样简单。好，我唱一曲，你喝一杯，我还丢得起这个面子。

句一厅说，唱吧，有钱，一曲一万，我也给得起。

水月恶心拥堵到嘴边，她忍住那口恶心，唱：梦回莺啭，乱煞年光遍，人立小庭深院。汤显祖《牡丹亭》中的词句，寒腔唱出，多了血泪和悲凉。

长生喊，水月，你在作践谁？

水月唱：遍青山啼红了杜鹃，荼蘼外烟丝醉软，生生燕语明如翦，呖呖莺歌溜的圆。不就青楼之唱吗？《牡丹亭》还不过瘾？

句一厅连连喝了两杯，眯着眼睛，沉醉在寒腔里。

水月转调，二凉唱起：这青苔碧瓦堆，俺曾睡风流觉，将五十年兴亡看饱。那乌衣巷不姓王，莫愁湖鬼夜哭，凤凰台栖枭鸟。残山梦最真，旧境丢难掉，一曲哀江南，悲声唱到老。词是孔尚任《桃花扇》中的唱词，高亢嘹亮。

水月哪是唱戏？分明拿手掴长生的脸，长生泪光涔涔的，低下头去。

句一厅又接连喝了三杯，高嚷，五万，五万呀。

水月差点没有当场吐出污秽，她捂住嘴，停了声。

长生和水月均师从武二妹，演《猴子捞月》时，武二妹对水月说，水中之月，空灵流转的，就叫水月吧。老辈戏人，都喜欢徒弟起个艺名啥的，有的唱红了某个戏，外人赐的。花旦的艺名多半老师赐的，武二妹赐名水月，水月不能反驳的。水月入团，说出了艺名，大家哧哧笑，水中之月，空喜欢一场，武老师咋想的？

长生是个男孩，武二妹重男轻女，私下对长生说，男人靠自己打拼，博得艺名才算正经。长生演完洪昇的《长生殿》，终于得来一片叫好之声，从此人们就喊他长生了，长生和水月，一直相伴而生。

长生不忍心水月糟蹋自己，水月不是唱戏，是拿戏作气，折磨他呢。他站起来说，别唱了，再穷也不差十万八万的。

句一厅正在兴头上，被长生打断，不太高兴，站起来对水月说，这等悲情唱词，别人只怕不懂，何不来点现代的？

长生越发委屈，看着水月。

水月缓口气，居然听了句一厅的，唱起了《望月》《长城长》，唱到《长相依》时，大家齐声喝彩说，到底是专业水平，没想到流行歌曲也唱得这么好听。

你说我俩长相依

为何又把我抛弃

水月把几处哀怨、娇嗔，处理得十分细腻、到位。听得句一厅摇头晃脑，跟着打起了节拍。一干人入迷时，水月停住了唱，说，喝酒呀，算算多少杯，一起补上。

句一厅说，真的不能喝了，看看，几个人都醉了。

水月说，说好了的，不能言而无信吧？

句一厅说，又不是生意场上，助兴嘛。

助兴？句一厅不能糟蹋人？长生忽地站起来说，诚信是美德，像句总这等老总岂能不守诚信？说完长生话锋一转说，就唱到这了，钱不钱的可以不当真，酒一定要喝了去。

水月说，一分都不能少，句总吐口唾沫是根钉。

句一厅脸红脖子粗说，有本事你还唱就是。

水月脸色不好，扭过头看长生，长生说，我唱，我唱行不？

句一厅说，你唱的一文不值。

长生闷声喝光了酒，大声说，我罚酒还不行？

水月知道长生赌气，她也赌气，你长生要的不就是这样的效果吗？

长生喝干了酒，有些站立不稳，水月眼圈红了，红红的眼圈中罩着冷冷的光晕。

吃罢了饭，句一厅喊着司机，记住，一首歌一万，加上去。

水月再也控制不了嗓中的那口恶心，她跑进洗手间，哇哇吐个不停，那不是吐，是厌恶，厌恶翻滚，心里有了清音：你道是翠生生出落的裙衫儿，艳晶晶花簪八宝钿，可知我，恰三春，处处无人见。

水月走出洗手间，花容尽失，满脸凄凉。

句一厅看看水月说，还算懂事，我句一厅要的就是面子。

长生说，钱的事，句总要尽快兑现呢。

7

句一厅打个响嗝说，包括追加的。

丁小山一直候在外面，见长生跟水月上车，一脚油门后，车歪歪倒倒蹿到街上。那会儿天黑透了，灯光纯正了些，对面大灯晃得长生睁不开眼睛。长生扭过脸看水月，见水月泪水挂在睫毛上，这才知道真的伤了水月，他痛彻心扉地说，要不请你喝杯茶？

水月不说话，丁小山放慢了车速。长生听水月不吭声，便对丁小山说，送她回家吧。

丁小山加快了车速，嘟囔道，让水月这么干，我都心疼。

水月说话了，水月说，不是说请我喝茶嘛，走呀。

长生那会儿电话响了，接听电话的时候，长生说，快到家了，路上呢。

水月知道长生老婆催场子，没好气地说，假客气。

三

水月到家用冷水洗把脸，喝杯牛奶后就坐在沙发上。娘的照片很大，彩色的戏装照，挂在墙上。娘活着的时候照片就挂在那里。

水月对娘说，长生欺负人。

娘叫洪霞，洪霞始终一个表情。

水月说，娘，我真的不该去，女儿丢人了呢。

洪霞还是微笑不语。

水月说，他是句天蓬的儿子，跟我较劲呢。

知青下放那会儿，洪霞嗓子出了名的好，那时候庐剧红火，演《沙家浜》《红灯记》等都用庐剧唱腔。洪霞成了知青的名角。地区庐剧团招人时，公社书记爱惜人才，推荐了洪霞，洪霞从此到了地区庐剧团，没几年就成了团里的台柱子。

句天蓬在地区文化局开车，是个庐剧迷。由迷庐剧开始，最后迷上了洪霞。洪霞成名后，只要有洪霞的戏，他场场必到。

那时洪霞还没有结婚，句天蓬已是两个孩子的爹了。

追戏中，句天蓬失去了定力，变成了追人。

洪霞提醒说，我可不是随意之人。

句天蓬说，知道。

洪霞说，被你闹出闲话了。

句天蓬说，喜欢听戏没错，喜欢你更没错。

洪霞说，你怎么能这么说呢？

句天蓬说，你唱得好听，人也好看。

团里人明显看不起洪霞，说洪霞不道德，跟句天蓬不三不四的，最后传言说，洪霞的冷傲都是装出来的，她看中的是句天蓬背后的局长。后来洪霞当上了副团长，闲话更多了，说都是句天蓬背后使的劲，没有他牵线搭桥，局长不会赏识洪霞的。局长是五十多岁的工农干部，朴实得很，听了几场洪霞的戏，剧团调整干部时，局长说，洪霞行。本来无可非议，问题夹杂一个句天蓬，给了人们嚼舌头的机会。

洪霞当了副团长，句天蓬更加痴迷洪霞，有事无事就给洪霞打电话，无事天天赖在剧团里。洪霞急了，这么下去，真的不清不白了。不行，得把自己嫁出去。问题是传言多了，影响了洪霞的名声，谈了几个，听到句天蓬，最后又销声匿迹了去。洪霞知道都是句天蓬闹坏了她的名声，一次句天蓬找她，洪霞问，为啥要害我呢？

句天蓬说，我害你，我咋会害你呢？

洪霞说，你弄坏了我的名声。

句天蓬说，喜欢庐剧没错，喜欢你更没错。

洪霞说，再这么下去，我会找嫂子的。

句天蓬说，与她何干？痴迷是错吗？

句天蓬除了痴迷，确实没有做出任何出格的事，可是句天蓬见天这么纠缠，洪霞堵不住大家的嘴。发展到最后，只要句天蓬来了，洪霞就躲起来。躲避句天蓬，给了别人更大的猜想空间，没啥躲啥呢？

句天蓬有天把洪霞堵在上班的路上问，为啥躲我？

洪霞问，你难道失去了理智？

句天蓬说，内心干净，怕甚？

洪霞说，痴迷不能陷进去。

句天蓬哈哈大笑说，我已经陷了进去。

洪霞"呸"了口句天蓬，骑车绕行而去。

那是一个阳光不错的下午，洪霞正在排练厅排戏，句天蓬的老婆带来了几个亲戚，抓住洪霞便打。大家都愣了，不知道拉还是不拉？洪霞被扯下好几绺头发，还被扯破了上衣。洪霞那天并没有哭，她收拾完自己，就递上了辞职报告。团长把洪霞的辞职报告转交给局长，局长听了事情经过，骂了句天蓬，说他胡闹。后来局里没有批复洪霞的辞职，没了下文。可那之后，多了更多的议论，大家说，句天蓬罩不住媳妇，还花心。看不惯句天蓬的，借机把话往难听里说，说他有家有室的，还勾引人，真不是东西。句天蓬不停解释，越解释，大家越不信，句天蓬恼了，回家把老婆打了一顿，老婆闹到局里，又多了一段新的花边新闻。

那年代，闹出这等事情，没人能分辨真假的，到了最后洪霞浑身是嘴也说不清了。于是洪霞写了申请，要求调出剧团，团长发话了，团长说，清白不是解释的，清白是自己生出来的。

洪霞那天哭了，洪霞说，弄得我真的不正经了似的。

那是一个阴雨绵绵的秋天，洪霞一个人在护城河唱戏，秋天的悲凉斑斑驳驳的，正合洪霞的心境，洪霞唱得深情而绝望：梦回莺啭，乱煞年光遍，人立小庭深院……这青苔碧瓦堆，俺曾睡风流觉，将五十年兴亡看饱。那乌衣巷不姓王，莫愁湖鬼夜哭，凤凰台栖枭鸟。残山梦最真，旧境丢难掉，一曲哀江南，悲声唱到老。唱完了古词，她唱李铁梅的《我家的表叔数不清》。秋雨扯成愁丝，连绵不断，洪霞唱到最后，啥也不顾，纵身跳进清冽的河里。

或许洪霞命不该绝，刚跳河，遇到一个年轻人骑车经过。年轻人二话不说，也跳进河里，救起了洪霞。洪霞对年轻人说，救我乃害我。年轻人糊涂，长得这么漂亮的姑娘有啥想不开的？不停追问，洪霞说了经历的事情和内心的委屈，年轻人突然高兴喊，你就是洪霞？洪霞就是你？我也是你的戏迷。

年轻人看来是个文化人，说话激情澎湃的，洪霞那天伏在年轻人怀里哭个半死，最后年轻人把洪霞送回家，还替洪霞做了晚饭。

年轻人叫秦易飞，是地区轴承厂的技术员，据说正在谈一场不尴不尬的恋爱。追求他的是厂长女儿，可他看不上，犹豫中，见到了洪霞。

遇到了洪霞，秦易飞说啥也不丢手，啥也不顾地娶了洪霞。

于是有了水月。

这是水月倒背如流的往事，为此水月恨句天蓬，拒绝听到句家任何消息。

水月回过神，又对娘说，句一厅替他爹打您的脸。

好像娘说话了似的，娘说，娘的脸不值钱，想打就打呗。

水月说，不行，娘委屈一辈子，我不能学娘。

站起来的工夫，外面起风了，刮得窗户呼啦啦响，水月起身关了窗子，屋里安静了些。娘走了多年，一切沉沦为往事，娘的微笑，就像魔咒，让她一刻都不敢忘记自己的责任。水月说，娘，我拗不过长生，心里疼。

娘不可能说话，微笑也是静止不动的。

往事扑腾在心里，醉意越发明显，水月好像看见娘艰难而屈辱的往生。

洪霞跟秦易飞结婚后，句天蓬又打了一顿老婆，句天蓬说，一切让你毁了。

句天蓬老婆受了打，却笑嘻嘻地说，毁了才好。

句天蓬说，我们离婚。那时候没有多少人提"离婚"二字，句天蓬老婆被吓到了，哭个半死，最后求到洪霞，跪了下去说，只有你才能让老句回头。

洪霞看着眼前这个可怜而又可悲的人，还能说什么呢？

洪霞劝住了句天蓬，可句天蓬也撂下一句话，不离婚可以，你得跟我说话。

洪霞不知道世上哪有恁多麻烦事。

句天蓬不改初衷，还是痴迷戏、痴迷洪霞，有洪霞的戏，场场追看。

闲言碎语到处乱蹿，这会儿大家对洪霞多了敌意，敌意来自不能原谅，有家有室的人，焉能如此放纵自己？大家添油加醋，把洪霞说成破鞋，把句天蓬说成狗屎。

话传到秦易飞耳朵，秦易飞却不能明辨是非了。他清楚知道洪霞的清白，可是他宁愿相信传闻都是真的，他对洪霞嚷，没有边儿的事情，咋会沸沸扬扬的？说，给我戴了多少顶绿帽子？

洪霞没有想到秦易飞这么狠心，谁都能怀疑她，他秦易飞不行。她一开始就对秦易飞说，唱戏的成了角，是非就多。她甚至说，唱戏人嘴里苦，心里凉，到庐剧这里都变成了寒腔，你得懂。那时候的秦易飞信誓旦旦地说，我怎么会不信你呢？我信，我爱，我秦易飞就为你洪霞而生的。

11

现在这些话成了一阵风，秦易飞说，人都会变的，戏子无情，我算明白了怎么回事。

洪霞原以为找到了真爱，哪承想，秦易飞居然说出了这等无情的话。她睁大了忧郁的眼睛，看着秦易飞。

洪霞把苦恼说给了武二妹后，问，世上有真爱吗？

武二妹说，相信自己，相信秦易飞。

洪霞说，你我姊妹一场，有我在，可惜你成了二妹。我知道你心中的憋屈，可我依然拿你当妹妹，你说，爱了，咋能怀疑呢？

武二妹说，爱了，才会怀疑，没有爱何来怀疑？

洪霞抹抹眼泪说，怀疑的爱，要她做甚？

恢复古装戏那段时间，庐剧团正在上演《小辞店》，《小辞店》说的是湖北商人蔡鸣风跟二龙街店大姐胡翠莲相爱的故事，蔡、胡感情真挚，无奈三年之后，蔡思乡心切，辞店探家，恰被淫妇害死。胡闻讯，千里迢迢奔丧吊唁，一曲衷肠后，胡撞死在蔡的墓碑前。这段追崇爱情的生死恋，是对封建社会禁锢人性的大胆批判。彩排公演，受到极大欢迎。

洪霞扮演的胡翠莲，团长扮演的蔡鸣风，两个人演技无痕，情深义切，达到了真实自然的艺术表演效果。

随着《小辞店》盛名在外，大家又想了现实生活中的洪霞，说一个婊子演多情的胡翠莲最恰当不过。洪霞听得多了，心在流泪，这天正演到高潮，句天蓬看急眼了，噌噌蹿上台，打了团长。

句天蓬有啥资格打团长？要打也是他秦易飞。

坐在台下的秦易飞火气噌地蹿了出来，二话不说，追上台去，三拳两脚打倒了句天蓬。

天呀，一场戏闹得鸡飞狗跳的。

看戏的不知道发生了什么事？呼啦散了场。

秦易飞到家后失去了理智，骂洪霞是多情的婊子，比不得胡翠莲，倒像杀死蔡鸣风的淫妇。骂完了又说洪霞分不清戏里戏外，做不了好人。

连骂带侮辱还不解气，最后开始砸东西，砸了热水瓶后，秦易飞便倒在地上，一睡不起。

洪霞劝，人家多情我无意，你吃啥醋呢？

秦易飞挺身跃起，高声骂，狗日的句天蓬，我杀了他去。

洪霞不知怎么才能劝好秦易飞？秦易飞像极了暴怒的雄狮，想要吞噬了万物似的，当他无法吞噬任何对象，他气哼哼地说，离婚，我咋就迷上了你？

洪霞不再说话，也不流泪，晚上一个人坐在客厅直到半夜。坐的当口，她在心里唱完了所有悲凉词曲，最后一个人走到护城河。

那是秦易飞将她救起的地方，她没有徘徊，没有留恋，纵身跳了下去。

水月那时候还叫秦文文，娘走了，秦易飞简直到了魔怔的地步，他不相信洪霞会投河，不相信洪霞真的走了，他不停走动，到处寻觅对手，好一决高低。句天蓬吓得不敢出门，武二妹出面也劝不住秦易飞。秦易飞冷静下来，突然萎靡了下去，他赖在地上、床上，抽烟喝酒，乱摔东西。水月吓得到处乱藏，可怜见的，藏到陌生人家，人家问，你谁家的孩子？娘呢？

水月说，娘唱戏的，水里呢。

人家送水月回家，一路问来，说，这是唱戏家的孩子，迷路了呢。

送到秦易飞手上，人家才提"唱戏"二字，突然秦易飞暴怒起来，嗷嗷乱叫。好心人受到了惊吓，躲了去。秦易飞便对水月约法三章，不准她提一个"戏"字。

剧团宿舍里总有人提"戏"字的，谁提他骂谁。

电视里有了戏曲，他也会关了电视，无论水月多么痴迷。

最后连看到洪霞戏装照片，也不能容忍，要摔了去。女儿十来岁了，死死抱住照片，连喊，这是娘，你不能摔的。秦易飞还要摔，水月突然站直了身子喊，那你先摔了我。十四五岁，水月有了叛逆，爹越不让说戏，她偏要学戏，秦易飞骂水月，水月一副宁死不服的样子，秦易飞突然耷拉下头说，你就是个讨债鬼。

女儿在家待不下去了，一头扎进武二妹的怀里。

武二妹想，洪霞的孩子她得过问，最后，武二妹收留了秦文文，边教她唱庐剧，边教她功课。

秦易飞重新成家后，水月再也不能原谅爹了，从此把爹生生抹出记忆。

现在秦易飞老了，偶尔的时候会过来看看水月，他对水月说，我罪孽深重，给我一次赎罪的机会。

水月冰冷如水，听得厌烦了，便说，要赎罪到娘的墓地上去。

秦易飞知道女儿活不回来了，便主动把他和洪霞的房子过户给了水月，他说，亏负了洪霞，不能亏负了女儿，错了，如何才能弥补呢？

水月说，信任是盏灯，你可以谁都不信，但不能不信娘。

秦易飞知道女儿心里埋下了恨，只能偷偷看望水月。水月知道了，又是一阵大喊大叫，最后秦易飞失去了信心，想，洪霞，你用女儿折磨我，也算我赎清了犯下的罪过。

水月每每陷入孤独和痛苦的时候，都会坐在照片前跟娘说话，她仿佛能听到娘的回应，那时候，水月觉得，娘根本没有离开她。

水月说，娘，为了剧团，为了庐剧，女儿到底值不值？

娘不会说话，照片中的洪霞还是那副模样，水月忍不住凄凉，再次打开了窗子，冷风习习，灌进屋里，到处哗啦啦的。迎着冷风，水月心中的那团浊气消除了一些，水月站起来，关上了窗户，这才轻轻哼出：

　　曾恨红笺衔燕子

　　偏怜素扇染桃花

　　笙歌西第留何客

　　烟雨南朝换几家

又是《桃花扇》唱词，水月用的依然是寒腔，只是这回寒腔少了悲凉的尾音，多少有些许暖意。

四

第二天上午长生打水月电话，水月不想接听。

长生坚持打下去，水月接听了电话后依然不吭声，长生焦急地问，好些了吗？

晚上灌了冷风，受了凉，水月鼻息不通，说话嗡嗡的。

长生紧张地问，感冒了？

水月问，今天不是星期天吗？又有啥事？

长生说，你嫂子中午做了几个菜，让你过来吃饭。

水月伸下懒腰问，什么时候啦？

长生听水月呜呜哝哝的，问，来不来呀？

水月这才完全清醒，大声说，谢谢嫂子，我吃外卖。

长生更着急，大声说，长期吃外卖咋行？得尽快把自己嫁出去。

水月讨厌长生婆婆妈妈的，起床穿衣，随手挂了电话。

长生比水月大三岁，一直把水月当妹妹。两个人先后进团，进去不久就遇上了剧团转型发展期。老团长天天捯饬走穴、唱热歌跳劲舞啥的，戏曲演员怎么能跟专业歌舞演员相比，累个半死，收效甚微。老团长常常牢骚满腹，见谁都想骂上几句。

偏偏遇到水月不听话，打死不跟风，还顶嘴说，我进团唱庐剧的。

团长说，唱庐剧还不得喝西北风，全团都让庐剧憋死了，哪有出路？

长生见团长那么说水月，来了性子，大声嚷，好好演庐剧才是正经。

团长摇头苦笑问，知道天多高地多厚吗？

长生见团长讥讽，生气地说，天地都在心里。

水月不跟风走穴，每月只能拿到工资的三分之一，两三百元的样子，长生走穴回来，把挣来的钱匀出一些给水月，长生劝，实际唱歌跳舞没什么大不了的，还能见见世面。

水月心里泛出苦味，牢骚说，你是什么都能忍。

长生说，不忍咋办？真拿几百大文去喝西北风呀？

水月流出了眼泪，嘟囔道，那也能忍？

长生叹息说，你得忘记过去，忘记娘。

水月哭得越发厉害，摇头说，这苦憋在心里，谁能忘记？

长生这才发现，水月敏感而自尊，长生想，水月就是水月，他劝不动的，不去就不去，反正偶尔还会排戏，随她去吧。

后来长生谈起了恋爱，对象是市文化局办公室的打字员，小巧玲珑的样子。水月知道长生恋爱了，气不打一处来。这个长生，咋能这样呢？从小一起长大的，难道不懂我的心思，还哥哥呢。水月生气后说啥也不要长生资助，长生说，你得吃饭、穿衣，得活着，那点钱够吗？

水月二话不说，委屈地做了妥协，她不想当长生的累赘，何况长生谈了恋爱呢？一咬牙，跟着大家走穴，长生问，为啥又走穴了呢？我负担得起。千万别委屈自己。

水月说，我高兴，我喜欢受委屈。

长生摇头想，这个水月，谁又惹她了呢？

长生进入了热恋期，无法顾及水月的感受，水月把歌词故意带上了寒腔味道，唱得歌不像歌、戏不像戏的。

长生问，你本来唱歌挺不错的，为啥故意捣乱？

水月说，正端的，多情最怕无情，枉负痴心。

长生说，到底咋了？跟谁怄气？

水月不会搭理长生，心中的痛就像冬天的风，冰冷而紧绷，到处滚动。

秦易飞就是在那个时候表现出浓浓歉意的。

水月不肯原谅他，秦易飞心里揣上了少有的自责，天天找水月说话。

水月见到秦易飞，越发添堵，把内心的凄凉就撒向了秦易飞。秦易飞受到了惊吓，这丫头话语咋这么冷？抱怨说，不让你唱戏，你唱了；不让你进团，你进了。爹什么都听你的，你得给爹忏悔的机会。

水月说，秦易飞，你爱过谁？心里还有我这个女儿吗？

秦易飞一激动，突然中风了。

水月没有想到秦易飞会那么冲动，狠心想，中风活该，那是他应有的报应。那么想之后，坚决不到医院瞅一眼秦易飞。

秦易飞出院时瘸了，架上了双拐，依然来见水月。

水月那天哭得稀里哗啦的，水月说，爹，你不要烦我行不行？你知道女儿心里多苦吗？水月第一次喊了声爹，秦易飞激动地说，爹知道，爹后悔，只要能暖你的心，爹咋苦都行。

水月打死不会跟秦易飞说长生的，她的冰冷含在嘴里，见秦易飞可怜样子，依然冷漠说，我打小就没爹，我是水里长大的。

秦易飞哇地吐出一口血，水月吓到了，搀扶住爹。那时候秦易飞老泪纵横说，丫头，你想活活气死你爹吗？

从此水月不想说话了，对爹的抱怨，对妈妈的思念，对长生的失望，包

16

括对句家的记恨，统统埋在心底。那些痛，表现到了歌舞中，多了寒蝉之声，让听的人蓦然间感受到了绝望，浑身凉飕飕的。大家都问，水月咋了？咋会这么悲凉？

水月说，我天生为寒腔生就的，寒腔便是我的魂魄。

市里重视庐剧，剧团零星排戏时，水月唱寒腔，多了更为真切的悲怆，悲怆就像薄霜亮晶晶的，更像冬风冷吼吼的，到了悲悯处，撕绢裂帛一般，让人痛彻心扉。

团长说，这个水月，天生唱庐剧的。你听，水月的寒，包括凉，都在尾音里，凝结处，似有霜冷。

长生知道水月心里都是寒冰，他替水月难受，想，怎么才能帮到水月呢？

主角搭戏还是水月和长生，水月演胡翠莲，长生演蔡鸣风，其中胡、蔡恩爱的戏词，水月怎么也唱不出甜蜜境地。水月已经不会表达亲昵和温暖，更不会表现男女恩爱之情。长生着急，责怪水月。

水月说，真情最怕无意，怪不了我的。

到了蔡鸣风被淫妇害死，胡撞死墓碑一幕，大段寒腔，如泣如诉，水月用寒腔，却唱得凄凉委婉，声声泣血。尤其尾音，缠绕如哽咽，粘连如鸿悲，格外撕扯人心。

唱完戏，长生问水月，这么唱下去，只怕伤了的是气血。

水月说，伤我与你何干？

长生不懂水月，看着水月冷冷说话，懵懂问，你咋变了一个人呢？

水月说，人都会变的，包括你。

长生说，你太敏感和自尊，得改改脾气。

水月说，我是我，你是你，我哭我笑，关你何事？

长生想，我又没有得罪你，咋说话都带上了血沫子味？长生不敢跟水月多说话，为了安慰水月，长生带来自己的女友，让女友多体贴下水月。

女友热情，哇哇喊妹妹，水月认为长生故意伤她，心里添苦，一下病在了床上。

剧团等着演出，团长急得乱转，派人喊水月，水月拖着病身子，坚持上了台，等水月倒在戏台上时，长生才发现，原来水月一直跟自己怄气。

17

长生结婚，让水月喊嫂子。

水月不喊。

长生说，你是妹妹。

水月说，我没有哥，何来嫂子？水月用戏折磨人，继续说，蔡鸣凤还知撞碑，你呢？居然喜滋滋的。

长生那时候才彻底明白水月的心思，突然笑着说，原来妹妹大了呢。

水月那天哭得昏天黑地，水月在心里骂长生混蛋，欺负人。

水月回家跟娘说一夜的话，说她跟长生一起如何跟武二妹学戏，说长生如何关心她，处处让着她。还说，有天她梦到了娘，娘水淋淋地爬不上岸，她拼命喊叫，可无人光临。河堤上黑黢黢的，河水发出狼一样的叫声。水月怕极了，哇哇哭喊，救命。可就是没有一个人到场。她眼睁睁看着娘沉下去，当娘的长发漂在河水中不停荡漾时，她失声痛哭，那时，长生一把拽起她说，不怕，我来帮你。

结果长生伸出了手，她醒了。

醒来发现长生真的站在她床前，问，做噩梦了吗？

武老师的戏校，男女生分住，长生咋到了她的床前呢？水月顾不得多想，一把抱住长生，哭着说，长生，不走好吗？

长生说，我起夜，听到你的哭声，梦到啥了？

水月没有松手，连说，我怕，我真的好怕。

想起过去的一幕幕，大了，他倒变得如此冷酷无情？

娘还是一样的表情，那种微笑可以延展为无数含义，也可以解释为冰冷。

水月说了一晚上话，娘还是那个样子，水月生气了，拍打照片，甚至想摔了照片。那时候娘好像说话了，娘说，孩子，有个哥挺好的。

水月抱着照片问，可我心里难受呀。

娘说，长生咋能配上水月呢。

水月分明听到娘说话了，开灯，四处找娘。娘还是那个样子。水月急忙挂上娘的照片，站在灯光里，水月发疯般说，娘，你显灵，显灵呀，你亲口对我说，长生配不上我。

娘怎么会说话呢？

水月拿出镜子，对着镜中的水月说，你不是水月。

水月答，你不是水月。

镜子中的水月说，爱不该爱的人才叫傻子。

水月答，水月才不傻呢。

镜中的水月说，妹妹咋能爱哥哥呢？

水月答，我不要这样的哥哥，不要呢。

那晚水月做了梦，梦见娘抱着她说，孩子，娘错了，娘不该那么早离开你。

水月说，女儿不怪娘的。

醒来时分，水月满脸泪水，知道做梦后，平复不了情绪，再次走到堂屋，对娘说，娘没有错，我错了，娘要真心疼我的话，就常常走进我的梦里。

从此，水月到了团里跟谁都有说有笑的，唯独遇见长生倒像见到仇人似的。

丁小山纳闷，问水月，长生到底做了啥对不起你的事？你说，我替你出气。

水月问丁小山，会唱《桃花扇》中的那段唱词吗？残山梦最真，旧境丢难掉，一曲哀江南，悲声唱到老。

丁小山说，我搞舞美的，咋会唱戏呢？

水月说，所以你不懂的。

丁小山明白了真相，只能摇头感叹，长生没有福气，该悲伤的是他才对。

长生当上了团长，水月并没有特别祝贺，水月已经能够自然面对长生了，可是她依然不想祝贺。喝酒时，水月说，有本事你让剧团起死回生，那时，我再道贺。

长生记住了水月的交代，为此不知道劳了多少神。

句一厅提出赞助的时候，剧团到了揭不开锅的地步，长生高兴得不知道怎么好。可想到他是句一厅，长生冷脸了，接受句一厅的赞助，水月会不会误会？

长生问水月，假如有个你一直怨恨的人，想帮助庐剧团，你能放下恩怨吗？

水月不知道长生说谁，听到是句一厅时，水月喊，长生，你如果接受了他的赞助，你就是我的仇人。

长生说，可眼下，等米下锅呀。

水月浑身发抖，憋出几句，他不是赞助，是打庐剧的脸，骂娘，臊我，你说这样的赞助能要吗？

长生说，句一厅特别交代，他也是戏迷，一直迷庐剧，包括迷你。

水月"哇"地要吐，憋回恶心，突然骂出了声，去他娘的痴迷，那比打脸还歹毒呢。

长生也那么想，句天蓬痴迷戏和洪霞，要了洪霞的命。他儿子句一厅也说痴迷，是不是有些故意？想到故意，长生冷笑了下，想，即便故意又能咋的？为了庐剧，委曲求全算啥哟。

水月嚷，唯独他，提都别提。

长生忍痛拒绝句一厅，句一厅跑到局里告状说，政府把剧团养肥了，几个人的脸昂到了天上去。

局长知道句一厅的大名，全市著名企业家提出赞助，天大的好事，长生为啥拒绝呢？局长找到长生，兜头就批评，天天哭爹喊娘，人家送钱，却又拒绝，为啥？

长生一肚子委屈，不知道怎么解释。

局长说，捐款弄个仪式，正规点，到时候我参加。

长生只能答应局长。

长生再次找到水月，长生说，人家没有恶意，不提句一厅，把他想成一个戏迷，戏迷捐款，可成？

水月说，你答应句一厅，我们便是路人。

长生只好拖下去。

结果句一厅再次找到局长，局长这回拍案而起，把长生骂得狗血喷头，追问，为啥不接受句一厅的捐款？

长生说，这里面说起来复杂，句一厅捐款没有那么简单。

局长说，陈芝麻烂谷子的事情，过去多少年了？对水月说，就说我说的，让她积极配合，不能耍小孩子脾气。

长生说，我找水月商量，水月心里苦，局长应该知道的。

局长半天才说，好吧，工作做细点。

长生没有办法说服水月，只有找武二妹，武二妹是他们共同的老师，对水月有养育之恩。武二妹知道轻重，叹口气说，这就难了。最后苍凉地说，好吧，为了剧团，只能委屈丫头了。

武二妹找到水月说，孩子，你娘活着的话，也会支持长生的。要知道，一代又一代庐剧人心里藏下多少苦，到头来还不照样含泪唱戏。

水月扑倒在武二妹的怀里，水月说，娘，我能喊你一声娘吗？我这里，水月指指心窝说，全是委屈。

武二妹说，忘了过去吧，记住悲凉便会伤人。武二妹拍拍水月的头，啥也不说了，忍住委屈方为做人。武二妹说完，踉踉跄跄往外走，水月忍不住喊了声，娘，我听你的。

五

快到中午时分，长生带着老婆给水月送的饭。敲开水月的门时，水月正在家看碟片，她看的碟片是河南豫剧，水月常说，庐剧是黄梅和豫剧的合生品。豫剧高亢、奔放，寒腔整合豫剧的因素也许能达到一些出奇效果。水月想探索出适合大众口味的唱腔，给庐剧发展找到新的路子，水月想，倘若不靠赞助，靠戏曲本身，能不能赢回庐剧的尊严和生存的路子呢？

见长生带着老婆送饭上门，水月露出羞愧之色，长生老婆说，别听长生的，那口气谁受得起？说完，长生老婆又说，他一夜翻来覆去的，等我醒来时，看他独自流泪，我吓坏了。

水月不知道长生为啥流泪？看着长生。

长生说，你嫂子厨艺挺好的，趁热吃吧，带着你嫂子上门，算我赔个不是。

水月边削水果边笑着说，不就喝场酒嘛，大惊小怪的。

水月老婆说，谁不知道里面没有喝酒那么简单呢。

水月不说话了，看看长生。

长生浅浅笑了笑，看着水月说，我算软了脊梁，不为庐剧何必牵扯上你？

水月说，我喊了武老师娘，武老师很开心，我听娘的。

长生老婆说，可怜了你们，想来真是难受呢。

水月吃起了饭，吃到半途说，嫂子，难得你这么支持长生。这是水月第一次喊嫂子，长生听得热泪盈眶的，长生把泪水憋了回去，说，吃吧，要不要买点感冒药啥的？

水月心里暖和多了，长生到底还是关心自己的，这期间她忽略长生的委屈，想到的都是自己。想到这里，脸上多了一份愧疚，大口吃光了饭，抹抹嘴说，嫂子厨艺真不错呢。

长生说，喜欢吃的话，常去，我可一直把你当亲妹妹。

长生老婆说，还说呢，有次几个年轻演员说你脾气怪，长生突然翻脸骂人，说，你们年轻轻的知道啥？第一次见到长生是那么护妹妹的。

水月吃吃地笑，头上沁出了汗，身上也汗津津的，鼻息没有了早晨那会儿阻塞，松口气说，感谢嫂子亲自送饭，看看一个破剧团，把大家都弄得晕头转向的。

长生见水月情绪好转了，问，下午要不要我和嫂子陪你转转？

水月说，不用了，我下午还有事。

长生说，那好，我们先回去，有啥需要的，跟你嫂子说。

水月心里到底疙疙瘩瘩的，听长生老提嫂子嫂子的，脸上泛出红晕，对长生老婆说，看看他，好像我不是妹妹似的。

长生和他老婆离开后，水月再也没有心思看碟片了，关了电脑，捧起了《中国戏剧史》，这本书她看了无数遍，今天特别想再看一遍，她想透过各种剧种的沉浮跌宕，弄清楚戏曲的前世今生。汉唐歌舞、北宋杂剧、南宋戏文、元代杂剧、明初传奇。中国唱腔的三大源流，昆曲、弋阳腔、梆子调，三大源流，演化成各种唱腔，到了淮河边上，大别山地区，推子剧、淮剧生生死死几个轮回。到了庐剧，一直代代相传下来，饱含了多少人的辛酸和泪水。戏如人生，人生如戏，多少人为了庐剧，甚至献出了年轻的生命。那是一个风雪交加的夜晚，为了送戏下公社，返程路上，车子打滑，翻到山窝，牺牲了十几个年轻演员的生命。当时悲伤笼罩住庐剧团，地区行署痛定思痛，做出决定，庐剧不能下马，还得唱下去。为此地区加大剧团的扩编，补招演员，娘就是那时候补招进团的。由戏剧史想到了娘，水月心里又多了悲伤。合上书，正准备迷糊会儿，接到了句一厅的电话。

句一厅咋会有我电话的？

水月唱歌的时候，句一厅拿着水月的电话拨打过去的，只是大家都没有看到。

句一厅问，还好吗？

水月说，拜你所赐，能不好吗？

句一厅说，我爹稀罕你娘，我咋就稀罕了你，你说是不是缘分？

这是摆明了挑战，水月有些想反胃，厉声说，有事说事，没事挂了。

句一厅说，咋了？不待见？

水月问，很在意吗？在意的话，我明确告诉你，不待见。

句一厅啧啧几声说，话说回来，我还就稀罕你的执拗，够味。

水月"啪"地摁了电话，泪水扑簌簌流下，水月想，句一厅公开挑衅，如何能忍？

挂了句一厅的电话，句一厅发来了信息说，我不想伤害你。

水月没有回复，水月擦干泪水想，长生呀，长生，你应该明白句一厅本就没安好心。水月没有回复信息，句一厅又发了一条信息说，我娘让你娘闹的，一辈子没得安生。水月拉黑了句一厅电话号码，站起来拖地。拖完地，开始洗衣服。晾晒好衣服，站在阳台上看天。天阴沉沉的，像要下雪，冷风吼了一夜，憋着雪呢。回到客厅的沙发上，又看娘的照片，忍不住说，娘，他挑衅呢。

娘微笑不语。

水月说，他爹打你脸，现在他又腌臜我。

娘还是微笑。

水月说，从此我不会见他的，哪怕他是天王老子。

娘笑得坚定，恍惚间，水月又看到娘湿漉漉的身影。

于是掏出手机，打给了秦易飞。

秦易飞走路依然有些问题，整天在老伴的牵引下，留下一串颠颠簸簸的背影。

水月的电话说，爹，我想看看你。

23

秦易飞没有想到水月主动喊爹，说要看他，激动万分，连说，好呀，好呀，爹不知道多高兴。

水月说，晚上我请你和阿姨在外面吃，想跟爹说说话呢。

秦易飞说，好呀，好呀，你阿姨也高兴呢。

水月挂了电话就骑车找爹。

过去为了求得水月的谅解，秦易飞让阿姨出面，让阿姨的儿子出面，阿姨的儿子是位军官，一直跟水月说大爱。水月谁的话都不听，更不会接受阿姨和阿姨家的哥哥。今天哪里的风，吹醒了水月？让她突然改变了主意？

正眼看秦易飞，水月才感到伤心，秦易飞头发稀疏，腰杆弯曲，牙齿也掉得差不多了。水月看了半天才说，爹，你真的老了呢。

爹说，不怕，你第一次回家，爹要亲手做饭给你吃。不到外面，就在家里爹做，爹一辈子都想亲手给闺女做顿饭呢。

阿姨笑呵呵的，一直打扫卫生。

秦易飞见阿姨手足无措的，忙说，老提着拖把干啥？快去买些水果呀。

阿姨说，看看我的记性。

水月指指水果说，我带了呢。

阿姨不知道干啥好，看着水月笑。笑了半天，才想起倒水。

水月的突然造访，让秦易飞和阿姨不知道如何是好。

阿姨说，我洗菜，看看想吃什么，我买去。

水月说，不用了，我订好了饭店。

秦易飞说，那怎么行？我做，说好了的，你坐着，这顿饭谁也不准插手，我必须亲自做的。

秦易飞手脚不便，阿姨怕有闪失，想搭把手，又怕冷落了水月，跑来跑去的。

水月说，阿姨，不行，我们一起做，我退了饭店，就在家吃。

秦易飞不相信幸福来得这么突然，他看着水月，突然说，水月长大了。

水月眼睛那时候突然涩涩的，想要流泪的样子。

秦易飞切菜的手一直颤抖着，尤其切肉丝时，手抖个不停。秦易飞说，过去，我的刀工全厂皆知的。猛地说到过去，秦易飞吓得噤了口，过去是个

24

禁忌的话题，不能说的。打住话，再切菜，手抖得更厉害。一不小心，切到了手。秦易飞并不声张，悄悄贴上创可贴又切。这些如何能逃过水月的眼睛。从秦易飞表现看，过去也许错怪了爹，看看爹欢天喜地的样子，水月眼中蒙上了一层水雾。

四五个家常菜，水月吃得特别香甜，秦易飞不停给水月夹菜，水月的饭碗上堆满了菜，阿姨接着夹，水月什么也不想说，不停地吃下去，吃到连打几个饱嗝才放下筷子说，你们也吃呀。

秦易飞眼泪吧嗒吧嗒往下掉，见水月回家了，越发惭愧，几次颤巍巍想跪下去。阿姨这才恢复正常情绪，阿姨说，水月，你爹老了，你能回来看他，只怕比吃药都管用呢。水月看着阿姨，这个朴实的老人，只怕跟了爹没有享过一天的福，她没有错，是她一直照顾爹的，水月站起来，弯下腰，向着阿姨深深鞠了个躬，然后说，水月不孝呢。

变化就在一瞬间，水月没有想到接到句一厅的电话，她想起了看爹，心里滚烫，让她一刻也不想耽搁。

进门的瞬间，她的心更加柔软，真切感到欠了爹很多，甚至欠了阿姨的人情。

水月弯腰给阿姨鞠躬，阿姨慌了神，连说，水月，我的水月，阿姨如何消受得起？快，别。

秦易飞突然"扑通"跪倒在水月的面前，泣不成声说，闺女，爹对不起你。

水月搀扶起爹说，女儿憋屈，这里。说话间，水月指指心窝。

秦易飞站起来，急忙拉住水月的手问，是不是遇到了啥事？

水月想说说句一厅，想了想，忍住了话，掩饰说，现在好多了，起码爹在呢。

六

捐赠仪式上，文化局局长邀请来了市里分管领导，让市领导出个场，目的是喊声苦，求得市里更大支持。同时还邀请来了几家主要新闻媒体和经济界的企业家。句一厅当场宣布赞助一百万，支持庐剧团发展。钱虽说不是特别多，对于剧团来说已经算是雪中送炭了。句一厅讲话，慷慨有力，西庐是大别山文化的种子，市场经济不能掩埋了它，得让它生根发芽。慷慨有余，节奏磕巴，听起来断断续续的。

句一厅还说了啥？水月不想听，也不想看句一厅表演。

句一厅神采飞扬讲完了话，又接受电视台专访。水月见不得句一厅风光八面的样子，悄悄走到外面的花坛下，躲避吵闹声。

分管市长说完了话，大家开始散场，很多车子鱼贯而出。

水月尽量避开人群，让花坛遮挡身影。

句一厅到底看到了水月，句一厅停下车子喊，追加的记着呢，会上不好宣布的。

眼泪打圈圈，水月顺势抹把脸，不看句一厅。

句一厅说，爹得了阿尔茨海默病，句一厅不提"老年痴呆"几个字，说了它的学名。停顿下，句一厅说，爹什么都记不住了，只记得你娘，时不时追着天阳喊你娘的名字。句一厅说完，叹口气说，我娘也恍惚了精神，被爹折磨了一辈子，到底累了，不想问爹的事。你说，当儿女的，见此光景心里什么滋味？句一厅有些伤感，揉揉眼说，爹痴迷戏、痴迷你娘，搁在现在算什么？追星的多着呢。

水月没想到句一厅能这么想，简直强词夺理。水月说，痴迷不能上台打团长吧？不能搅得别家生活乱糟糟的吧？

句一厅呵呵笑着说，那是你娘的命，也是我爹的命。说完句一厅提高声音说，知道我们姊妹几个怎么活的吗？我辍学修自行车，后来洗车、销售汽车，再来后，我才做了地产开发，一路走来，我受了多少委屈？吃了多少苦？现在有钱了，可又有什么用？能治好爹娘的病吗？爹痴迷戏，总得替爹做点什么，从此我喜欢上了庐剧，也喜欢上了你。

水月没想到句一厅居然大言不惭，把龌龊的事情说得这么光鲜体面。哦，你爹痴迷戏、痴迷我娘。到了你，也痴迷戏、痴迷我？腌攒人咋的？水月心中猛地塞上一团污浊之气，就像北风，呼呼的。水月不屑说，我不是我娘，断了脊梁，筋还站着呢。

句一厅说，喜欢你的执拗，好，说得好，你的那根筋会软下去的。

26

句一厅嘻嘻说完这句话，开车走了。

水月目光灼灼望着远去的汽车，最后浊气破口而出，我呸。

长生就在那时走到水月身旁，长生目光游离，神情讪讪地，好像有一肚子心思。

水月不想单独跟长生说话，水月见长生走来，扭头想走。

长生喊住了水月，长生问，句一厅找你说了什么？

水月说，这是你该问的吗？

长生说，问题不在这里，句一厅提了一个特殊的要求，听起来合情却不合理。

水月看着长生，不再眨眼。

长生说，句一厅赞助之后跟局长说，他想请庐剧团到他们地产公司举行一场义演，没想到局长答应了他。

商人本性，无利不起早，真实目的原来藏在这里。

长生说，义演正常，可是为地产商专门义演，剧团还没做过呢。

水月再也憋不住内心的委屈，大声说，你就跟着句一厅混吧，反正你早不知道什么叫屈辱了。

长生叹口气说，我也没有办法，剧团又不是我私人的。关键人家提的要求不过分，何况局长还点了头呢。

水月说，义演我不参加。

长生说，难就难在这里，他专门叮嘱说压轴戏还是你。

水月不认识长生似的，问，你答应了？

长生说，局长在场，哪有我说话的机会？

水月说，我宁愿死，也不会屈服的。

长生哑摸下嘴，扯出微笑，很久才说，我想也是的。

水月想起什么似的问，谁让你把我的电话给了句一厅？

长生糊涂了，没有的事。

水月说，给了，就敢承认，越来越离谱，让我失望呢。

长生心里添上了委屈，想解释，丁小山来了，说有人找长生。

长生闷闷不乐往剧团走，丁小山就站在了水月的身边问，咋拉着脸？长

27

生惹的？

水月说，有这样的吗，你说凭啥？

丁小山不知道事情前后经过，问，咋了？

水月说，长生不是东西。

丁小山说，他是你哥，不该老骂他。

水月说，我没有这个哥，他也不像哥。

丁小山不好说短长，水月也不解释原因。

到了中午，长生找到水月说，我请示了局长，局长说，这与句一厅没有关系，这是我答应的事，剧团必须落实。

局长咋能跟着句一厅的节拍走呢？水月又添了几分难受。她不知道说什么，看着长生，看着花草，抬头问长生，真要逼我投河吗？

长生苦苦一笑说，你不会的，就是一口气的事情。

水月说，你还是我哥的话，就该跟我一起挺起脊梁做人。

长生说，哥脊梁骨断了，筋站着呢？只是哥不能像你这般任性，哥当了团长，就得学会妥协。

水月说，前番你已经欺负了我一次，不会再有第二次。

长生说，是演员就得服从管理。长生急眼了，说出场面话。

水月眼泪呼啦流了出来，悲怆说，团长，我不舒服，我请假行不行？

长生说，你先吃饭，好好想想，一口气顺了，便没了委屈。

水月没有到食堂吃饭，骑车回了家里。躺在床上想句一厅的话，想长生的妥协，越想心里越发苦闷。当想到句天蓬得了老年痴呆症，老婆恍惚了，她才开始吐出一口清音，走到娘照片前，清脆叮当说，娘，报应，句天蓬遭到了报应。

娘还是那么笑着，水月说，你倒说话呀？老是这么笑着，我快撑不住了呢。

冬阳出来了，幌子白生生地晃进客厅。水月看着柔弱的阳光，开始梳理自己头发，那是秀长的头发，乌黑散在肩上，像极了照片中的娘。水月不停盘结发梢想，句一厅的目的再清楚不过，就是利用庐剧打我的脸。为了庐剧团，去还是不去？不去，对立的不仅仅有剧团，还有局长。去了，那根筋真的软了，活着还有什么意义？悲凉至深，寒腔不由哼出：

> 遍青山啼红了杜鹃
>
> 荼蘼外烟丝醉软
>
> 生生燕语明如翦
>
> 呖呖莺歌溜的圆

哼唱罢水月想，娘，关键我溜不圆了，荼蘼外，青山何时啼红杜鹃？

局长下午打来的电话，局长年富力强，说话干脆，大嗓门显出中气十足。局长说，水月，这么些年来，为了庐剧，你下了很大的功夫，做了各种艺术探讨和改进，值得肯定。说完这些，局长话锋一转说，优秀演员也要讲大局，政治是大局，发展是大局。围绕政治、经济进行各种义演就是大局。企业家赞助，申请一场义演，看戏的都是企业家吗？肯定是广大人民群众嘛！庐剧不搭上经济发展的快车，咋能解决眼下的窘迫？就算句一厅痴迷戏、痴迷你，哪又咋的？时代变了嘛，追星不算错嘛。局长说话一套一套的，最后局长总结性地说，水月是个讲大局的人，过去的恩怨是时代造就的，谁一辈子能老是活在过去的阴影中呢？

水月只听不说，她知道自己可以跟长生说狠话，甚至拿死相威胁。到了局长这里不行，局长不会给她争辩的机会。局长挂了电话，水月看着电话愣怔半天，她感到自己的话没有说完，局长不该挂电话，不该这么武断。她想说骨气，说憋屈，还想说句一厅怀有敌意。

可是局长没给她机会。

水月内心波涛汹涌的，那是有别于憋屈地涌动，多了五味杂陈。

冬阳鬼鬼祟祟，到底没了踪迹。看着阴沉沉的天，听着北风呼啸，水月想，咋办？这时水月想起了爹，是，自己的委屈为啥不跟爹说说呢？娘的恩怨爹心里清楚，问问爹，到底该不该参加？

水月骑车找秦易飞，秦易飞依然十分开心。听水月吞吞吐吐说完了经过，秦易飞傻了一般陷入沉思中。水月问，爹，你说去不去？

秦易飞热泪迸流，那是说不清缘由的泪花，带上了心酸和沧桑，带上了眼屎马虎的浑浊，一直流到嘴里。等秦易飞擦干了泪水，发疯般喊，不去，打死也不去，狗日的句天蓬，居然让儿子来祸害人。

阿姨打岔说，问题不是句天蓬，也不是句一厅，是局长，义演是任务，不去咋成？

秦易飞张嘴看着阿姨，半天才问，你的意思是去？

阿姨不说话，阿姨看着水月。

水月看着秦易飞，秦易飞低下头说，去不去？还得自己拿主意。

水月没有想到爹真的老了，当年打句天蓬的勇气哪去了？说了半天，还是模棱两可。不行，问问武老师去。

娘不在了，武老师便是娘。找到武老师，水月说了事情经过。武二妹半天没有说话，最后掸掸袖子说，去吧，面对庐剧，恁多人献出了年轻的生命，委屈是个啥呢？人活着谁没有委屈？

水月把那口气揣在心里，点头说，我听娘的。

武二妹拍拍水月的头说，孩子，你也老大不小了，得考虑结婚了呢。说完叹息说，我活着，还能替你把把关口，别熬到哪天，我走了，见到你娘，没有颜面呢。

水月脸微微一红说，没有人能走进我的内心。娘，你肯定能长命百岁。

武二妹说，那是哄人开心的，丁小山对你一直有意思，要不要娘撮合撮合？

水月说，人家问娘正经事，娘咋拿女儿打趣呢。说完水月捂脸站了起来，告别武二妹，水月彻底打定了主意。

七

寒冬腊月，到底来了一场雪，雪花晶莹，大地一片洁白。句一厅锦绣楼盘盛大售楼仪式如期举行。冬闲了，打工的陆续返乡，句一厅要掏光那些返乡人的口袋，选择元月十八号售楼，这是他谋划很久的方案，他要的就是春节这个契机。

白雪皑皑，天气还没有寒到极冷的时候，路上没有结冰，道上不滑。

那是初雪之后的第一缕阳光，照得城市一片灿然。

售楼仪式很讲究，先上场的是服装走秀，大冷天的，模特穿着旗袍，嬉嬉哈哈走台。年轻人爱冲动，对着模特喊，哦哦、哇哇、哈哈。

模特见过世面，故意走出妖艳仪态。

狮子滚绣球是不可或缺的项目，八对狮子翻翻滚动，搔首弄姿，样子威猛。

大别山锣鼓队震天动地的，三十几个汉子穿上白棉袄，腰里扎根红绸带，鼓锣钹镲都系上了红丝带，随着节奏，不停翻飞。唢呐、笙箫齐鸣，把气氛推到了高潮。

人山人海，热闹非凡。

主持人最后才宣布，最后由市里专业庐剧团献歌、唱戏，进行义演。

为了这台节目，长生可谓煞费苦心。

句一厅策划的节目前半部是为了吸引更多的中青年人，安排唱戏纯粹为了留住老人，老年人才是购房大军中不可或缺的重要一员。

长生记住局长说的话，无论别人搭的什么台，看戏的都是群众，利用这个舞台更好地展现庐剧，借机宣传好庐剧。为此，长生开篇用《锦绣歌舞》做开幕，中间用现代庐剧经典联唱、戏曲小品、民歌大串台做支撑，最后压轴庐剧。

水月唱《小辞店》的"撞碑"、《牡丹亭》的"游园"，当然也有现代庐剧《楼宇人》中的"思念"。这些都是水月的保留曲目，长生一点也不担心。

长生担心的是水月的情绪，他知道，水月把抱怨和愤懑就埋在心底。到了化妆间，见到水月为了表达她的怨恨，特别化了泪妆，所谓泪妆就是寒霜面貌，看上去苦霜霜的。水月想，她不能给句一厅祝福，得变着戏法添忧伤。

长生说，何苦呢？

句一厅查看戏单，坚决不同意水月的曲目。

长生说，庐剧经典曲目就这些，庐剧唱腔本来就苦。长生斗胆说，句总不乐意，可以撤下。

句一厅要的就是水月登台，如何同意？拗不过长生，句一厅只好自作安慰想，反正煞尾戏，还能咋呢？泪妆也罢，寒腔也罢，水月翻不起浪花。想是这么想，句一厅掂着节目单对水月说，这就是你的筋骨？

水月不想搭理句一厅，听句一厅挑衅，仰头说，有些人挑断了筋骨，精神还是站着的。刘胡兰、江姐，想必你是知道的，断了头，丢了命，铮铮铁骨，谁能忘记？水月说的是自己的心声，听了武二妹的话，水月还是伤心，为了战胜自己，她不停开导自己，劝慰中，她想起了刘胡兰、江竹筠，她甚至还想起了赵一蔓和秋瑾。民族女英雄的形象一下子充盈了水月的脑海，她突然笑了，找到丁小山说，战胜自己也不是一件怕人的事情。

丁小山一直替水月担心，见水月战胜了自我，喊来长生说，水月活过来了。

长生也发现水月变了，可是水月对他的态度没变，依然冷淡。长生收起笑脸，看着丁小山说，那是你的感觉。

丁小山发现水月故意冷落长生，便说，干吗呢？都是好姊妹。

水月说，好姊妹才要较真。

句一厅听水月说话冰冷，大喜的日子不想争论，临走出后台才回头说，有骨气别唱。让你唱，那是抬举你。

水月气堵在了嗓子眼，这个句一厅，终于露出了狐狸尾巴，什么痴迷，他分明就是作践人。张口回了一句，你抬举我？今天可是我抬举你好吧。

戏台上，水月锁住心中的那层寒，寒腔一出，冷冽四溢。

《小辞店》中的"撞碑"寒凉透心。唱词道：

> 端的是，生死不能忘
> 道的是，霹雳斩断相思情
> 原道是，小别春秋酿深情
> 不料想，辞别难觅缠绵音

水月学着娘照片上的戏装打扮的，一颦一笑像足了洪霞。水月想，我就要替娘出口恶气，句一厅不是要委屈我吗？我拿娘委屈句一厅全家所有人。

戏步琐碎，寒腔冷意从裙裾、宽袖、指缝间纷纷渗出，水月就像一团冰冷的彩云，晃动在舞台中间。

太阳光极为耀眼，水月被晃得几度睁不开眼睛，她用衣袖遮挡住眼睛，往台下虚瞄一眼，没想到虚瞄中，她看见一个老人踉踉跄跄奔上舞台，大声喊，洪霞，洪霞活了，我在这呢。

在场的所有人都惊呆了，喊叫的是句天蓬，句一厅带来爹，本意是让爹看看庐剧、散散心，没想到，从水月出场，他就不停念叨，洪霞、洪霞。当水月虚瞄那眼，他突然激动起来，不顾一切奔上台来。

句天蓬老婆恍恍惚惚的，听句天蓬喊洪霞，吓得惊叫起来，洪霞来了，鬼来了，不要脸的，快拦住她。

场面眼看就要失控，句一厅让人拦住了爹，句天蓬还在使劲挣脱，水月冷意挂在脸上，继续唱《楼宇人》的"思念"。

用的还是寒腔：

> 坐下来，雪泥鸿爪
>
> 栅栏漆黑，灰烬冰凉
>
> 如浮萍，时空飘摇
>
> 一腔孤老，思念何时了。

《楼宇人》主要反应留守老人思念远方儿女的心境，写剧本的用了现代诗歌的手法，逼真形象地再现了空穴老人情感的荒漠，还有急切的思念。

水月唱现代庐剧，让句天蓬安静了下来，他到处喊，洪霞走了，洪霞，你留下，带上我，别走。

句一厅一直眼泪丝丝的，任由爹叫喊。句天蓬老婆追赶着句天蓬，后面跟着两个保姆，他们一起跑向街道。

街上人山人海，很快淹没了他们的身影。

水月几曲唱罢，早冷雨浸心，不停战栗。走到后台，水月伏在案上失声痛哭。

长生知道为啥？长生走到水月的身边，为水月倒上一杯水。

水月呼啦倒了那杯水，哭着问，我们这样到底值不值？

长生不知道怎么回答，看着水月说，没想到句天蓬会来，你说句一厅真是，大喜的日子，带个痴呆的爹来干啥？

打脸，打我的脸，娘的脸，庐剧的脸。水月有些歇斯底里。

句一厅走了进来，句一厅说，我还是那句话，痴迷没错，看看爹，你能说他错了？

水月没有想到句一厅这么问，一下子停住话，不认识句一厅似的。

句一厅拍拍手唱：梦回莺啭，乱煞年光遍，人立小庭深院。

水月不信句一厅也会唱《牡丹亭》中的一段，水月惊讶不啻看到星外来

33

人，她张了张嘴，想说什么，竟然突然失语。

句一厅再次拍拍手说，你有筋骨，我也有呢。

丁小山就在那时说话的，丁小山说，你的筋骨有了铜臭味，你可以玩转全市，可你玩不转庐剧。

句一厅没有搭理丁小山，丁小山走向水月，搀扶住水月的胳膊，往外拽，走到阳光地里，大声喊，站起来，给他们看看你的筋骨。

说完丁小山突然唱了起来：

　　残山梦最真

　　旧境丢难掉

　　一曲哀江南

　　悲声唱到老

这是水月曾经问丁小山会不会唱《桃花扇》中的一小段唱词，丁小山当时说不会，这会儿突然唱起，寒腔也是冷气四溢的。

水月有点糊涂，想，丁小山何时学会唱庐剧了？想想丁小山的唱腔，水月忍不住说，寒腔得用气，用尾声，你缺了那口深锁的悲凉，自然带不出尾声的凄婉。

丁小山挠头笑了，说，我一个搞舞美的，咋会唱戏？刚才兴起，纯粹因了句一厅的糟蹋，他唱的叫庐剧的话，我就成了长生。

大家一起哄笑起来，气氛随之温暖了许多。

水月看着冷风卷起雪沫子，四处乱转，跟着别人，有点失控般大笑起来。

水月的笑多了一份温暖，包括温暖中的那份纠缠，水月的笑随着阳光四处扑撞，到了人群中，早化成了掌声。

听到水月这么开心地笑，长生迷糊起来，这个水月，一会儿哭一会儿笑的，咋了呢？咋变得让人捉摸不透了呢。

（原载《江南》2018 年 6 期，《小说月报·中长篇专号》2019 年 1 期选载）

寒　砚

一

　　别墅就在郊区，由一条柏油路连接到国道，到市区也就二十分钟的车程。

　　别墅后面有座鞍子山，鞍子山凹处有潭水。莫先生说，鞍子山实乃砚山，汪着灵气。文璟住进别墅常请莫先生到家喝酒，莫先生喝酒不在乎酒菜，常说，喝酒看心情，佐酒那些东西往天上说，还是配角。这么一来，不用大鱼大肉，几碟家常菜，外加一盆豆腐或者粉条，莫先生也能喝得烂醉如泥。醉酒之后，莫先生便抓住文璟的手，一直拍下去，直到文璟抽出手，莫先生指着心口说，这里点上了灯，便能照亮自己。说罢，依然不会消停，亢奋处，嚷嚷，举世皆浊我独清，众人皆醉我独醒，去也，去也。

　　造别墅那会儿，老大天天黏着莫先生，莫先生丢开老大，只对文璟热情。莫先生说，砚斋之地，需要点亮之人。

　　文璟笑，老大也笑。莫先生不笑，认真说，还别不信。

　　文璟住进别墅后，常打莫先生电话，说心里全是憋屈。莫先生知道文璟不踏实，接到文璟电话，便打的而来，随性而去，一来二往成了无话不谈的朋友。

　　韩露一直不待见莫先生，说莫先生的气味让她受不了。或许酒味、烟味，抑或汗馊味。间或就是莫先生口中的腐烂气息，反正站在莫先生身边，那些气味扑棱棱直往鼻息中飞。韩露常常避开而坐，多半会闭上鼻息。

　　送走莫先生，文璟借着酒劲对着韩露嚷，有那味才叫莫先生。

　　韩露努嘴，切，他是老大的神，你何必跟着恭敬？

文璟争辩说，要在这里点灯。说着指指自己的心口。

一夜无话。

天亮的时候，天憋着雪，灰头土脸的。韩露见文璟冷脸，不想争论，天憋着雪，她憋着奶呢，敞怀到处喊云徽。见云徽在院子里擦车，韩露问，醒了吗？

云徽说，没呢。

韩露说，憋奶呢。

云徽说，知道，挤出来，过去那样存下，我回来，温温便行。云徽的话让韩露有些想流泪，忙生活，无法亲自奶女儿，常把奶水挤放到奶瓶中，存放在冰箱里，孩子饿了，温温奶瓶就行。周末，不需要这么周折，直接喂才好。问题是女儿没有醒，她又憋着奶，不知咋好。想到日日挤奶，韩露就酸到心底。云徽一直劝韩露，比喝奶粉的好，没人说你心狠。韩露摇头说，女儿还小呢，谁知道大了咋想呢。

"忽"的一声，云徽把车开出了院子，园子里的蔬菜多半冻死了，文璟昨晚说老大要来，现在只能先拣要紧的事做。

见云徽急马三枪的，韩露叹息一声，忙进屋看女儿，女儿小脸粉成一团，红嘟嘟的小手攥着奶瓶嘴儿伸在外面，韩露见状越发难受，知道女儿夜里闹奶，云徽拿奶嘴哄她，也不叫醒自己。韩露想，云徽真是的，心疼我，居然舍得亏负我女儿。到了客厅，奶越发胀了，不停揉搓，忍不住嘀咕，奶奶的，咋这难受呢？

文璟见状，拿出奶瓶问，要不要我帮你？

韩露不搭理文璟，掏出肥硕的奶头对准了奶瓶，轻轻一捏，奶汁"吱"地流进瓶里。韩露这才敞开心情，看看外面说，这天咋了呢？

文璟顺势摸把乳房说，憋雪呢。

韩露挡开文璟的手说，去去去，把院子打扫下，不是说老大要来嘛。

文璟想，老大要来，自然需要慎重些，老大不像莫先生，凡事讲究得很。

院子足足有半亩多地，西南角造处假山，假山中间造出小桥流水，不开电泵的话，水就会断流，光有小桥没有流水。假山不高，四周栽有马尾松、五针松和龙柏，银杏树在东边，挂有黄灿灿的零星叶子，冬青、紫罗兰、金盏菊、红杜鹃啥的分散在花坛中，蹩巴成一些精神。柿树和枣树落了叶子，不太好看，文璟咂摸下嘴，枣（早）柿（市）、枣（早）柿（市），这个莫先生。现在枣树和柿树成了院子里的另类，直戳戳地干瘪在银杏树后面。

走到院子中央，文璟深深呼吸了几口气，昨晚的酒气还在，他想把浊气化在凛冽中。抖抖手，拿起了扫帚，走到花坛一边的路径，文璟傻眼了，昨天还好好的花草，咋会被人铲了去？断花碎草散落一地，连松树和银杏也被人砍得伤痕累累。

院门和铁栅栏都好好的，谁进了院子？

韩露见文璟发呆，站在客厅问，咋了？

冷风那会儿耍起了性子，呼呼的，文璟清醒了过来，拍拍头喊，谁能残害它们呢？

韩露敞着怀钻进冷风里，看到眼前情景，眼泪就滚落在腮帮上，韩露问，谁这么缺德呢？这么下去让人活不？文璟知道埋怨多没道理，晚上还好好的，云徽也在呢，谁进得了院子？为啥别家的狗也不叫上几声？

韩露顾不得花草了，女儿这会儿醒了，哇哇地哭。韩露冲进屋里，抱起女儿，不停嘀咕，早知醒得早，忍会儿就好了。女儿扑腾在韩露怀里，忘记了哭，韩露说，乖妞妞，家里来人，妈妈关了店子，今天不吃剩饭。说完便把女儿抱到洗手间洗脸，洗手间很大，大到空落落的，一边是镜子墙幕，一边是洗漱台面，台面上边也有镜子，旁边马桶电子感应的，最先进的那种。移门是磨花的玻璃，阻隔了冲洗龙头和浴缸，外面和里面都有不错的装饰。韩露一手抱着孩子，一手拿着短绒毛巾，并不狼狈，女儿就怕洗脸，到了洗手间就哭，来不及替女儿涂宝宝霜，韩露就把奶头塞进女儿嘴里。

文璟还在发呆，谁能跟花草有仇呢？老大说来就来了，自然要快快收拾了去。容不得多想，囫囵打扫，有根的，分拣出，再栽下，其余的都扫进车灰板（农村一种类似于畚箕的工具），倒进垃圾桶。差不多之后，再看中央花坛，铲断的部分，瘪出了空隙，阻断了一些精神气，文璟也丢失不少精神，检看树木，发现枣树和柿树被砍得伤痕累累，早市（枣柿的谐音），奶奶的，摸摸刀痕，心中隐痛，谁这么狠心？

难受翻滚时，云徽呼呼地开回了车子。车是韩露的奇瑞，云徽用得多。

云徽比韩露小几岁，不仔细分辨不出年龄。好分辨的是外貌，云徽胖点，脸盘子也大些，手脚更加麻利些。

都知道云徽是可怜人，娘云南的，爹安徽的，所以叫了云徽。她七八岁时，娘被解救回云南，是爹一手拉扯大的。云徽大了，读不出书，想娘，便到昆明打工，可惜一直没有找到娘的线索。三十一岁那年，云徽带着失望回到安徽。老大把她带到别墅，交给了韩露，老大说，工资啥的不用你们操心。

云徽搬菜下车，见文璟发呆，喊了句，帮帮手呀。

文璟指指花草问，早上看见没？

云徽端着筐菜问，咋了？

文璟接过菜筐说，你看看，咋了？

云徽站定后开始发愣，喃喃说，早上还好好的。

文璟问，你确认？

云徽想了一会儿，摇头说，早上急，没太注意，谁会铲花草呢？云徽又接过文璟手中的菜筐，放在地上，拾起扫帚和车灰板说，我来吧。

文璟接过扫帚说，忙菜去，老大说来就来呢。

云徽心情瞬间凝结成了冰，寒脸往屋里搬菜，菜蔬确实不少，一趟拿不完呢。搬完菜，云徽停下说，昨晚没有听到啥动静，不过孩子睡得晚，后来我迷糊熟了呢。

文璟说，不怨你，我和韩露也没有听到动静，好好的，你说咋了呢？

云徽哪里知道？只能默不作声，文璟又叹口气，然后看看外面，外面的路上并没有行人，一切都很安静，文璟想，这鬼天，憋雪还憋出这等怪事。

二

老大个子不高，面目被颧骨撑得硬邦邦的。把车停好，老大就喊文璟。文璟急急迎了上去，文璟说，一直等您呢。老大看文璟脸色不好，只是没顾得问，抬头看天，雪松了一口气，清灰色的天空变成了银白色，老大喃喃说，这天咋了？

文璟替老大开了栅栏门，文璟说，昨天就对莫先生说了。

老大说，哦，那就好。

文璟说，我这就打电话，说你到了。文璟拿出电话，响了半天，没人接听。文璟有些失落，对老大说，说好了的。

老大说，不急，坐下，便去看看鞍子山，等他就是。

文璟说，也好，只是老大不该叫他鞍子山了。

老大知道莫先生称鞍子山为砚山，老大想，一个改变不了山的名称。想罢，嘴角挂上了笑，刚露出笑意，看见豁口的花坛，沉下脸问，花草咋了？老大就是老大，观察事情细致，既然让老大撞见了，文璟只好说，夜里被人铲了，就怕老大看见呢。

老大问，被人铲了？谁能到院子里？

文璟也不知道，闹心。

老大见文璟难受，呵呵笑了，老大说，大冷天的，没有丢失其他东西吧？见文璟脸色沉重，老大便丢开花草话题，一直看周遭别墅，之后问，入住的还这么少吗？

文璟说，进来几家，稀稀拉拉的，格外冷清。

老大掩掩大衣说，当初那么急，现在倒慢了去。

文璟说，怕是炒房的多呢。

将要进客厅的时候，老大说，问问莫先生什么时候能到，要不要接他下？

文璟又打莫先生电话，这会儿无法接通了，文璟说，也许昨晚喝多了酒，睡着了呢。老大不说话，跟着文璟进了客厅。韩露挤出笑，早迎至门前，云徽早早接过了女儿，走到卧室去了。老大对韩露说，简单点，添麻烦了呢。想到了孩子，随口问，孩子好吧？

韩露说，好，实际韩露想说不好，但是不能说，她知道老大的脾气。

老大说，好便好，讨个好，不容易。

说话间韩露端上了茶，拿出了烟。老大端看下茶水，喝口并不咽去，不停咂嘴，半天说，跑火了，我车上冰箱有存茶，拿盒去。韩露接过了车钥匙，跑去开老大的车门。

文璟趁机解释说，莫先生说茶蛮好的。

老大突然笑了，得意说，他懂茶？泡杯树叶，他也会说蛮好的。

文璟没有试过，文璟想，喝茶要恁多讲究作甚？莫先生又不在意。

韩露回到客厅重新泡上茶，然后笑盈盈站在一边说，你们说话，我帮帮云徽去。

老大不想说话了，嘘嘘乎乎品尝茶水，中央空调呼呼出气，客厅也大，镂空的玻璃地面造出墨菊花型，沙发和茶几都是白色的，黑白映照，有些鲜明。屋里温暖如春。老大指着滴水观音、一串红问，屋里的花草不错嘛。文璟笑着说，屋里暖和，不像外面冷。

老大又站起来拿起大衣，对文璟说，走，看看鞍子山去。

文璟改口说，砚山怕是结了冰，要不要换双旅游鞋呢？

老大说，随意走走，换鞋麻烦。文璟给老大开了门，外面的冷气冲进屋里，雪和天一直喘息，外面到了滴水成冰的地步。

文璟陪着老大走上一条石子路，石子路属于山石凿平的，不太难走。鞍子山，孤兀在平地上，成了独山。只是鞍子山两头翘，中间凹，凹处有潭水，所以莫先生说它是砚山。远处自然有山的，中间断了去，都说鞍子山是那些山的余脉，文璟信，老大也信，莫先生不信，莫先生说，也可以说那些山是砚山的余脉。老大不争论，文璟更不会辩驳。

好半天，老大问，莫先生咋了呢？

文璟也不知道，昨晚确实说好的，又打电话，电话通了，莫先生说，吃饭时定然赶来，没忘呢。文璟急忙传下话，老大这才有了心情，吭哧吭哧向山上爬。

山草多半枯死了，活下的经了风霜，多少有些垂头丧气，马尾松乱蓬蓬的，松果落了一地。乱竹一窝一窝的，晃过竹林，便是一大段断壁，清灰色秃岩上泛出些坚硬。路边的野草中，偶有藏鸟，脚步声惊动了它们，扑棱棱飞过，破了清冷。老大说，到底清冷了些。

文璟说，我很少上来，冬天嘛。

老大说，常来看看才对，可惜了这潭水呢。

文璟知道砚山确实是个好去处，只是忙完公司忙家里，何况多了孩子，哪有闲情逸致呢？

走到了半山腰，老大整整衣襟说，这里应该有座庙的。

文璟说，莫先生说不该有呢，庙在深山才好，这里就该有潭水。

老大沉吟半会儿才问，莫先生还说了什么？

莫先生酒后那些话，听不得，于是晃过说，他不太说话呢。

说话间走近了潭水，潭水凝着寒气，雾气腾腾的，周围杂树和乱草凝结上了霜，按说天阴不会凝霜的，只是潭水边上温差大，自然不同别处。老大看完水，又往翘起的一端爬，文璟跟着，到了最高处，老大站下，看着山脚下的别墅群说，这处应该有座亭的。

文璟说，莫先生没有提，老大又生慈悲？

老大说，没有也挺好，你看下面别墅多齐整。

文璟说，莫先生怕是快到了，要不要回去？

老大说，上来一趟不容易，我们在这里站会儿。

文璟呵呵一笑，算作回答，然后陪着老大往下看水。从上往下看，潭水蓝幽幽的，仔细凝视，便可发现潭水并不温润，有些寒光凛冽的样子。不知道这潭水从哪里来到哪里去？只听人说，这潭水从来都没有干涸过，哪怕再旱的年成。莫先生说这潭水属于寒墨，通了地河的。莫先生还说，砚山有了寒墨，才有灵气。时下烟火气到处闹腾，需要一些寒意。

怔怔陪着老大站了半天，文璟感到脊梁冷飕飕的，便对老大说，凉了汗呢。

老大回过神，一脸沉重。

老大咋了？文璟不好问，跟着老大往回走，心里多了一些疑问。一口气走到别墅栅栏门前，看到莫先生笑吟吟等着他们呢。文璟想，这个莫先生，来了咋不打个电话？真是的。

老大没有抱怨，上前攥住莫先生的手，眼睛居然湿润了去。

三

莫先生这会儿喝酒矜持了很多，不像单独跟文璟在一起。餐厅也大，大到四周都置放了花盆，放下酒柜和角柜之类的家具，还有近三十平方米的面积。抽了餐桌上的大转盘，合并了托桌，便成了西餐桌。四个人两边分坐，留出不少距离。莫先生平时来并不在大餐桌上吃饭，都在一边的矮桌上喝酒，今天老大来了，一切都庄重了许多。老大见莫先生那么喝酒，一直叹气，文璟想，这座城市，老大跺脚，市长跟着咳嗽，咋了呢？

韩露不想上桌的，老大让她上来，韩露便斜斜地坐在文璟旁边。三个男人，韩露一直说话谨慎。莫先生吃喝都在随意里，见韩露拘谨，反客为主说，吃菜呀，想啥呢？

韩露抿抿嘴，走下桌替老大和莫先生倒茶、斟酒，然后借故女儿离了去。

文璟知道韩露故意回避，老大今天情绪不对，精神像那些花草，被人拦腰斩断了。

莫先生慢慢喝酒，多半像呷，一点一点地呷下去，看起来与昨晚判若两人。文璟不懂莫先生，平时随意劲呢？老大在，他居然摆起了架子。

老大不介意莫先生的态度，见莫先生喝得斯文，也跟着学，只是故作出来的那些，到底有些别扭，比不得莫先生的自然。

文璟见喝酒气氛僵硬，便说莫先生，平日你也不是这么喝酒的？

老大不知道莫先生平日喝酒啥样，拿眼暗示文璟不要乱说话呢。

莫先生这才放下筷子说，多大的事呢？再说多大的事又是事呢？

老大听莫先生这么说，猛地干了一大口酒说，也是。

莫先生说，我就喜欢吃云徽做的小菜，只是今天太过刻意，少了一些本真。

文璟说，云徽早早去的菜市，想必花了心思。

莫先生呷完最后小半杯酒说，冬天的竹笋，比不得春天，同样是竹笋，自不相同。莫先生说话总是无头无脑的，头一句脚一句，颠颠簸簸的。莫先生说，人也是如此，四十五十不同，七老八十更是不同。由竹笋说到人，云里雾里的。莫先生散淡说完，突然端起酒杯，谦恭说，老大，我们的老大，喝酒呀。老大有些难堪，知道莫先生羞他。实际他也不想被人称作老大，只是产业做大了，人们那么喊，他也没有办法。莫先生埋汰，他只能干笑，少了平时的豪气。文璟想，多少人想称老大呢，行吗？老大就是招牌，免检通行证。

莫先生喊出老大后，又沉默了去，老大这才急忙解释，过了去年，我格外注意，我的冬天和春天没啥区别呢。

莫先生拿眼打量了一会儿，呵呵笑了，然后小声说，没区别为啥急于见我？

老大低下头，不知道要不要把心思和盘托出，刚想张嘴，却被莫先生打断了去，莫先生说，红尘滚滚皆为利，误把真情当风声。眼下商场，几人敢称老大的？马云、马化腾？还是王健林、任正非？别人尊你老大，本不能应的，现在想改，只怕难了呢？

老大频频点头，低声说，后悔晚了，咋办呢？

莫先生呵呵笑，然后说，说晚不晚，说不晚还真晚了，喝酒、吃菜，别把心思带到饭桌上。老大仿佛被抽走了精神，瘫在椅子上。

韩露那会儿端菜上桌，听到莫先生信口散扯，冲着莫先生嚷，一天到晚胡咧咧，只有老大信你。文璟示意韩露不要乱说，韩露感到委屈，从憋奶开始，她就委屈，花草被铲，委屈放大了一轮，听莫先生说话打哑谜，不太高兴，大声说，不是老大尊你，你倒像街头算命的。

文璟扯扯韩露衣袖，他知道韩露心情不好，今个老大在，所有不开心都要屏蔽了去。韩露意犹未尽，气鼓鼓坐下，叨咕说，供着奉着，还摆谱了呢？

莫先生并没有生气，呵呵笑着吞下一杯酒，然后看着老大说，听听，人就该这么简单的，你还会这样说话吗？

都说莫先生怪，确实有些不可理喻，你想，老大敬着，他端着，韩露丝毫不给面子，他倒乐呵呵的。不是老大在，文璟也想啰唆几句，他看着莫先生想，也许莫先生就是故弄玄虚，真有本事说出花草谁铲的？到处都是迷局，还嫌不够曲折？文璟心里这么想，嘴上不敢说，老大恭敬着，他也得跟着学。怕韩露再放岔子，找到说话的空档，催促说，云徽忙不过来呢，还有菜不？

韩露不理会文璟，小声对老大说，有啥心事跟文璟说，他一个馊老头能出啥好主意？

莫先生哈哈大笑，然后对老大说，她说得对呢。

老大变了脸色，有他在，韩露咋能这么说话呢？于是加重了语气，冷冷地说，你终究不懂莫先生的。

韩露见老大责怪，才知说重了话，于是抱歉地冲莫先生笑。好在莫先生不介意，反而把酒喝得更加彻底。老大见莫先生放松了情绪，这才问，你说，咋个破呢。

莫先生说，无解便是解，放下便是。

老大说，烫手了呀，咋放呢？

莫先生指指心口说，当初不点灯，现在弥补只怕晚了日子。

文璟不知道他们说啥，谶语似的。

韩露也糊涂，插不上嘴，只好收敛情绪，安静坐在一旁。

那会儿外面飘起了雪花，雪花被风卷到窗上，留下斑斑水痕。

大家都小心喝酒，再也没有多余的话了。

四

道观中堂供奉的是"元始、灵宝、道德"三位天尊，列于东首的是紫微、长生、天皇和青华四位大帝，"三官"位于西侧，日月五星、四方之神分列四周。清水观建于唐朝，盛于清中期，破败于民国，老大发迹后，想起清水观，便决定投资复建。奠基大典前，老大到武当山去请道长，道长推荐了莫先生。

莫先生本是山野之人，有些不修边幅，说话还漫无边际。既是武当山道长推荐，不便辞呈，老大只好装作虔诚恭请莫先生出面。大典之日，才知莫先生道行不浅，不仅身轻如燕，且道法了然。老大方知小瞧了莫先生，于是呈出恭敬仪态，按照莫先生的吩咐，遵从道家礼仪，一一筹办。几番交往，老大越发不敢妄猜莫先生，说史解事，莫先生都有独到见解，老大何曾遇到这等高人？交往久了，说话多了琐细，一次说到鞍子山，莫先生说，鞍子山实乃草民之喻，那山似鞍的话为啥多了那潭水？灵砚之地，却被生生糟蹋了名声。

老大问，莫先生意思，鞍子山下是块风水宝地？

莫先生呵呵一笑说，我何曾说起？

说者无意，听者有心。老大记下莫先生的话，查看市里规划，果然发现鞍子山下不仅留有高铁出口，还是城际铁路的必经之地。老大惶惶然，心里全是感激，谢过莫先生，便找区里领导，提及开发。可惜山下之地都是基本农田，无法置换。老大找到市里省里，最后更改了农田基本规划，拿下了那块地。

建清水观时，文璟便认识了莫先生，莫先生还问了他的过往，之后脸上泛出冷峻，一次散谈中，莫先生突然说，砚山好是好，只是成也潭水，败也潭水，寒墨需要点亮之人。

老大问，那么谁是点亮之人？

莫先生呵呵笑，笑得神秘，多了一些禅意。

高档别墅开工典礼之后，莫先生又提"灵潭寒水"之事，莫先生见老大懵懂，进了一步说，古潭需要热心肠，不妨多试试。老大这才认真问，是捐资助学？还是投资基础设施？莫先生没有漫无边际，直接说，砚山之水定需开墨之人。莫先生说得再明白不过，老大还是不知莫先生的意思。

莫先生急了，指指文璟说，此生尚算灵敏，而你并不珍惜。

老大这才认真看了文璟几眼，文璟很瘦弱，篾片似的。老大想，文璟？想起招聘文璟，老大咧开了嘴角。那时文璟更瘦，说话还慢，尤其面目中藏有不少敏感和自卑，让人提不起兴趣。好在文璟学习企管的，老大揉揉心，点了头。听莫先生推崇文璟，老大才恍然大悟，连连点头说，文璟，名字有那么点意思。

莫先生不回老大的话，出奇冷静，看也不看文璟。

别墅开发好了后，价格呼呼涨了去，本来可以迅速出售的，见价格飞涨，老大说啥都要捂住盘子。想不到越惜售，买家越急，最后到了一房难求的地步。买不到的，搬出局长、市长啥的，好像晚了一步丢了性命似的。老大赚得杯满碟溢的，还落下不少人情。

老大捂住了口袋，天天上山看潭水，几个来回，忍住了冲动，豁然给文璟留下了一栋。事后老大似有不甘，找到莫先生说，白送？近千万呢。莫先生不会多言，见老大追问，莫先生说，问自己。

老大确认了莫先生意思，揉揉心，天天围着别墅转，转到最后打定了主意。

那是有阳光的秋天，他晃着钥匙找到了文璟，镇定说，这座别墅装修好了，一切归你。

文璟吓软了腿，疑问老大是不是头脑发热？

老大说，以后你当企划部经理，怪我有眼无珠呢。

文璟有点不相信自己的耳朵，老板什么时候变得这么慷慨过？想想过去，文璟都是委屈，提"6S 管理法"时，老大凶巴巴地说，企业管理抓的是人心，不是制度。文璟又提"择优招录管理人才"时，老大说，我要的是经验，不是狗屁理论。

文璟很沮丧，躲在寝室暗暗落泪。过往就像电影，考公务员，屡试不中。商场求职，四处碰壁。面对考试、面试，所学知识往往会集体罢工。好不容易有几家公司聘任管理人员，挤到台前，人家不是嫌他个子矮就是嫌他说话慢。游走各个城市，均以失败而告终，活生生如一条丧家之犬，夹着尾巴逃回故里。生活无着，只好打起零工，他知道，打零工不需要文凭，可惜他没有好身板，瘦弱成了赚钱的敌人。想想爹娘含辛茹苦供他上了大学，如今落到这步田地，委屈就像河水，浩浩汤汤，永不决绝。后来全市最大的龙头企业招聘企管员，抱着碰运气心态，投了简历，没有想到遇到了老大，老大虽说犹豫，最终点了头，从此文璟认定老大就是他的救命恩人。被录用之后，文璟躲在卤菜摊上，一个人喝得酩酊大醉，然后趴在桌上长哭不起，弄得好多人不知道发生了什么。

跟莫先生熟悉了，文璟总要提起这些经历，莫先生说，恩人本可互化的，你能想到刘姥姥最后救到了巧姐吗？文璟知道莫先生说《红楼梦》的后半程。文璟不信恩人互化的点拨，他心里只有感恩。为了报恩，他为企业的管理着急，只是老大固执，不听他的建议。恨报恩无路，日日消沉，就要失望的时候，老大有天突然说，你姓文，且是大学毕业生，想必文笔不错。文璟啼笑皆非。老大说，我需要一个写讲话材料的人，也许你合适。文璟无法，只能委屈所学专业。从那之后，老大时常带上文璟。

开发别墅的来往中，莫先生不知道为啥把话绕到文璟头上。从此老大态度来了个一百八十度大转弯，处处恭敬。文璟此后一直不适应，战栗着对老大说，你是我的恩人，怎能颠倒是非？老大说，恩人可以互化的，何况你是我的贵人。莫先生的话，老大当了真，好像天上突然掉下了馅饼，砸到文璟头上，文璟没有丝毫准备。

拿过别墅钥匙，文璟不敢喝酒，他怕醉酒之后一切都成了泡影，他先找到莫先生，问问老大到底咋想的？

莫先生很淡定，随意说，兴许该你享受的。

莫先生说话不靠谱，自己何德何能？能享有那么高档的别墅？不知道感激还是惶恐，说话间多了一份抱怨，责问莫先生，为啥暗中助我？

莫先生说，助你了吗？助你的是老大。

文璟说，老大听你的。

莫先生说，他听自己的。

文璟说，这样不好，无功受禄，心里发冷。

莫先生说，老大开篇也不会这么风光的。

老大创业史公司荣誉墙上挂着，谁也不知道老大的过往。

莫先生说，成功不是偶然，不吃万般苦何来甜上甜？

说到吃苦，文璟忘不了儿时，那时一个人背着书包走出山口，一个人放学回家帮助奶奶做家务。爹娘都在外地打工，把他丢给了瞎眼奶奶，说是奶奶照顾他，实际多半是他照顾奶奶，引路、提水，都要他走到前头。那时他才八九岁。稍大了些，奶奶看不到盐，洗不净菜，他就帮奶奶洗菜，然后站在凳子上炒菜。奶奶也没有办法，常唠叨苦了孙子。文璟说，奶奶高兴他不苦。奶奶无法炒菜，就让孙子按照她说的步骤做，奶奶问，切好了吗？先放油，油热了，下菜、放盐、放葱蒜、辣椒，他一一做来，刀切了手，油烫了胳膊，死活不吭声。吃到他做的菜，奶奶擦擦眼泪说，我孙子灵着呢。

后来奶奶走了，他到了寄宿学校，都是留守儿童，盼过年、盼放假、盼爹娘来信来电话。可是爹娘不识字，不会写信，也很少打电话。为了攒下钱，爹娘几乎忘记了他这个儿子。直到他上了高中，爹回家说，这回攒够了你上大学的钱，不走了，回家种地。爹说啥，他不关心，他已经不能很好跟爹娘说话了。

叛逆期那会儿，少年时代积攒的所有忧伤一起爆发了出来，他不搭理爹娘，不搭理同学，甚至还仇视爹娘的关心。娘糊涂了，这孩子咋了？凭啥这样对我们？

爹埋头抽烟，掐灭烟头说，怪我们亏了孩子。

上了大学，渐渐理解了爹娘，爹娘一切为了他，不打工，就不能供养他上学，更不能管他吃穿。明白是非，抽空就给爹娘打电话，意识到儿子活回了滋味，爹娘不知咋疼他好了。爹到大学看他，别的同学都有手机，见他没有，爹说，我们买。买了手机后爹说，从此往后，我儿不要心疼钱，别人有的，你也要有。别人有了手提电脑，要知道那时候手提电脑还不普及，贵着呢，爹说，买，亏了你小，不能屈了你大。说完爹流了泪，颤抖地说，爹一辈子活在人下，说啥也要让你活到上面去。爹的话就像一把春风，吹在他的心上，毛茸茸的。他一把抱住爹，比爹哭得还伤心。

毕业求职，让他失去了信心，他知道，活到上面去，需要机遇，需要贵人，可他什么也没有，只有一张不值钱的文凭。打零工时，不敢对爹说，怕碎了爹的心。

好在遇到老大，改变了一切，现在老大送下装潢好的别墅不说，还让他担任部门经理，老大呀老大，你让文璟怎么报答你呢？

五

韩露出现多少带点偶然性，那天老大让他到机场接人，刚到公司，没有地位，粗活、重活都得跑上前，把人送到地点，一般都不会参加饭局。老大有要事相谈，他一个公司员工要懂得回避。一个人坐在路边店吃面，并不感到委屈，老大的车子就在身边，不知道的还以为他是大款到路边店找感觉呢。韩露那天穿了一件碎花裙子，夏天里，那样的碎花裙子普通，普通得就像那碗面。韩露夹在馄饨车和人群中间，碎花裙子火辣辣的。一切都很正常，没有想到突然来了城管，韩露没有营业摊点证，城管说，不能无证经营，否则拦了路呢。

韩露解释，她弟弟正读大学，他爹建房摔断了胳膊，娘在外面打工呢。她下学供养弟弟，不知道城里规矩。城管说，都无证经营会乱套呢。

韩露说，这些馄饨卖完，我便办证，否则今天就亏本了呢。

城管说，遇不到就算了，遇到了就要管理。

韩露十分委屈，边收拾摊子边抹眼泪。

文璟听到事情经过，来了气，他不能指责城管不对，人家没有暴力执法，还很文明。气的是凭啥韩露这样的姑娘就需要卖馄饨供养弟弟上大学呢？听说韩露亏本，便嚷嚷说，你说亏多少，我给。

都是摊点人，听到文璟打头嚷，大家都说，我们一起吃了去，这世上不能委屈苦难人。

城管面目讪讪地，也买了一碗，城管说，难得大家这么富有同情心，明天你到我那里办手续，记下这个电话号码吧。说着写下一串号码，递到韩露手里。韩露露出不少感激，城里套路并不深，还藏有善心。顷刻间卖完了馄饨，韩露才想起谢谢文璟。

文璟也没有想到他的倡议赢得那么多支持，面目中有些得意。

韩露说，你得把号码留下，哪天或许能请你吃碗馄饨呢。

文璟第一次遇到姑娘主动要电话的，急忙说，我说你记。见韩露存下号码，这才喜滋滋说，我得走了，说完发动了车子。文璟担心老大，怕他们吃过饭见不到车子，他得提前候着。

老大走出酒店之后，见文璟拱手迎接，便对客人说，合工大的高才生。

客人说，哦哦，公司人才济济。然后扭头对文璟笑笑说，辛苦你了。

文璟感到一切都是应该的。

实际老大有司机，可是老大接站就让文璟办，多半还会说出文璟毕业的学校。开始文璟没有多想，那天之后多想了会儿，他想，老大这么说，不仅仅是显摆，说明他承认我的工作呢。

安顿好客人，回到集体宿舍，大家都已躺下，韩露发来了信息，韩露说，你让我有了尊严，没有跌掉颜面。

文璟回复说，那会儿有点愤愤不平。

韩露问，你在哪高就？这么年轻就开那么好的车子。

文璟想试试韩露是否拜金，故意说，车子只是行头，有机会带你到公司坐坐。

韩露那会不回复信息了，半个多小时，没了下文，文璟问，咋了呢。

韩露回复说，没啥，我忙着呢。

文璟笑了，只是那笑只有他自己清楚意思。

之后，韩露再也不来信息，文璟有天心情不好，连发几个表情，韩露依然不回。文璟又发信息，咋了呢？这么冷漠呢？韩露回复，没啥心情。文璟快速打下，见个面吧，想说说话呢。韩露犹豫了下，最后还是回复了"OK"表情。见面之后，文璟大大方方说了过去，他知道韩露不介意，都是农村人，不需要伪装。只是韩露听完之后，抱怨说，为啥要虚荣呢。

文璟说，虚荣了吗？没有呀。

韩露说，虚荣是坏毛病。

之后两个人开始了约会，说过去，说未来，大家都感到沉重。城市生活的基本要求，便是房子、车子，可是拥有房子、车子比登天还难，韩露提议，不行，我们一起回农村，种地也能养活自己。

文璟说，你以为还能回得去？那碗馄饨也是生意。

韩露说，想想也是。

于是文璟搬出了集体宿舍，租下了房子，房子是一室一厅的，只有五十多平方米，里面基本没有装修，卫生间跟厨房成了邻居。文璟说，小了点，租的也是房子。

韩露吃惯了苦的，本来就跟人合租了房子，见文璟租下的房子还不错，便说，不行，我们隔个空间算合租？

文璟说，为你才租的，说合租难听，说同居合理。文璟那会儿说话不慢，还油嘴滑舌的。

韩露刮了文璟的鼻子，然后脸上飞起了两朵红云。

同居的当晚，韩露把文璟搂在怀里还担心一切都不真实，她想，哪有一个大学生看上卖馄饨的？

文璟说，你还以为是过去？现在没有了身份之分，只怕我配不上你呢。

韩露笑着说，到底有些不般配，好像我占了你的便宜似的。

文璟说，说啥呢，说不定哪天你成了老板，我成了吃软饭的。

韩露便笑成一团，说，等到那天，才叫过瘾呢。

同居了一段日子，文璟爹娘知道了，死活不同意，他们需要的不是韩露这样的媳妇，这样的媳妇村里到处都是。文璟说，你们不懂，这样的媳妇才靠谱，我一个乡下人，放在城里，算不上一滴水。爹娘搬到文璟租住的房里，看着守着。韩露没有办法，只好重新租了房子。

好在韩露的生意一天天好起来，租了门面，像那么回事了。

文璟带爹娘到韩露的馄饨店，文璟说，看看，看看，大学生有啥用，我一个月还挣不到韩露一半呢。

爹娘看到韩露靠谱，只是到底有些不甘心，犹豫中，韩露怀孕了，不同意只怕说不过去，再说，真找城里姑娘，人家不知要提啥条件呢。爹娘这才软了脾气，揉揉心，点了头。

文璟爹娘点头，韩露爹娘却不愿意了。韩露爹好了胳膊，娘也不再出去打工，他们说，哪家女儿出嫁没有彩礼啥的，不能便宜了老文家，不明不白的。

韩露说，爹呀，娘呀，你们能不能省省心？

文璟爹倒也不客气，说，既然认了这门亲，彩礼算啥呢？你说多少？老文家一分不差呢。

文璟知道爹没有钱，耍硬脾气，拉弯说，要彩礼也是我的事情。爹说，奶奶的，不怕，架不住，再打一次工便是。文璟那会儿眼泪丝丝的，爹不服，他也不服。

韩露没有办法，向爹娘亮起了肚子。

韩露爹娘傻眼了，奶奶的，丫头肚子不争气，丢死人了，咋能这样呢？骂了韩露几句，之后说，家具啥的还要有的，择个日子，把婚事办了，不能在娘家生孩子吧？

文璟爹说，一切都该有礼数的，老家的房子我们翻新，城里的房子确实买不起，先把韩露迎接到文璟的出租屋里。

结婚后，才知道生活的艰辛，韩露大了肚子不能做生意，得雇人。遇到经济危机后，什么生意都不好做，房租不降反而提升。韩露想关了店门，文璟说，关门便关了希望，不行我去问问莫先生。

于是他跟莫先生说了他的窘境，莫先生说，生活就是这般样子的，谁熬得住，谁才能成为靠谱的人。

文璟就把莫先生带回家，说给韩露听，韩露见莫先生邋遢样子，不信莫先生是高人。文璟说，高人不会写在脸上，熬得住方为靠谱，难道不是一句真理？

韩露只能听文璟的，雇了人，自己大着肚子忙前忙后的，好在文璟上心，下班就当帮手，两个人一心想成为靠谱的人。

六

生了孩子后，老大就雇下了云徽，还给文璟配了车子。

一切恍如做梦，一夜之间，文璟成了令人刮目相看的人。文璟爹走进别墅，大咧咧说，我说，儿子行的，你看看，这房子，这地，这客厅，这沙发，这、这……爹形容不好了，娘一直擦眼泪说，这才几年光景。

文璟解释经过，说这一切不是自己挣的，是老大慈悲。

爹说，谁住下就是谁的，何况老板给你办了证的。

文璟说，这里清楚呢。说着话指指心窝。

爹说，这孩子，咋就不明白事理呢。老板能给，说明你行的，不然老板能让你当经理、送别墅？行就是行，我儿不用谦虚的。

文璟哭笑不得。

韩露爹娘见过别墅和韩露生活场景后，更加喜出望外，就像他们出门拾到了钱包，韩露月子里，韩露爹娘抢着干活，让文璟歇着，云徽歇着，文璟爹娘也歇着，韩露爹说，有他们在，不需要帮手。韩露笑，由着爹娘去。

文璟不行，只怕韩露爹娘误会，于是找机会便解释房子来历。

韩露爹问，老板送的？凭啥送你？

文璟说，也许莫先生暗中助我。

韩露爹问，莫先生是谁？

韩露说，一个糟老头子。

韩露爹问，他为啥助你？

文璟说，我哪里知道呢？

韩露爹娘多少有些失望，伺候完韩露月子，便拍拍屁股走人，临走对韩露说，你得当心，文璟这孩子不太靠谱呢。

文璟摇头，韩露也摇头。

后来生活在别墅里，文璟率先迷糊的，好像这里的一切都不真实，花草不真实，树木不真实，一桌一椅也不真实，连开的车仿佛都是纸糊的，顷刻间也会化为灰烬。从此文璟世界里，只有感恩，生怕哪点做得不好，惹下老大生气，更怕工作失误，给公司造成损失。

韩露还做她的馄饨生意，混混沌沌，好像不太在意文璟的情绪。

看到文璟不停找莫先生喝酒，韩露才发现文璟的异样。莫先生醉酒那会儿，韩露问，文璟是不是病了呢？咋整天不开心，整宿不能入睡呢。

莫先生醉酒后，说话比较随意，他对文璟说，生无一锥土，要有四海心。

文璟说，心再大，只怕能装得下感恩，装不起报恩。

莫先生说，心安理自得，做你该做的。

文璟说，人不能生活在愧疚的情绪里。

莫先生说，善不可失，恶不可积，该愧疚的是那些不知感恩的人。

文璟越发不懂莫先生的话了，莫先生咋这样说话呢，尤其喝醉酒，胡咧咧的让人闹心。

发展到最后，文璟不知道怎么对待云徽了，你想呀，老大雇下的保姆，能当保姆待吗？兴许是老大派来监控我们的？他让韩露注意分寸，韩露说，该不要我伺候她吧？真是的。

云徽很开心，她没有想到遇到这么好的人家，为了报恩，云徽主动把韩露女儿带到身边睡，她想让文璟和韩露睡上好觉，想让韩露安心做她的馄饨生意。

孩子带走的那晚，文璟轻松了不少，很多天，憋着情绪，加上女儿哭闹，早没有房事的兴趣，女儿不在身边，推推韩露，韩露有了回应，文璟毫不犹豫地爬到韩露身上去，韩露也配合得很，到了关键处，文璟居然不行了，韩露问，你咋了？

文璟不知道咋了？谁知道咋了呢？不会这样的。

韩露便委屈，嚷嚷说，你欠谁的了？

文璟说，人不能生活在不真实的环境里。

韩露说，明天就搬家，我可不想住这里，只怕到头来，你真的病了呢。

文璟说，你能支持最好，赏赐的东西再好吃，也是嗟来的。

第二天文璟找到老大，说，不想住下去了，夜夜不能睡觉呢。

老大问，为啥？

文璟说，谁知道呢？不踏实。

老大说，一起都是你的，我了断得彻底，想不开就当我给你的原始股，你该得到的奖金。

文璟说，假的就是假的。

老大翻脸了，老大说，送你别墅倒不安了，还没有送你情人呢。

文璟吓得连连摇手说，你饶过我吧，不知道怎么才能报答老大呢。

老大说，谁让你是文璟呢？要怪就怪你的姓氏和名字。

奶奶的，莫先生害人，哪有什么点亮之说呢？

无精打采回到家，云徽说，管他呢，办了证的，有啥不安的。云徽说得有道理，种种迹象看，云徽不像老大卧底之人，老大糊涂，做人不能迷糊呢。

云徽说，老大听到我的身世把我带到这里，心肠好呢。

韩露拉过云徽说，小菩萨受不了大香火，看他紧张的。

文璟说，韩露，你咋来的心安理得？

韩露无奈摇头，咋变成这样了呢？

文璟后来发现自己过分，不停道歉，韩露凝着忧伤，躺在床上，这次韩露穿着性感的丁字内裤，故意把自己头发弄得乱乱的，文璟看到韩露的样子，忘记了忧伤，早按捺不住心中的潮水，韩露见有戏，不停变换姿势，关键时候，文璟突然又跌进峰底，文璟啜泣了去。

韩露忍受不了这种折磨，就像一碗诱人的馄饨就在饥饿人嘴边，够不着呢。心中的那团火到处乱蹿，浑身都是火的痕迹，韩露撕碎了丁字裤，走进了浴室，走出的时候，重重摔倒床上，连叹息都是无力的。

文璟知道韩露无辜，他也无辜，就像他走着走着，突然掉进了陷阱，无法挣扎上来了。他拉过韩露道歉，韩露说，不行，这样下去肯定不行，搬出去，回到从前，我快疯了呢。

文璟说，老大不让，不能误了老大的好心。

韩露说，去他狗日的老大。

文璟说，咋能骂老大呢？他是我们的恩人。

韩露嗷嗷喊了起来，韩露说，狗日的莫先生，让他说，谁是谁的恩人？

文璟看韩露发疯，就拿被子捂住了韩露的嘴，云徽在呢，这时候为房事吵架丢人不丢人？

韩露喊，我不管，我就喊下去。

这个韩露，咋这样呢？

七

老大被检察院带走了。

老大出事了，老大怎么能出事呢？公司门前都是要账的人。老大不在，债务无法清理，公司立即关上了门。老大进去了，公司怎么办？大家怎么办？文璟主动委托律师见老大，律师带回老大的话，老大说，烂了才好，去了才好，让文璟再找营生。

文璟不信老大能放得开，问律师，没说其他的？

律师说，他能说啥呢？

文璟这才慌了神，到处找莫先生，他想，老大那么恭敬莫先生，莫先生肯定有办法的。到了莫先生门前，铁将军把门，打莫先生电话，已停机。莫先生躲在城市背后的旧院子，生生冒出冷气。莫先生能到哪儿去呢？干吗这个时候失踪了呢？文璟开车到清水观，问几位常住的道长，道长说，莫先生不是道上人，没见上观呢。

文璟站住大殿的门前突然发起了呆，短短时间，一切都变了模样，连莫先生也不知道去了哪里。后悔当初忘记问下莫先生哪乡哪村的，来自哪里？常与莫先生喝酒的时段，多半只会说自己的惶恐和委屈，老大似乎也忘记问起，现在老大出事了，找谁救他呢？

事情的发展出乎文璟的预料，很快，法院查封了公司，冻结了老大的账户，偌大的公司大楼，瞬间人去楼空，还被贴上冰冷的白纸黑字的封条，连点喘息的机会都没有。

树倒猢狲散，别的人可以拍拍屁股走人，文璟不行，他得想办法救老大。文璟过去提醒过老大，文璟说，慢就是快呢。老大说，开弓没有回头箭，只能走下去。老大地产起家，开发完清水观、鞍子山别墅之后，老大连出两记重拳，开发老城文化一条街，承担政府的湿地公园建设，老大说，公司靠的是品牌和形象，不仅仅是赚钱。没有人说老大做得不对，问题是这些投资都是见效慢的项目，最后老大被困在项目里，挪不动半步。

老大并没有恐惧，他知道有后路，他的后路是银行。银行确实热心，他们知道老大是市里的红人，背后有政府，银行不怕政府。谁知道发展到最后，政府也没有办法了，银行催贷，老大急了，用湿地生态开发的名义骗来上级扶持资金，结果那笔资金挪作了他用，最后资金链崩断，散了盘子。如果省长、市长不出事，或许还有翻盘的机会，谁知道节骨眼上，省长、市长一起被"双规"，断了老大最后的希望。

老大这才慌了神，他知道省长、市长不会放过他，战战兢兢熬着，直到省长、市长熬不住，供出了他多次行贿。

文璟听到一些传闻，跟着叹息，他想，老大不是这么不小心的人，何况老大啥都问莫先生，这回莫先生突然失踪了，多少有些蹊跷呢。

文璟不知道怎么救老大，天天开车找莫先生，莫先生去过、说过的地方，他都找过，韩露见文璟无头苍蝇一样，顶撞说，茫茫人海，哪里找去？

文璟不服，文璟不信找不到莫先生。

韩露说，兴许他也骗了老大，这回怕了呢。

文璟摇头。

韩露说，老大指头缝漏的都够他享受了，否则他为啥天天跟老大缠在一起？

文璟没有韩露想得这么细，寻思下去，似有端倪，是呀，莫先生本来可以不那么缠绕的，平时不想见老大，听了老大召唤，羞羞答答最终见了的，没有功利色彩的话，只怕不会缠绕下去。

韩露见文璟疑惑，加重语气说，熙熙攘攘皆为利，哪像你，得到一点好处，成夜睡不着了呢。

文璟说，不行，我还得找到莫先生，莫先生不是你说的那样，莫先生肯定有办法救出老大的。

韩露说，他有办法，下雪那天咋不说？现在溜了干啥？怕溅到火星，早逃匿了呢，你还找他弄啥？

文璟坐在沙发上，不知道干啥？

云徽跟韩露一直很忙，云徽把孩子带到馄饨店，一直给韩露当帮手，老大倒了，韩露说，老大给的工资，她一个子儿都不少，韩露拉着云徽的手说，你只有一个爹，能到哪去？说不定在馄饨店里遇到合适的，还能把自己嫁了呢。

云徽知道韩露心善，说，不走了，有口饭吃就行，再说，我也离不开你的女儿了呢。

每天大清早，云徽开着奇瑞，带着女儿和韩露，早早去了馄饨店，家里只剩下文璟一个人。从连轴转到停摆，文璟一直坐在院子的花坛上看花草，他想，快到春天了，得把那些缺棵的花草补上。想到花草，便想到老大，他想，老大老婆孩子咋弄？他们还好吗？要是房子被人拍卖了去，这栋别墅说啥我也不能要下的。

于是开车找老大老婆。

他不知道老大家住在哪里，老大不让员工操心他的家务事，老大信任他时，也不让他问，老大说，家家都有本难念的经，还是不问的好。文璟一直不敢询问，便不知道老大家住在哪里。最后文璟想到了老大的司机，他想，司机肯定知道老大住哪里，于是打老大司机的电话，老大司机说，找她干啥？

文璟说，老大送我栋别墅，我不能无故收下。

老大司机说，都怕沾上晦气，劝你还是离远点好。

文璟说，大家不该这样对老大，你也不该这么说话。

老大司机说，那我就告诉你，清观路中段，一片香樟林背后。

开发完清水观，老大要求市里重新命名那条街道，民政部门听从了老大的建议，把文华路改成了清观路，大家都说老大行。文璟驱车到了老大司机说的地方，找了半天，才找到那片香樟林。香樟树据说也是栽的，现在长得十分茂密，茂密的背后有条林荫大道，大道的尽头有两扇巨大的朱漆大门，背后还有一座灰色的三层小楼。闹市区，有了这等住处，不是老大这样身份的人，只怕没人能拿下。文璟怔怔站下，不停敲门，没有狗叫，也没有人回声。文璟知道楼房里没人，只好坐在路边等。

过了春节，天慢慢回过神，北风不再凛冽，阳光也是暖暖的。文璟正要打瞌睡，听到车声，张开眼，看到一位夫人提着包下了车子。夫人五十多岁，跟老大年龄差不多呢。文璟讪讪走向前，鞠躬说，我是文璟，问嫂子好呢。

夫人好奇，问文璟，哪个文璟？

文璟知道自己说得含糊，于是说，我是老大公司的员工，想必老大没有跟你提过。

夫人明白了事情经过，便说，你误会了，我不是老大的夫人，老大家的不知道搬到什么地方去了，这是抵账来的，空在这，我来给房子透透气呢。

文璟想，怎么可能？老大怎么会保不住一栋房子？难道嫂子要流落街头了吗？想到老大家的，文璟心更酸了，赶紧问，你肯定知道老大家的搬到什么地方去了。

夫人说，搬家的时候，我们也不忍，不在身边，当然无法知道。

有她电话吗？

夫人说，说来你可能不信，法院判决的，没有交集。

文璟怅然在阳光地里，看着夫人进屋，关上朱漆大门。

再回头，文璟脸上挂上了泪水，文璟想，一定要找到老大家的，不能让她那么凄惶，老大还留有一栋别墅呢。只是不知道电话，哪里找去？

文璟开着车漫无目的地转，最后转到清水观，想再问问道长，道长说，抽支签吧，很多事情无法妄猜的。文璟只能拜了"三尊"，抽了支签，签文四句话，大意该有的总会有的。

不懂深意，问及道长，道长说，该见的总会见的，该去的总会去的，你自当什么也没有发生。

文璟想，道长终究不懂我的，都是眼前事，如何能遮掩过去。于是走出道观，站在淮河边上，看着淮水翻滚而去，不经意间想起柳永的《凤归云》："驱驱行役，冉冉光阴，蝇头利禄，蜗角功名，毕竟成何事，慢相高"等之句，早泪流满面了。他想，柳永终究不能放弃功名，当是生活无计，陶渊明潇洒归隐，因其有"田园归耕"。莫先生说，儒学劝人入世不出世，救不了灵魂。想到莫先生多次规劝，却不把话说透，到底不算救人。要是见到莫先生的话，说啥都要抱怨几句。擦干了泪水，别过了淮河，文璟把车开得呼呼的，好像他心中的那团气，直到到了馄饨店里，还不能停息。

韩露见文璟松塌塌走进店面，知道文璟不开心，韩露说，要是闷了，就到店里帮帮活。

文璟说，老大家的不知道搬到了哪里？连房子也抵账了。

韩露半天没有吭声，最后说，能找到她的话，我这里好说。

文璟知道韩露通情达理，听韩露说"好说"二字，文璟不知道说啥好了，嗫嚅半天说，只是找不到了呢。

八

文璟还在寻找老大家的，老大的债主找上了门。债主是个中年男人，留胡子戴眼镜，头发也是直戳戳的。债主说，听说，你住的别墅是老大的？

文璟不知道债主什么意思。债主说，老大还欠我一千多万呢，狗日的，分割的时候，我到了墨西哥，回来便没了我的份。

文璟问，老大的债务与我有关吗？

债主说，如果是老大的别墅就有关。

文璟拿出来房产证和土地使用证，话都没说一句。

债主看了半天，骂了句，狗日的为啥说你天天嚷嚷还老大房子呢。

文璟不知道谁说的，可以断定就是公司那些人，于是文璟说，人都有背运的时候，不能落井下石。

债主骂骂咧咧，临上车时回头叮嘱一句，找到老大家的，告诉一声，老大进去了，她能躲到哪里去？

文璟想，看来想找老大家的难了，有人追债呢。

文璟找不到莫先生，找不到老大家的，住在别墅越来越不踏实，憋不住之后，找到律师，他说，我想见见老大。

律师说，还没有宣判，到了劳改场就简单多了。

文璟问，你说，能判几年呢？

律师说，看老大的态度，行贿那些可以轻判的，只怕他欺骗国家项目资金的罪名，坐实了，就难说了呢。

文璟问，难道就这么熬下去？

律师说，那怎么办呢？市长、省长还没宣判呢。

文璟别过律师，文璟想，老大呀老大，为啥做下这么多事从来都不吭声呢？

文璟的痛楚都在心里，没有想到爹那会儿来了，爹听到了风声，跑来看看文璟，他担心文璟出事，毕竟文璟拿了老大的房子。见到爹，文璟就伏在爹的怀里，文璟说，我活不到上面去了呢。

爹说，不怕，你还有别墅，还有韩露，还有馄饨店，你什么都没有失去。

文璟说，别墅是老大的，终究要还的。

爹说，我儿傻呢，多少人得到老大的好处，都还了吗？山里人善良不假，也不能犯傻是不是？

文璟问，爹，你咋能这么想呢？

爹说，这么想有错吗？就是老大供出送你别墅，不算老大行贿吧？他用不着。

文璟一直摇头，爹不摇头，爹叮嘱说，不能犯傻，傻子没人可怜。

文璟没有想到爹变成了这样，爹过去一分钱便宜都不想占的人。他不点头，爹便不走，他只能点头，他怕韩露听到，改变了主意。

前脚送走爹，后脚韩露爹赶到了，韩露爹这次没有耍脸子，只是有些瞧不起文璟，他慢吞吞坐在沙发上，让文璟倒水、拿烟，然后说，亏了我家韩露呢。

文璟想，这个老丈人真是不靠谱，夫妻之间，谁亏了谁？

韩露爹说，丫头心善，好哄，你不找事做，难道要丫头养你？

文璟知道韩露爹的意思，忙说，终究要找的，短时间难以找到。

韩露爹说，听说你要把别墅还给老大？想过没有，你们住哪里？还要挤在出租屋里？

文璟还真没有仔细想过这些。

韩露爹掐灭了烟头说，当一回男人，要知道担子轻重呢。

韩露不在家，只能听爹啰唆，不停点头，临到中午吃饭，文璟要带韩露爹到馄饨店吃，她爹说，那是丫头的店子，我知道地点呢，要请你就在闹市区摆下一桌，我去。

文璟被韩露爹说得心里一直闹腾，直到最后，"哇"地吐出一口清水，这才知道，早餐忘了吃呢。

索性听了韩露爹的，让他自己走，文璟锁上门，不想待在别墅里，他想去看看砚山，看看那潭水。

春天的潭水，柔软了很多，风刮过水面，掠起笑纹，潭边的花草细细地回过身子，枯死的都在背后，那丛绿窜缀成软语似的，仿佛在说，你终于肯来了呢。

坐在潭边，文璟看完潭面看蓝天，还有蓝天下的白云，最后眼睛扫到山顶，想起老大说修亭建庙的事情，便想，对，走到山顶去，那里才算安静。站起来的工夫，想到了莫先生说的寒砚。莫先生真是的，是砚山的话，为啥多了一个寒字，难道就因这潭水？我为啥成了点亮这潭寒水的人？莫先生救我还是害我？他为啥躲了去？

一肚子心思，不知道找谁说去，只能爬向山顶。山顶高处一小块平地，平地上，老大曾说要应该有座亭的，老大还说，没有也好，现在想来还是应该有的好。山下的别墅有了烟火气，一冬的冷寂到了春天也焕发出了生机，装修别墅的人络绎不绝，大家等着入住了。

只是砚山这里依然清寂，怕是很多人还没有发现它的清静。

文璟看看平地，比画着面积，最后想，建个简易亭子，心里烦了，可以坐在这里想心思。心思才出，想想没有带刀具和绳子，只怕想搭也搭不起来。于是匆匆下山，他想，反正无聊，不如搭个亭子，有空上来坐坐。走下山，开车上了市区，到了建材市场，不管三七二十一，买下铁钢管、红色塑料材料、木材条子，还有钢丝绳，他想，有了这些东西不怕搭不起一个亭子。买完这一切，过了午饭的时间，也不知老丈人到了韩露馄饨店没有？不放心，惦记着，开车到了韩露馄饨店，走进店里，见云徽正在哭，云徽为啥哭呢？文璟一个愣怔。

韩露抱着孩子不停道歉，最后文璟听明白了，韩露爹弄的，离开文璟，他心里冒火，呼呼烧到馄饨店，再也憋不住怒气，遇到云徽招呼，便嚷，一个老大的人，干吗跟着丫头后面添累赘？这是韩露爹的心里话，可是现实并不是这样的，是云徽帮了韩露，不是韩露帮云徽。云徽难受，独自流泪，韩露听到爹无礼，便嚷嚷说，你知道什么呢？

61

爹一生气，拍屁股走人，说韩露不省心。

云徽要走人，韩露便劝，好半天云徽还是缓不过劲，文璟走到店子里，韩露心情不好，见到文璟就嚷，你天天弄啥？也不到店里帮帮手呢？

文璟不知道弄啥，救不出老大，他没有心劲，问题在于救不出老大是铁定的事实。

韩露说，知道爹来了吗？他骂云徽，你说云徽委屈不委屈？

文璟说，你爹也骂我，我也委屈。

韩露不说话了，女儿那时候不停哭了起来，文璟抱过女儿，文璟说，咋了呢？乱糟糟的。

韩露跟云徽不搭理文璟，文璟见女儿不哭了，就说，还是应该找到莫先生，他起码知道怎么做呢？

韩露这才嚷叫起来，没有他你不能活了是不是？一个糟老头子，把老大忽悠进去，你难道还不能醒醒脑子？韩露气得喘粗气，云徽说，不要吵了，想想去冬那场雪前，花草莫名被铲，早就有些征兆了呢，只是大家都没在意，现在想来，那别墅或许住不得呢。

云徽的话提醒了韩露，韩露想，过去住在租住的房子里，夫妻感情多好，自从住进别墅，文璟变了一个人，咋了呢？

文璟不信那些，他知道花草不是莫名被铲，肯定有些原因，只是不知道是他还是韩露还是云徽，要是外人，起码不会那么安静。文璟猜想的事不会乱说，何况春天来了，那些花草可以补栽了的，现在要紧的事情要救老大，没有办法才想找莫先生的。

文璟见大家情绪都不好，这才苦笑说，要怪就怪我，忙完这些便去找工作，我不会吃你韩露软饭的。

韩露噌地上了火，她何尝说过这等话，委屈跟着眼泪往外掏，她说，谁吃谁的软饭，夫妻也要明算账吗？

文璟不知道夫妻之间要不要明算账，反正她爹让他算，心里委屈，说出不该说的话。

到了晚上，韩露无法入睡，文璟也没有入睡，大家睁眼，都不说话。后半夜里，春风停了，别墅格外安静，韩露听到文璟细细的喘息声，知道文璟累了，可能睡了去，正要迷糊过去时，见文璟怔怔起床，韩露开始以为文璟起夜，没有在意，结果看到文璟开了门，摸摸索索到了客厅，没有开灯，也没有喘息声，结果听到吱呀开门声。文璟深夜出门干啥，韩露跟着走到客厅，隔着钢化玻璃门，看到文璟拿起门前锹，噗噗铲着花草呢。韩露吓得捂住了嘴，文璟咋了？梦游还是生病了呢。她不敢吭声，见文璟累了，歇息了会儿，又怔怔走回了客厅，直戳戳走回卧室，挺挺摔了下去。

那会韩露吓得紧紧捂住了嘴，泪水打湿了她的手，她还不敢松开手去，她怕自己的尖叫声吓到文璟呢。

九

文璟搭好了亭子，那顶红，就在山顶燃烧着。搭好的当晚，文璟拉韩露到亭子看看，文璟说，砚山本就该有座亭子的。

韩露知道文璟那晚奇怪举动时，知道文璟真的生了病，这才变得小心翼翼起来，听文璟要上山，她忙点头，愿意一同前去。

文璟很感动，心绪坏了，一个春天都憋屈。韩露对云徽说，我们出去走走，很快就回。

云徽说，孩子睡了，放心。这几个月不用挤奶了，夜里韩露到云徽屋里喂奶，没有亏负女儿的心思，淡然了许多。于是笑着对云徽说，难得文璟有心情。

走到亭子下，春风大了去，带上了一些味道，那味道就像一道菜，更像一杯酒，更像一种久违的心情。韩露说，不要想多了，对身体不好呢。

文璟说，这里本该有座亭子的，当初没有听老大的。

韩露说，也许吧，你不是建了嘛。

文璟说，简单了些，对不起老大呢。

韩露不说话了，靠在文璟的怀里，软软的，就像那潭水，泄在砚山的怀里。

文璟也不说话了，他在仔细凝听虫鸣，惊蛰之后，虫子活跃了起来，青蛙间或也会叫上几声，天上有飞过的鸟，咕咕声中并不慌张。文璟想，这么坐下去挺好，早该到这里坐坐呢。

韩露手不老实，一直抚摸文璟的后背，韩露生怕她一撒手，文璟就会丢失了去，她抚摸得小心，像一种安抚，更像一种心疼，她记得那晚文璟铲花草的动静。

文璟心里痒痒的，那痒就像绕来绕去的春风，更像阵阵袭来的花香，文璟抓住韩露的手，文璟问，试试？

韩露不说话，深深拱进文璟怀里，然后就抚摸文璟的耳朵，肚子，最后攥住了文璟的命根子，文璟那会儿"扑腾"立了起来，好像压抑很久的情绪跟着翻起了跟头，文璟少有的兴奋，文璟说，韩露，天上有鸟呢。

韩露说，是的。

文璟说，到处都是虫的鸣叫声。

韩露说，是呢。

文璟说，坏了，我看不到任何东西了，眼睛瞎了，耳朵聋了，怎么办？怎么办呀？

韩露不说话，韩露"嗷"的一声喊出之后，猛地抱住文璟，哭着喊，你行了，行了呢。

文璟也跟着激动，文璟说，我怎么什么都看不到、听不到了呢，那会儿我好像眩晕过去。韩露伏在文璟的怀里哭，韩露说，我们不住别墅，我们还给老大，我陪你到劳改农场去，让老大收回。

文璟说，我想好了，放在这里，也是老大的，等老大出来，再还他，老大不能没有住的地方不是？

韩露说，老大不该受下这场磨难的，走错路回不来头了。

文璟说，谁说不是呢。

第二天清早，韩露就对云徽说，今天你到店里招呼下，我得租房子去。

云徽问，到底住不下去了吗？

韩露说，文璟病了呢，只怕重了，难以回头了。

云徽说，我怎么办呢？

韩露说，这栋别墅放在这，你看着就行。

云徽问，这么大的别墅，我消受得起？

韩露说，等老大出来，还他。

云徽说，来来往往只怕不便呢。

韩露说，车子你开，文璟有车的。从此孩子我自己带，白天你到店里就行。

云徽眼睛湿湿的，云徽问，老大什么时候出来？

韩露说，听说八年吧。

云徽说，八年？云徽想，八年我多大了，那时候我还能看屋子吗？只是她不便说，她知道韩露为了文璟，她得懂事。

这次租的是两室一厅，房租一个月两千四呢，这是一笔不小的开支，文璟说，不怕，我们一起经营馄饨，等我找到工作，不怕这点房租。

韩露说，我等着住你自己买的别墅，我相信你会有那么一天的。

文璟抱住韩露便哭了，文璟说，我这辈子最大的福气就是找到你。

看看房子还没有过去客厅和餐厅大，韩露多少有些不习惯，只是想到文璟病了，还是忍受住了委屈，韩露想，只要文璟变正常了，比什么都好。

到了新的环境，文璟居然变了一个人，一晚上要了三次，韩露说，你这样下去，我会受不了的。

文璟说，我要补上，我行了呢。

韩露那会儿浅浅笑了，韩露说，也许你天生命薄，消受不起。

文璟说，我不后悔。

那会儿韩露才开怀大笑，直到把女儿笑醒。

这天走到春的尽头，天热得紧了，可以穿上短袖衣衫了，文璟担心老大在里面没有换洗衣服，就买了几件衣服，带上一些吃的，才对韩露说，我们看看老大去。

韩露说，行，我陪你。

劳改农场离市区也就八九十公里的样子，驱车只要一个半小时，文璟路上说，老大想回头的。

韩露说，知道。

文璟说，莫先生说，无解便是解，难道这是老大的命数？

韩露说，别提莫先生了，不是认识他，你或许不会神经兮兮的。

文璟说，不能那么说，莫先生不是简单的人。

韩露不想抬杠，到了劳改农场，登记、等待，等见到老大时，老大一点也不讲究，头发斑白，眼角上还存有丁点眼屎，文璟见状落了泪，隔着玻璃窗子，拿起电话，文璟说，老大，别墅我给你留着呢。

老大说，你安心享用，那是你的。

文璟说，云徽替你看着呢，告诉我嫂子电话，他们要是没有房子住，把他们接到别墅里。

老大说，只怕他们住下，又成了别人的，你留着吧，清静。

文璟说，我懂了，我留着，只是别墅永远都是你的。这回文璟说话很有底气。

老大那时流泪了，老大说，莫先生来看过我了，莫先生说，他去了趟武当山，莫先生说，问题就在我过去不信。

文璟问，你见到莫先生了？我咋找不到他呢？

莫先生说，知道你找他，也知道你修了亭子，当初莫先生帮你，说是看到了你的纯净，莫先生说，你心性未泯，是个好人。

莫先生还说了啥？

莫先生劝我说，失去与得到都是一样的道理。

这个莫先生，他去了哪里呢？我等着跟他喝酒呢。

莫先生临走还说了句，红尘滚滚皆为利，误把真情当风声。就是那晚喝酒说下的话。

这个莫先生，要是见到他，我就问他，那些花草谁铲的？他能算出，我才彻底信服呢？想到这，嘴角挂上了笑，老大见文璟笑，也咧嘴笑笑，韩露跟着笑起来，气氛轻松多了。

回程路上，文璟说，莫先生终究不为利的。

韩露不说话，韩露回头想想莫先生，真的不知道咋评价了，韩露想，莫先生到底是个啥人呢？山野之人能有这等胸襟？想到这里，她蓦地问文璟，你说，莫先生能算出谁铲了花草、砍了树吗？

文璟说，他肯定猜不到，他能猜到的话，真是神人。

韩露笑了，韩露想，我知道，只是我不想说了呢。

（《寒砚》原发《江南》2017 年 6 期，《中华文学选刊》2018 年 1 期选载）

操　守

一

　　一阵风把城市吹乱了。天空中电缆上下弹跳，仿佛随时都要挣脱杆子的束缚，弄出更加惊怵的火花；汽车如抱头鼠窜的人，声声喇叭，拼命扭动着身姿，晃动在街上；男男女女从悠然、急切、散淡等等神情中回过神，蓦然坠入恐慌，那些广告牌、空中标语，还有店面上的招牌，噼里啪啦，好像随时就要砸向某处，或者飞落在某人的头上。小昭正在生火，又是扇子又是鼓风机，一捆柴还没有点着煤球，就被不期而至的大风吹灭了，小昭看看外面狂风大作，拍拍手，又捋捋糟乱的头发，才知道往屋内躲，想，这天咋了？

　　大风来得毫无征兆，就像平静的大海被不知名的力量掀起了巨浪，层层挤来，最后拍打到石头上，惊涛裂岸。风掠过城市的上空，穿行在城市的细微处，满街都变成咣咣当当、稀里哗啦的声响，一浪高过一浪。小昭明白怎么回事的时候，不敢睁眼，抱着头，蹲在一张餐桌旁，仿佛她一动弹，大风就会活生生刮走她似的。小昭不知道求助谁，几次掏出手机，最后那声响，让她彻底放弃了求助的想法，想，都咋的啦？

　　听不到声响的时候，小昭抬起头来，大风并没有带来雨，晚霞依然朗照，小昭急忙走到外面，除了满眼混乱不堪的景象外，并没有出现大的灾难，街道还在，楼房还在，那些密密麻麻蜘蛛网般的电线也在，只是户外雨棚，早被刮折，散落一地。小昭有些茫然，呆站了会儿，才想起回屋找细绳绑住折断雨棚的部位，想，老天也抽筋，好好的，发什么飙？

　　小昭镇定了情绪，重新开始生火，干柴没有被大风吓到，很快蹿出火苗，接着燃烧起几块煤球，整个炉子就热气腾腾起来，里面的卤汤也冒出热气。天不太冷，秋天的末梢，那些热气捅饬出一些城市的烟火气，小昭重新梳理了头发，才扯开嗓子问隔壁的老杜，刚才怎么回事？

老杜不是很老，大家都喊老杜，小昭也那么喊，老杜说，你问谁？天的事情嘛。老杜心情不好，几张条桌被刮翻，断了腿，一时半会儿收拾不好，马上就要天黑了，眼看影响到生意，说话没有好声气。

小昭理解老杜的心情，看看自己的桌子还在屋里，庆幸没有及时搬出去，否则一样难逃劫难。庆幸之余，零零碎碎拿出卤煮好的猪耳朵、鸡鸭鹅，还有猪蹄、猪头皮、豆干等等易于卤制的东西后，靠在案板上用手机搜新闻，看看网上怎么说这次突然而来的大风。网上还没有动静，她的生意也没有动静。不知道何时开始，县城把幸福路改成了邵南路，说是纪念一个唐朝隐士董邵南，韩愈有《送董邵南序》的诗作，说及董邵南拒绝官场，甘愿隐居。县里为了挖掘历史文化名人，就把好端端的路名改了。于是顺口溜随之而至，什么邵南路宽又宽，两边都是卤菜摊；邵南路长又长，两边都是灾民房等等，一条纪念大儒的路结果变成了鱼龙混杂、小商小贩满地窜的脏乱路。

小昭在邵南路租下门面摆起卤菜摊有一两个年头了，生意不好也不坏，夏天里，那些爱喝啤酒爱吃熟食的常客，晚上基本都泡在卤菜摊上，到了冬天卤菜生意不大好，小昭也随大流，做些火锅、热炒啥的，没有服务员，一切都是自己操办，成本不高，只是门面租金不低，忙忙碌碌，够糊弄日子。

小昭几天都没有看到那个人，那个人总是很晚才来，来了坐在屋内靠窗户的那张光亮的条桌上，要猪耳朵、鹅翅膀、卤素拼和时令菜蔬小炒，四碟菜上齐后，也不说话，开启了啤酒，独自慢斟细酌，整个过程，极为安静。小昭记得那个人的眉毛很浓密，像墨笔画上的，嚼咬卤菜的时候，脸上有几块肌肉坨坨也随之鼓动起来，有些生动。还有他喝啤酒样子，不像有着生猛身材的人，更不像几块肌肉坨坨那么起眼，而是浅浅地抿一口，再抿一口，行为特别矜持，矜持得类似做作。有食客见到那个人的样子喜欢窃窃私语，说那个人装，那个人听到了，也不搭理，一脸恬静。

小昭想，那个人肯定没有做作的意思，看得出他的矜持就像他身上的某个物件那么妥帖自然，不像刻意为之。

吃完那些卤菜，那个人还会仔细擦完手和嘴，慢腾腾走到吧台结账，每次找零那些，他都不要，丢在桌上，然后离开，消失在小昭的视线里。

很多天，那个人都没有来，可能天气冷了，否则其他原因，小昭不知道自己怎么会莫名地惦记起那个人，一个卤菜摊，天天人来人往，需要挂记的人不多，譬如那帮打零工的人，每晚劳作结束，都会聚在一起，坐在外面，吆三喝四，夏天里，兴致来了，也会光着膀子，成捆喝啤酒，喝高了，喊小昭加菜，或者陪着说话。小昭每次都是微笑着，有时候也会淡淡说，少喝点，啤酒也是酒。那些人听到小昭那样劝说，越发起劲，还会张牙舞爪，在小昭身上拍来拍去，小昭依然微笑，知道他们寻开心。

还有一些人群，譬如一帮写诗作画的，喜欢找情绪，隔三岔五到小昭摊上，要几碟卤菜，基本轮流坐庄，你请我，我请你，说些稀奇古怪的话题，什么太监阉割文化成就不了道德完整，妓女教会男人如何找妈，物质异化了精神品质等等，有个诗人，喝多了就会哭，趴在条桌上，哭得十分伤心，那群人也不劝阻，由着他哭，他哭结束了，就会坐直身板，开始说胡话。小昭听不懂，就认为那个诗人说胡话，其中一位解释说，那叫诗歌。小昭不懂诗歌，上学时候读过李白、杜甫、陆游的诗，起码意思能懂，说胡话的那些激情话，小昭半句都听不明白。小昭不懂这群人，懂得尊重，知道他们不容易，每次放在电子秤多出的那点，都不拿出，剁吧剁吧，给了他们。那群人不知道，只知道小昭卤菜味道好，还便宜。所以选择吃卤菜喝啤酒的时候，总到小昭这里。

还有很多散客，都是拖家带眷的，他们讨口福，尝尝鲜，凡是这群人，都是不太常来，偶尔来后，也是极为挑剔，问及卫生，打探是否放上大烟葫芦之类的。大烟葫芦就是罂粟果子，据说卤菜卤制过程中，总会放上几个，不但卤菜香，常吃的人还会上瘾，隔段时间不吃，就会想起那口。小昭跟别人一样，也是放大烟葫芦的，人家放四颗，她最多放两个，有人问起，断然不会承认的，说没有放那家什，怎么能放那玩意呢。时间久了，大家都说小昭卤菜没有放大烟葫芦，是真正的好卤菜。小昭赢得好名声就偷笑，想，幸亏放得少，否则担不起好名声呢。

人来人往，小昭记住不同人群，可是一直记不住某个人的特征，说来也怪，她独独记住那个一直不太说话、十分安静和矜持的男人。可是那个人一直不同她说话，来来往往，都是结账时的几句话，那个人话音醇厚，说的不是当地话，是普通话，小县城没有人说普通话，那个人说得字正腔圆。小昭想方设法笑着跟那个人搭讪，希望他能多说几句，那个人话极少，问什么答什么，否则基本不答话，结完账，看看小昭，笑笑，然后慢慢离开，消失在人流里。

每次他走后，小昭都有些惆怅，那个人干吗的？不是当地人，怎么爱吃她的卤菜？

大风的晚上生意不好，大家的好心情仿佛都被大风刮走了，打零工的那些没有来，那帮写诗作画的也没有来，天冷了散客基本不会光顾，生意冷清，小昭就很难受，拿眼瞄老杜，老杜拼了几张桌子，门前也是冷冷清清的，没有一个人影，不像小昭的条桌上，还有几个人呢。

没有人也不能收摊，摊子基本摆到凌晨两三点，收摊关门后小昭还要洗洗刷刷，忙妥了，才能睡觉。基本也是迷糊一会儿后，手机闹钟一响，腾地跃起，上菜市场买菜，担心晚了买不到新鲜的，也买不到便宜的。吃过午饭，小昭才能好好休息一场，接着起床忙碌晚上营生。

生活成了规律，就十分乏味，小昭常常抱怨家里的那个，家里的男人叫朱三，前些年跟人一起出去打工，打着打着没有了人影，之前春节还回来，态度蛮好的，最后几年变了，听说跟邻村一个外出打工的寡妇住在了一起。小昭知道了想找朱三闹的，可是想想，孩子才上初中，闹来闹去，影响孩子成长，小昭想，不捅破这层纸，也叫日子，起码女儿还有个完整的家。从此，小昭不想打听朱三的消息，打来电话也不记在心上。逢年过节，朱三爱回就回，不回也罢。大家没有想到小昭的脾气那么好，都是些要死要命的事情，到了小昭这里就风平浪静了。也有人说，小昭难受都在心里，否则不会离开村庄的。

小昭的心事大家猜不准，实际小昭怕村里那些说道，影响到孩子的情绪，就一个人跑到县城学制作卤菜，学成后租下门面开了小昭卤菜馆。开卤菜摊子，人来人往，小昭怕耽误女儿学习，让女儿上寄宿制学校。双休日女儿回来，也会帮小昭一些忙，那时候小昭心情特别好，想，没有你朱三，日子一样灿烂。

每次生意不好的时候，小昭就会着急，不是她非要着急，门面租金着急，一年两万四千的租金，还有税收啥的，见天不进账几百元，日子就会亏空的。

看着生意不好，小昭心神不宁的，就想那些常客都去了哪里，怎么一场大风，把人都刮没影儿了呢。街上行人也少了起来，邵南路不偏也不居中，属于不温不火的路段，平时车水马龙的，人也不会少，一场大风，就把大家的闲情刮跑了？小昭揣摩生意冷淡的原因，就有些焦急不安，于是看老杜、老常家，老杜和老常在小昭隔壁开卤菜摊，都大差不差的，也没有人光顾，暗里对比，焦躁情绪稍微有些舒缓，就坚定地靠在店面口，想，不相信等不到客人。

临近十来点的时候，那帮打零工的终于来了，他们很狼狈，个个灰头土脸的，小昭老远就喊，你们怎么才来呢？累坏了吧。

那帮人坐下，要小昭泡茶，小昭脆生生答应着，那帮人说，老样子，今晚顺带做盆红烧土公鸡，哥几个好好喝几杯。

小昭还是微笑答应着。送上茶，就剁卤菜，三下五除二，弄好这些后，开了鼓风机，急火炒鸡块，然后倒上酱油，放上佐料，关了鼓风机，用文火熬炖，小昭很娴熟地做完这些，就靠近条桌，主动跟那帮人说话，问，怎么才来？一个人说，大风，奶奶的大风，把工地的脚手架刮倒了，还好，没有死伤人。另一个人说，平白无故，哪来的风，你看闹的。另一个说，老板真是抠门，这么晚了，一顿饭都不管。另一个说，得得得，多少活，多少钱，他管你饭，你还拿钱不？边说，边开启啤酒，天有些凉，不知道谁提议，把啤酒煨煨，啤酒按说不能煨着喝，客人提出，小昭只能照办，但是她不会放在炉子上煨，而是把开启的啤酒倒进一个大铁壶里，然后放在热水里温着，等啤酒温热了就送到桌上，说趁热喝，随手再在卤菜上浇上一些热卤汤，极为自然地说，喝吧，也可以喝点白酒的。

那帮人今天情绪不好，不想开玩笑，也没有打趣小昭，等大家面红耳热的时候，始终没有说上几句喜庆话，然后草草结束走了。

小昭感到有些失落，不知道那些人怎么啦？一场大风，让他们突然变了似的。那些人走了，小昭依然陷入焦躁等待之中，她想，看来今天晚上不会再来人了，不到时辰，又不甘心收摊，做生意讲究一个"等"字，就像钓鱼，你知道鱼儿什么时候上钩？等待让小昭十分煎熬，看着路灯影子以为是谁来了，看到行人，总要目送很远，连飞驰而过的汽车，总以为它会戛然停下，走出几个人来。等待也让她发困，克服的最好办法，用手机上网，小昭买了一个小米手机，店里安上了 Wi-Fi，上网不费流量，小昭最喜欢看的资讯都是奇谈怪论，谁谁被双规，谁谁明星走光、湿身、离婚，看得多了，感到气短，就会上淘宝看衣服，只有那些衣服百看不厌，让小昭能够安定下来。没有时间上街，看中的衣服，网上也会买上几件，时尚还便宜，上街买菜的时段，小昭就会穿上网上买来的衣服,惹得菜市场很多女人追问哪儿买的款式？

小昭无精打采等到快十二点想关门的时候，那个人突然出现在她的眼前，那个人看起来很憔悴，但是依然保持着矜持，那个人说，还是老四样，弄些白酒，有些冷了。

小昭差点流泪了，她百般惦记的那个人终于露面了，她笑着答应，然后想问那个人去了哪儿，看到那个人并没有说话的欲望，她也沉默起来。那时候风儿不大，但是确实冷了，小昭问，要不要把门掩上？那个人说，算了。小昭不知道说些啥好，赶忙弄菜，那个人半天才说，风儿那么大，以为你会关门呢。小昭有些不知所措，想说刮大风那会儿心情，可是话到嘴边，不知道怎么说起，傻呆呆看着那个人的时候，刀蹭在手上，流出了鲜血，赶忙跑到室内拿出创可贴贴上，深深呼吸几口气，又开始切菜。那个人不说话了，也在看手机，小昭把卤菜送上时，那个人说，怎么不聘个服务员呢？一个人蛮辛苦的。

小昭的鼻子酸酸的，想流泪，只是那些说不清楚的感受都被小昭逼退了，流露在脸上的全是微笑，她笑嘻嘻说，小本生意，一个人行的。

那个人又不说话了，安静喝酒，今天喝的白酒，不太贵的那种，那个人好像不太能喝白的，喝一口皱一下眉头。小昭看着那个人喝酒的样子，心里也是随之紧蹙下又紧蹙下。

一小杯白酒，那个人分几口喝完，整个过程都不太享受，当他终于喝完一小盅的时候，小昭紧蹙的心才会释缓下来，才慢悠悠说出一直想问的话，怎么每次都是一个人呀？

那个人笑笑，然后岔开话题，问，生意好吗？

小昭没有回答，也笑笑，那个人看小昭笑得不自然，多问了一句，你家的人呢？

小昭不知道怎么回答，说起来话长，只好打趣说，走了。走了是极为简约的字，内涵特别丰富，外出打工也叫走了，到了另一个世界也叫走了，至于一时不好回答的话题，都用"走了"打发了之，那个人听到小昭那么说，就不再问什么，依然喝酒吃菜。

小昭就问，你怎么每次都来这么晚？是不是这个时候才有时间吃饭？

那个人笑笑，也用极为简短的话作为回答，习惯了。

小昭不能再问什么，想"习惯了"透出啥意思呢？小昭不能打探，只能笑笑。看着那个人吃饭。没有其他人，那个人被看得有些不好意思，说，你也一起喝点？小昭急忙摇头，那个人不再深劝，突然加快了喝酒节奏，二两的瓶装，最后那点一口喝下后才说，你的卤菜真好。

小昭有些感动，那个人说的可能都是真话，她在乎那个人的评价，忙乱说，难得你夸奖，实际我早记住你了呢。

那个人很警觉，不知道小昭记住他什么，看了看小昭，小昭说，你叫什么名字？能留个电话吗？以后要来吃饭，可以提前说下，我好给你准备呢。

那个人想了想，说，也是，于是留下电话，小昭记电话的时候，问那个人的名字，那个人说，你就记个夜宵人，或者叫"好一口"也行。看来那个人蛮幽默的，实际小昭知道人家不想说真名字，也不问，随意记下"好一口"，然后笑笑说，我就记个"好一口"，好记。

那个人就笑笑，说，行，"好一口"，是好记哦。然后掏钱结账，小昭一定要少收那个零头，那个人说什么也不肯，最后还是以那个人的规矩，找零的丢在桌上，然后慢慢走向大街，走向更远的深处。

那个人再次走了，小昭显然有些失落，那个人干什么的？很多行为显出一些特别，怎么就不愿意多说几句话呢？好在她要到那个人的电话了，想，有了联系方式，不怕找不到他。莫名其妙猜想一个人，心跳有些加速，拿手试试额头，有些烫，独自扑哧笑了，连续拍打好多次脸颊，才压抑住那份躁动。这才走出门，向老杜、老常的卤菜摊张望。老杜、老常早都关了门，街上基本没有了行人，小昭回身关了店门，还在想，那个人为什么叫我记下"好一口"的名字呢？"好一口"卤菜、啤酒？"好一口"是个什么意思呢？只是小昭那会儿脸不发烫了，还感到有些浅浅的幸福呢。

二

小昭有个相好的，小昭断然不会跟人说的，也不会承认。相好的是个官，什么官，小昭分不清，相好的很多事情小昭说不清，每次见面的感觉也说不清。相好的偶尔也给她点钱，或者购物卡，小昭每次都很推辞，相好的坚持着，小昭就很感动，没有谁轻易给过她钱，过去当姑娘的时候，爹娘只给男孩子钱，不给她，爹娘说，女孩子家的，不花钱，买什么找娘。当了朱三女人，朱三也不给她钱，朱三说，女人要钱干吗？钱是孩子的、家的，难道你还要自己的私房钱？朱三喝醉了还会说，家是他朱三的，不是小昭的，朱三那么绕，她不懂，都是家里人，怎么能把她跟家分割彻底呢？

朱三说，可以。

小昭不知道朱三什么意思，最后朱三给钱，想到朱三说的话，忍住不花，攒着给家，给女儿。她用钱，靠自己养猪、养鸡、种田，她想自己能干，不为钱折腰。

相好的叫桂河，认识桂河就在拖家带眷的那群人中，桂河看起来很温善，不问小昭很多话，一次他吃完饭，要了小昭的电话，说，有电话好提前约餐。

小昭很乐意留电话给吃客的，有了电话，那些人想起卤菜或许就会再来，生意嘛，靠的就是人气。桂河要去电话不久，发了短信，不是订餐，而是说，你的卤菜真好。

小昭回复谢谢夸奖的时候，桂河就发很多问候的话，小昭有些感动。面对那些问候，小昭不知道说什么好，只会说些客套话。

很长时间吧，大概两个多月，信息来信息去的，小昭说生意难做，也说一些家常，归纳起来都是些散散淡淡的话。那些散淡的话养护了小昭心情，起码有个人不时说些好听的或者体贴的，怎么说，都是暖心的。之后，小昭有些离不开那些信息，时不时拿出手机，瞅了又瞅，见到信息后，生意再忙，也会回复。

有段时间，桂河突然不发信息了，好像人间蒸发似的，对信息的依赖就像吸食了某种上瘾的东西，离开之后，脚疼腿酸胳膊麻。小昭有些受不了，白天夜里都无精打采的，憋不住便主动发信息问询，桂河还是不回复。

小昭心里很委屈，买完菜趁桂河上班的时候，打去电话，问桂河怎么回事？

桂河说，这段时间忙，没有想到你还记住我了。

小昭有些委屈，嗓子哽哽的，小昭说，你是不是没有想到一个卖卤菜的会打你电话？小昭那么说，不是自卑，小昭没有自卑过，小昭就是感到心里不好受，想，再忙，也是可以发信息的，看来，桂河不是真的暖心的。

小昭挂了电话，眼睛涩涩的，像翻江倒海似的，怎么揉，那点酸涩都走不了，坐在地上择菜，收拾那些鸡鸭鹅还有猪蹄、猪耳朵上的毛，尽量不想桂河。

挨到中午时分，桂河突然来了，小昭没有想到桂河会来，桂河怎么会无声无息地来了呢？傻了般站着不知道说什么好，脸憋得通红。

桂河很自然，笑嘻嘻说，我想跟你说话。

小昭回过神说，那我做好吃的，边吃边聊。

桂河不点头，也不摇头，只是有些惆怅的样子。

小昭不知道桂河遇到什么麻烦事情，不敢问。桂河发现了小昭的疑问，解释说，工作上的事情，没有啥。

小昭说，忘记不开心的，今天我们喝酒说话，我想我可能也会喝酒的，只是没有机会，今天你陪我喝几杯。桂河说好。

小昭就做菜，桂河把门关了，桂河不想熟悉的人看到他。桂河那么做，小昭心里就发慌，最后菜做好了，吃菜喝酒，半醉时分，小昭隐藏在内心的慌张表现成哆嗦，桂河伸手拍拍，小昭一下子就瘫软了，桂河几次扶住，最后那次扶住后，正好脸贴到脸了，小昭就主动亲起桂河。桂河没有想到小昭那么主动，急忙把小昭往楼上那层抱，小昭也不说话，软塌塌勾住桂河脖子，头埋在桂河怀里。

做完了活动，小昭头脑清醒了。小昭捋捋头发问，你说，怎么会看上我一个卖卤菜的？

桂河说，卖卤菜咋了？难道你看不到自己长得漂亮？

小昭说，我漂亮？三四十了，还漂亮？

桂河说，你照照镜子，看看自己是不是漂亮？

小昭很少照镜子了，朱三走了，没心情打扮自己，桂河那么说，她就认真看自己，一看脸又红了，扣上镜子说，老了。

桂河换一种口吻说，很多人看不出你的漂亮，就像深山里的野菜，很多人不知道它的价值。

小昭说，有你这么比较的吗？

桂河嘿嘿笑，然后对着满屋的卤菜气味说，你用的都是真料，鸡也是土的好吃，你就是笨老母鸡，没有受到污染呢。

小昭揪住桂河的鼻子，连忙拍打桂河胳膊说，坏死了，接着再次嗲嗲地说，有你这么比较的吗？小昭这才发现，桂河鼻头上有老人斑了，看起来桂河光鲜瓷亮的，近看，知道桂河有了岁数，不好深问，倒是桂河发现什么，叹口气说，老了，头发都是染的，能偷口吃的，不错啦。

小昭不喜欢桂河那么说话，小昭嬉笑说，不要这么说嘛，谁偷谁还不一定呢？

那个中午小昭一直感到很甜美，桂河也说甜美，连说话的口气都是甜甜的。小昭没有感到亏欠谁，桂河也说没有，小昭说不对，你家的对你那么好，你是亏欠了的。

桂河说，有些事情说不清，还是不说的好。

小昭就靠在桂河的胳膊弯里，琢磨桂河的话，不知道桂河有什么说不清的，想，还有什么事情说不清呢？又想，桂河说老婆爱他，他就不该找她，找了就算亏欠。朱三变心了，算不上亏欠。怎么能说不清呢？桂河看小昭发呆，就拍拍小昭的头，说想啥呢？

小昭不说话，叹口气说，说不清的事情，今后不提就是。

桂河突然不知道说什么了。

桂河走了，小昭也不知道桂河当什么官，看样子不是什么大官，大官浓眉大眼、印堂发亮，桂河小鼻子小眼，额头还很窄平。小昭有些难过，感到阳光有些毛刺刺的，想，怎么能轻易跟他上床？是不是早想学坏了？还是离开朱三太久了？要不怎么能这么随意？起码不该这么快的，连桂河干啥的都不知道，太唐突了呢。接着又担心自己是不是进了圈套，桂河使劲撩拨，而后故意不搭理，让我糊涂起来进入他的怀抱？男人的把戏太多，尤其城里男人。小昭零散想到这些，有些责怪自己，就想找人说话。看到老杜开门，主动找老杜闲扯，老杜那天心情不错，听说忙里偷闲，打了几圈麻将，赢了钱。老杜说，一个卤菜摊子捆死人了，没有本事的男人，才守一个烂菜摊子，可惜我家的不像你。老杜高兴就东一句西一句说话，小昭知道老杜正经话都在肚里，不会放在嘴上，那么说，都是打趣，没有看到老杜想过谁，老杜对老婆的好都是看得见的，老婆只管账，小手养得白白的，每天看到小昭忙，他老婆就说，小昭呀，找个男人疼，比自己辛苦好多啦。

　　小昭不喜欢老杜女人，那个女人看起来比老杜小很多，会嗲，老杜就被她的嗲劲勾住了。

　　小昭说老杜，你看你家的女人，都成妖精了。

　　老杜说，显嫩，没有办法，实际都是差不多岁数，再说是个男人谁不稀罕妖精呢？老杜说到老婆就有些成就感，老婆年轻离不开养护，心情是主要的，自己忍受多少苦，才养护出老婆的好心情。老杜常常说，男人天生就是受苦的，再苦再累，不能亏欠女人。

　　小昭听到老杜那么说，自然会想到朱三，就有些想流泪。

　　今天老杜玩笑，感慨说怎么找不到小昭这样女人的趣话，也不是真的，那是老杜赢钱后心情好。小昭还知道，生意人玩的都是嘴上活，不能当真，老杜、老常暗里喜欢跟自己较劲，怎么会对自己好呢？小昭就是那么想来着。

　　小昭那天特别想说话，想问问男人都是啥心思，小昭不敢明里问，故意拐弯抹角说，世上事情都能说得清楚的，听人说，就有说不清楚的事呢。

　　老杜不知道小昭想说啥，想了想说，肯定有说不清楚的，譬如人，谁能说得清楚？

　　小昭那会儿不说话了，呵呵笑着，然后忙自己的事情了，是呀，自己干吗要问老杜，跟桂河说的话，不能问老杜的。

　　从此以后，桂河常来。桂河都是中午来的居多，那时候桂河好跟家里撒谎，说在外面吃饭，那个时段小昭卤菜馆旁边的老杜和老常都没有上摊，他们是城里人，到点了，才来开门，街上闲眼也少。小昭农村来的，租了门面，不能再租住处，不划算，就在门面的小半层上搭个铺，反正那些牲口死尸味、卤菜味，小昭早习惯了。

桂河来了不太多说话，吃完饭，就上搭铺，陪小昭做该做的，之后迷糊一会儿，然后就会急急走了，偶尔丢下一些钱和购物卡，说，这些算是心意。

小昭不想要那些东西，要了，感到不对劲，桂河解释说，心意，谁让你能看得起我呢？桂河说的心意，感动了小昭，人家心意，说明真心，怎么能拒绝人家真心呢？只是小昭收到多少钱和卡，就会比着那些钱给桂河买东西，他给桂河买过 T 恤衫、衬衫、皮带，都是最贵的那种，每次桂河都很感动，桂河说，小昭跟别人不一样，自己没有看错人。

小昭说，但愿我也没有看错人。

后来桂河来的次数越来越少，小昭不知道桂河又忙什么了？小昭想，桂河不该没有时间的，过去再忙都会来的，是不是自己太黏了，弄得桂河老说腰疼，不敢来了？想想也不像，现在电话信息也很少了，小昭有些伤感。那伤感就像一声咳嗽、一声呻吟、一声叹息一般扼守住小昭所有的感觉，她会坐在桌子旁，看着车水马龙，一看半天；也会在剁切卤菜的时候突然停止，捂住自己的心口；大多数的时候，就是午休的那段时光，她会睁大眼睛，搜索搭铺上的一切，直到目光暗淡下去。再伤感小昭也不像过去还追问个原因，反正自己在店里，爱来不来，有些事情说不清就不去想了。

可是伤感不行，天天扑腾，为了打发伤感，就到学校看女儿，老师说女儿有些反常，喜欢发呆，成绩也有所下降。小昭想，最近确实有些忽略了女儿，感到愧疚，于是想起桂河时候就去看女儿，好掐断内心的念想。

女儿很烦小昭，小昭不知道为啥，跟女儿说话，女儿都是爱搭不理的，老师说青春期，孩子有些叛逆，之后就会好的。小昭只能那么想。谁知道女儿有天回来说，爸爸不在家，你得像个好女人，有天中午回家，没有想到。女儿说了实话，小昭脸一下红了，不知道怎么解释，想抱住女儿，女儿不让，收拾东西说，今后不会回来了，想到那些就会感到恶心。

女儿跟她一样刚强，小小年纪说到做到，小昭反复搓手，说，女儿，你听我解释，不是你想的那样。

女儿不听，女儿走了。

小昭就一个人流泪，想以后不搭理桂河了，可是桂河偶尔来了，自己就忘记了女儿，过后，小昭打自己的嘴巴，打到痛了，急忙去看女儿，陪女儿说话。

女儿基本不太说话，都是她在说，她说朱三的种种，说自己的苦楚。怎么说，女儿都不搭理她，最后她说完了，女儿说，你们还让当子女的怎么活？

那句话很重，小昭慌了，知道女儿大了，心事重了，于是问女儿要朱三电话，说，你给你爸打电话，让他回来，你问问他，是不是他伤害了我？

女儿不打电话，冰冷冷地说，你没有事情，我就看书了，你不想看我也行，反正你心里早没有我了。

小昭想不明白女儿怎么会突然间冷漠起来，她根本不懂当娘的辛苦，还满肚抱怨，小昭心里苦水泛滥，直往心头翻，最后就捂住心口，蹲在地上。

老师是个年轻女的，长得好看，见到小昭那样，就安慰说，没有事的，不管你女儿什么态度，你常来，跟她说话，不要说那些是非，说学习，再给她买些喜欢的衣服，说说闲话，时间长了就行了。

小昭后来按老师说的做，给女儿买手机、买平板、买喜欢的衣服，女儿回过神，又搭理她了，双休日回到家里，还帮助小昭做些事情，小昭那时候才踏实。后来桂河不赶天来了，小昭小心翼翼起来，先给女儿打个电话，确认女儿不会回来，才敢跟桂河亲热。

可是有些感觉确实说不出清楚，亲热的时候，小昭脑子里老是晃动女儿的影子，小昭最后想不行，不能这么做了，就推开桂河。

桂河很不开心，也不问她的感受，按照自己意思完事，便草草收场，匆匆离开。然后十天半月不见人影，之后偶尔出现，也是找不到调门似的。

彼此生疏了，身体也僵硬起来，做啥都是别别扭扭的，最后小昭说，今后你不要来了，女儿大了。

桂河没有想到小昭主动提出分手，桂河独自发愣，半天才想起问，你是不是发现什么了？

小昭摇头，桂河说，很多事情，不是你想的那样，实际我很在乎你的。

小昭说，我就是感到不能这样了。

桂河说，你听我解释，我真的不想欺骗你，实际那些女人不能跟你比的，她们看起来很光亮，实际比不上你的善良。

小昭不知道桂河外面还有其他女人，就急急问起来，你说什么，你还有其他女人？

桂河看到小昭神情，感到害怕，在小昭的逼问下才说，我怎么会只有你一个呢？我肯定还有其他女人，譬如老婆，至于其他喜欢我的，当然有了。我想说的，不管我有多少女人，我在乎的只有你，你想想有谁像你这么善良呢？

小昭那会儿流起眼泪，小昭说，你走，你不该来的，不该要我电话的。

桂河不说话，桂河说，你怎么可以无理取闹呢？你不该这样的。

小昭说，我是什么样子的，是不是很傻？是不是没有自尊？是不是很好欺负？

桂河说，你怎么这样子呢？

小昭说，你不走，我就到你单位闹你，你信不信？

桂河说，我走，不过我对你真心的。

小昭关上门，把头埋进被窝，一个人使劲号哭，那时候大概就是暮春的时节，天有些热了，在被窝哭的滋味不好受，汗水和着泪水，弄得到处湿漉漉的。号哭完了，小昭走到卫生间，开始洗澡，她用凉水兜头向下浇灌，冷得瑟瑟发抖，她依然毫不在意，还在不停浇灌。等她恢复理智的时候，穿上衣服，靠在桌子上，感到发冷，一直颤抖着，牙齿嘎嘎响个不停，小昭感到不对劲，再摸摸头，滚烫滚烫的，最后就躺到床上。

小昭硬撑着起来的时候，都是下午五点多了，小昭意识到自己感冒了，想，感冒没有啥大不了的，只是浑身发软，头有些发晕，没有力气弄那些吃食。

难受也得强忍着，没有人能帮助她，生意又不能停歇，可是连打喷嚏，她自己都不好意思了，怕吃客有意见，让老杜老婆帮助看摊子，急慌慌跑到药房拿点感冒药，总算把那晚生意支撑了下去。

第二天说啥也不行了，撑不住到菜市场买菜，只好找私人诊所挂水，打完点滴才去买菜。

等小昭好彻底的时候，都是一个多星期的时间了，一个多星期，兼带生意，小昭瘦了一圈，眼睛凹陷了下去，显得眉骨很高，老杜见到小昭模样开玩笑，说，小昭，你怎么变成骨感美女了。

小昭没有心情开玩笑，紧敛着神情问，我是不是像个骨头架子了？

老杜说，瘦好，你问问，有几个男人不稀罕女人瘦的？

老杜老婆插上话了，她在屋里发难说，难道我胖吗？你个老杜不要吃着碗里还看着窝里的，馋瘦，看我不把肉剔了去。

老杜就美滋滋笑，小昭没有心情笑，她死的心都有了。那天天气也很奇怪，闷热闷热的，暮春时节，热冷不均，一会儿闷热，一场雨之后又会大幅度降温，温度上蹿下跳，得流感的人很多，小昭自己糟蹋出来的感冒，也被人认为染上流感了，没有谁会特别在意，就是女儿双休日回来，也没有发现出啥，只是淡淡问道，妈，你怎么突然瘦了？

小昭还是笑笑，说，生意太忙了。

女儿就没有再说什么，只是小昭内心的委屈有些波浪滔天，可惜没有谁知道罢了。

三

一个夏天，小昭都很忙，卤菜生意基本都集中在夏天，忙碌中，小昭容易忘记桂河。

到了晚上，记忆就像春草，拼命拱出地面，彰显它顽强而不竭的生命力，记忆多数时候又像春雨，淅淅沥沥，激活了干涸的沟渠，弄不明白的时候，某一处居然冒出汩汩清泉，叮叮咚咚，永不歇息。

小昭没有丢失记忆，也就无法遏制伤感。

只是桂河说到做到，真的一次都不来了，小昭想，人不该这么样子的，当初是不是自己要求苛刻了，让桂河失望了呢？几次摸起电话想打给桂河，想想是晚上，忍了，桂河可能在家，自己冒失打电话就会伤害桂河，她不想伤害任何人，尤其桂河。时间久了，桂河样子越来越清晰，疑问却越来越多，盘旋在脑子里成了杂乱，弄得昏头涨脑的时候，独自猜想，桂河究竟干吗的？在哪儿上班？家在哪儿？自己一点都不清楚。就是分手，也该闹个明白不是？

于是才想起打探桂河情况。

问起桂河还真有些难，县城里小昭不认得几个人，偶尔一次，听到大街上那些登记被大风刮坏广告牌的城管之间似乎有谁提起过桂河，隐隐约约听到，就走上前问，你们认识桂河？

那些城管看了看小昭，反问，你认识他？

小昭不敢问了，记住那些城管的模样，在一次买菜途中，怯生生拉住一位看起来忠厚的城管，羞涩问，认得桂河不？

忠厚的城管没有警觉般回复说，认识，他是我们行政执法局的大队长。

小昭很感动，丢下忠厚城管走了，那个忠厚的家伙不知道一个女的突然问起桂河有什么意图的时候，小昭一跳一跳走了。

过去桂河交代过不该打听的不要打听。小昭一直都不打探，她尊重桂河，现在不行了，小昭必须知道桂河在哪里上班。

行政执法局干啥的小昭不清楚，问老杜，老杜说，管理街上秩序的。

小昭想，乖乖的，还是大队长，还是管理街上秩序的。心里就有些说不出的感觉，想，狗日的桂河，你太不讲义气，心都扒给你了，你还找其他女人，还装哑巴，什么都不愿意说。

那些记忆和伤感成就了小昭的勇气，脑子一热，她打的到行政执法局，她要找桂河。

出租车司机知道行政执法局在哪里，很快到了桂河单位。

看到行政执法局大楼，小昭有些发怵，楼很高，外面都是玻璃罩着的，晃动着扎眼的阳光，很吓人。小昭稳定情绪，问门卫桂河在不在？

门卫问，你干吗的？

小昭说，我是桂河亲戚，找他有点事情。

门卫说，我帮你问。打完电话之后，门卫说，桂大队在，现在有点忙，让你等。

小昭有些生气，就对门卫说，你对他说，我是小昭，他的亲戚小昭，让他下来。

门卫有些吃惊，看着小昭，不知道怎么传话。

小昭虎着脸等着门卫，门卫就打电话说了小昭说的话。过会儿桂河电话打在小昭的手机上，声音有些变形，桂河说，小姑奶奶，你到单位干吗？

小昭说，你下来不？你不下来，我就上去。

桂河说，你可以上来，不能闹的，这是单位知道吗？

小昭见到桂河跟在她那里看见的模样不一样，桂河坐在一张大办公桌前，穿的也是工作制服，就是自己常见那些城管的制服，蓝涤卡的料子，有肩章，有大盖帽子，小昭分不清楚这帽子跟公安执法的帽子有啥区别，知道凡是戴这种帽子的人都很横。

桂河没有那么横，桂河一脸笑色，见到小昭像见到爹妈，态度谦卑。

小昭什么也不说，就坐在那里。

桂河问，你怎么啦？不是你不让我去吗？怎么找到这里了呢？

小昭说，我都不清楚你干嘛的，就这么散了不合算，起码我得知道你做什么的吧？现在我知道了，你是大队长。

桂河说，你打算怎么样？你不能这样吧？你不会讹诈我吧？

小昭真的不喜欢桂河说话的样子，她讹诈？他怎么能说她小昭讹诈他呢？她就是有些难受，想看看桂河，好把那些难受赶走，他桂河怎么能说讹诈呢？既然桂河这么说了，她就接着话题说，我就想讹诈你，咋了？

桂河脸瞬间煞白，慢慢冒出虚汗，忙掩上门说，你不能这么样子。接着换种哀求的口吻说，明天中午我到你那儿谈好不好？这里不是说话的地方。

小昭说，那不行，要谈就在这里。

桂河没有想到小昭这么任性，说话间突然变脸了，桂河说，你一个农村女的，不要给你台阶不知道下坡，知道吗？我摇摇手指，就能让你消失。桂河说话没有一点温善的味道，非常恐怖，小昭也感到了害怕，小昭说，你怎么这么跟我说话？

桂河说，是你逼的，你不能这么逼我。

小昭很失望，眼泪巴巴的，小昭这副模样，桂河自然见好就收，变戏法似的展露出笑容，放低声音说，对不起，我会考虑给你一笔钱的，只要你放过我。

小昭彻底失望起来，一句话都没有说就往外走。

桂河也没有起身相送，小昭走到街上才开始流泪，想这个桂河真不是好东西，自己瞎眼了，怎么能陪他上床呢？

秋天的末梢，狂风大作那会儿，她还想打电话给桂河，想想忍了，之后桂河再也进不到她脑子里了。

忘记桂河过程中，脑子蹦出了"好一口"，小昭不明白自己怎么啦，那个叫作"好一口"的人怎么会出现在自己的脑海呢？小昭想，我不该这样子的，怎么能平白无故忘记桂河而惦记起了"好一口"呢？从什么时候开始的，怎么连一点征兆都没有呢？

小昭一直控制着不去想"好一口"，跟桂河分手时间不长，她不想随意想另外一个男人，结果只要到了那个固定的时间点，小昭就会想，总希望"好一口"能够及时出现。

要到"好一口"电话之后，一直没有跟"好一口"联系，表面不联系，不代表心里不联系，小昭内心给"好一口"打过无数电话了，只是摸起手机，小昭就会想，人家就是一个吃饭的，喜欢这口卤菜，没有什么特别的意思，是自己自作多情，拼命劝慰自己，想掐断内心的那些联系。

可是越那样，内心的那些联系越是像云儿一样缠绕。

最后她依然用凉水浇头，秋天的末梢，凉水兜头而下，浑身起满鸡皮疙瘩，她一次次兜头而浇，一次次骂自己，我让你想联系，我让你？折腾完了，那些鸡皮疙瘩就消失了，冷冷瑟瑟跑上床，窝在被窝里看电视。那次赶跑桂河之后落下的毛病，不知不觉间成了战胜念想的法宝。只是时间长了，居然适应了凉水洗澡，身上不再起那些鸡皮疙瘩，洗过凉水澡之后还浑身发热，那热曲径通幽似的，绕来绕去，直到绕到浩波连天。

憋不住了，拿起手机主动给"好一口"发了条信息，那是过中秋的时候一个同学发的，说，月夜深邃，寂寞人生，我遥祝你生活幸福。同学是个男的，当时收到那个男同学的中秋问候，感到不舒服，也没有回复，可是她留下了这条信息，转发给了"好一口"，不管他看后什么反应。

小昭忍住不看手机，她想"好一口"或许像她一样，不去回复这些无聊的问候。她装模作样看着电视。

那晚确实奇怪了，信息特别多，手机当啷一下，商场打折广告。当啷一下，地产商推销房子。当啷一下，什么秋冬衣服大甩卖。连续几个垃圾信息，恨得牙疼。过去不在意手机信息，那些当啷就当放屁，现在不行，当啷一次，看一次，只看得心烦气躁，连连叹息。

就在她感到失落的时候，"好一口"回复了，"好一口"说，自己回北方了，过段时间就回，回来之后就去吃卤菜。

小昭没有想到"好一口"能回她信息，心里一哆嗦，随手发出，谢谢你照顾生意，北方天冷，注意保暖。

"好一口"回复，谢谢，还发了叮嘱，你也一样，注意身体。

小昭脸上发烫，那种烫不是滚烫，是一种慢热，从心里开始，传感到每一根神经末梢，让她脚手都感到暖和，心里也暖和。

天气冷了，那帮打零工的来得少了，偶尔还会来的，来了只要几样小炒，热卤菜只要拼盘，他们一直很乐观，吃着笑着，有天还说，感谢那场大风，没有那场风，他们的零活不会那么多。大风摧毁了不少街上设施，尤其广告牌子、空中标语等，县里决定重新规划广告和店面招牌，借助大风劫掠，进一步亮化城市。他们吃着，喝着，说些杂事，说开心了，就碰杯，喊小昭陪酒，小昭也不客气，上去陪着大家喝几杯，敬酒之后，小昭就会忙其他的，懒洋洋叮嘱，慢些吃，大冷天的，图的就是热乎劲。

那帮人走了，那群写诗作画的偶尔也会来，他们还是那副模样，今天多一个人，明天少一个人，喝酒就哭就会说胡话的人，几次都没有来。他们都是斯文人，玩的都是嘴上功夫，一个比一个能说，上至天文地理、国际形势，下至奇人逸事、人间烟火。酒大了，空怀愁肠，就会说起胡话，接着热汗涔涔。

他们说话，小昭基本不插嘴，会站在一旁，默默搞好服务，听得久了，感到这些人心事很重，情感很真，起码，他们说的那些，能感染人的情绪。

其他散客，还有一些人群，小昭不太在意去记，来的都是客，全凭嘴一张，反正谁来吃饭自己都要热情周到，记住记不住也没有什么意义的。

天天如此，生意不如夏季热爆，周期性的冷清，小昭也习惯，不像第一年那会儿，急得如热锅上的蚂蚁，现在能够平静面对这些火爆和冷清了，只是惦记着"好一口"，日甚一日，到了时间节点，她就会不自觉想到那个说着普通话、看起来十分矜持的男人。

"好一口"一直没有出现，那份惦记就窝在心里，如气球般涨大，连出气都不太匀称。

快要降霜的日子，小昭有些苍凉，想"好一口"再不来，就彻底忘记他，不信自己做不到。

可是很多事情就是无法说清，小昭准备放弃惦记的时候，"好一口"却出现了。

"好一口"穿着丝绒咖啡色棉袄，那种小棉袄显身材，让"好一口"看上很清癯，小昭形容不好清癯，只是感到"好一口"高大身材看上去一点也不累赘，还十分清爽。

"好一口"坐下来之后说，今晚换换口味，你做些家常菜，我们唠唠家常。

小昭拼命点头，刀工、厨艺好像只为"好一口"攒着，说着话，几碟菜就端了上来，小昭说，还有羊肉，天冷了，吃些羊肉蛮好的。

架上酒精炉子，小昭也坐下，小昭说，今天我请你，难得你还记得这个地方。

"好一口"说，行，你请就你请。

"好一口"喝白酒还是那副姿态，不像小昭，一口一杯，小昭心情特别爽朗，喝酒就像吃菜，小昭看着"好一口"磨磨蹭蹭的，就着急，时不时说，喝呀，你喝呀！

"好一口"还是那么慢，等他喝完几小杯后，叹口气说，说说朱三吧。

小昭一下子停住了筷子，说，朱三？你认识朱三？

"好一口"不急于回答，咂摸咂摸嘴说，不认识，但是我知道他是你家的。

小昭一下糊涂起来了，他怎么能知道朱三呢？小昭不吃菜了，小昭说，那你得说清，你是谁？你怎么知道朱三的？

"好一口"扑哧笑了，说，逗你呢。

小昭提在嗓子眼的紧张随之吞下，说，不带这么说话的。

"好一口"说，那怎么说话？

小昭想想不对，他怎么突然说出朱三名字？又问，你是谁？你认识朱三？

"好一口"说，我怎么会认识朱三？

那你怎么知道朱三的？

"好一口"突然不笑了，看着小昭说，县城这么大，我能打听不出小昭的朱三？

小昭问，你打听我干吗？打听朱三干吗？

"好一口"说，我没有打听，有天你们村里人在这里吃饭，不是朱三女人那么喊着嘛，你紧张什么？

小昭松口气，然后说，你看看你，真的不带这么说话的。

说到朱三，小昭就想流泪，她的委屈都是朱三给的，假如朱三不去打工，朱三不跟邻村的寡妇好，她不会出来开卤菜摊，也不会这么受罪。朱三不稀罕她，她稀罕女儿，稀罕家。这些小昭不想对"好一口"说，她只说，是的，我孩子爸就叫朱三，在上海打工。

"好一口"说，哦，接着说，现在这个社会，外出打工拆开多少亲人。

小昭说，你不像本地人，你怎么会到我们这个县的？

"好一口"说，我也是被活生生拆开的那群人，我是辽宁鞍山的，这边有工程。

小昭说，你是老板？

"好一口"说，不是，就是跟那些打零工的差不多，混饭吃的。

小昭哦哦点头，最后喝下几杯酒后，说，你等着，我还添个红烧鸡，今天这只鸡是专门从一个老大妈手上买的，绝对是柴鸡。

"好一口"说，你做吧，反正今天不太忙了。

小昭把鸡炖上，又回到座位，小昭心情没有那么明亮了，某处折射出的暗影斑斑点点的，若隐若现。小昭不知道一个东北人怎么知道她的男人叫朱三？自己刨根问底，显得不太礼貌，端着若明若暗的心情，陪着"好一口"。

"好一口"今天话多，是小昭认识他之后说得最多的一次，他说，知道你不容易，生活都不容易，我们在外打拼的，都念想着家，不要责怪朱三，他说不定跟我一样，喝着小酒，想着你呢。

小昭不说话，小昭心里说，朱三才不呢，说不定搂着哪个女人快活呢，他怎么会念想着家和我呢。

"好一口"说，打拼生意，就像上战场，都是刀刀见血的。为了揽到项目，真是苦死了。

小昭不知道"好一口"想说啥，停下了筷子。

"好一口"说，我们在这里弄个地产项目，我只是一个部门经理，房子突然不好卖了，从鞍山到这里，很远，还做赔本生意，老板急红了眼。幸亏一场大风，把街上那些广告牌子刮坏了，不要小看那些牌子，大的广告牌子都是几十万一个呢，县里准备借机亮化，一千多万的项目呢。

小昭不知道"好一口"说这些干吗？好像与她没有太大关系，只好安静听着。

"好一口"不说这些了，喝下一杯酒，这次喝得爽快，喝完后，看着小昭说，你发什么呆呀？你怎么不喝呀？

小昭仰起脖子喝了一杯，然后豪爽地说，再干一个。

"好一口"说，你不能这么喝酒的，真喝你喝不过我的，别忘记了，我是北方的。

小昭说，切，就你，磨磨蹭蹭的，女人样子，我喝不过你？

"好一口"就笑，说喝酒重在过程，享受那个滋味。每次吃你卤菜，就是想品尝出你卤菜浸染的那些滋味，可能你不知道，那些卤汁的香都在肉里，每次吃了还想再吃。

小昭问，东北不做卤菜？

"好一口"说，做，但是北方冬天居多，不会弄出这种滋味，我吃过很多卤菜，小昭卤菜最好。

小昭没有想到"好一口"为了这口吃食，才念念不忘这里的，小昭突然多出一些伤感，就呆呆看着"好一口"的肌肉坨坨，那些坨坨滚来滚去，也想说明她烧的菜确实有些滋味。

柴鸡熬炖差不多了，小昭说，我把鸡端上来，你多喝点，我真的有些晕了呢。

"好一口"说，端上来，反正你请客，我尝尝它跟东北小鸡炖蘑菇有啥区别。

喝完酒都是深夜了，小昭真的晕了，自己念想的人，一直陪着自己，幸福感觉夹杂着短短长长的惆怅，体现在说话中成了舌短手长，说不清楚就比画，几次拨拉到"好一口"的脸上，"好一口"掏出一沓钱，说，这是今晚饭菜钱，我不能让你请客呢。

小昭不愿意，说"好一口"看不起人，"好一口"说，说啥呢？我东北一个大老爷们要你请客？

小昭听到了"好一口"说的不是普通话，是东北话，那句话露出了狐狸尾巴。小昭出门少，东北话娱乐节目里常闹腾，知道大概，只是过去咋听成了普通话，小昭也不清楚怎么回事。

"好一口"说，你不要这样子嘛！你想呀，你是做生意的，我呢？来吃饭的，我不能吃白食不是，你能陪我说话，我不知道多么高兴呢。

小昭说，那好，只收成本，我是一起吃了的，不能让你请。

"好一口"就笑，然后说，好啦，听你的。

临到分开的时候，小昭还是有些舍不得，想拽住"好一口"的手来着，可是"好一口"没有接住小昭的手，吃完了，拿出餐巾纸慢慢擦手，然后慢慢站起来，走向吧台，丢下几张一百的，笑笑，便慢悠悠走出屋，走到街上。

小昭回过神，看那些钱的时候，再也控制不住情绪，泪眼蒙眬，就像冬雾凝聚。

四

小昭无法控制自己的忧伤情绪，那些忧伤就像北风细细游来，虽说不见痕迹，威力却处处显现，譬如树叶凋零了，草木枯萎了，路上凝霜了。

忧伤如北风一样笼罩着小昭，小昭有些不知所措，怎么能这样呢？小昭很瞧不起自己，过去对朱三没有过这种感觉，对桂河也没有，这种感觉一旦露头，就紧紧攥住小昭的心情，让她感到了沉重和忧愁。

小昭几次邀请"好一口"来吃饭，"好一口"都说忙，小昭也很忙，但是小昭不耽误惦记"好一口"。小昭最后一次有些抱怨情绪，发出一条信息，爱来不来。

几个小时后，"好一口"来了，还带了个人。

那个人像个老板，"好一口"对他很尊重，老板看看小昭，又看看"好一口"，突然笑了。

小昭被他们笑得有些不自在，埋头收拾菜，老板说，这就是你说的小昭？

"好一口"说，是的，她做的卤菜好吃。

老板说，不光卤菜吧？

"好一口"脸红了，然后说，毕总，你坐，你的任务我算完成了，可惜人家还蒙在鼓里。

毕总说，生意嘛，说那么清楚干吗？

小昭不知道他们说什么，感觉"好一口"跟毕总之间有些诡秘，也不好问话。"好一口"还是那么矜持，没有其他说道，毕总话多，架子也大，"好一口"招呼前招呼后的，毕总还不满意，喊着小昭拿这拿那的。

小昭对毕总印象不好，就不上前，由着他们喝酒说话。

一顿晚饭，小昭都没有插上几句话，尤其没有捞到跟"好一口"说话，心想，"好一口"不该带人来的，他带老总，怎么能说上几句知心话呢。

小昭的抱怨掩藏在心里，脸上依然春风荡漾。

"好一口"知道小昭不舒服，趁着毕总上洗手间，他说，实际我想向你道歉的，对不起你呢。

小昭糊涂了，"好一口"何来对不起一说，他是不是糊涂了？没有那种意思，也没有必要道歉嘛！小昭看着"好一口"，"好一口"脸红红的，那些愧疚情绪满脸飞舞。

小昭不知道咋了，正想问个清楚，毕总方便后出来了，甩着手说，这里连个擦手纸都没有，脏兮兮的。

小昭不想搭理毕总，"好一口"忙说，小店，毕总屈尊了。

毕总没有多说话，对着"好一口"说，走吧，难道你还不想走了不成？

"好一口"跟毕总走了，看得出，那个毕总肯定就是"好一口"的老板，样子有些做派，想想"好一口"唯唯诺诺的，才感到这个世上谁吃碗饭都是难的。

小昭独自一人走到街上想舒缓下情绪，看见老杜家门前停着不少车，屋里、棚里坐着不少人，又看老常家的也是，想起生意，才感到失落，我家的咋这么冷清？想来想去，可能最近遇到太多事情，情绪不稳定，是不是说话冲了点？还是买的菜有些问题？老杜和老常家的生意就是晴雨表，人家生意好，自己的不好，说明自己哪些方面肯定出了问题，想来想去，没有发现有什么不周全的地方，只能摇头叹息，喊老杜。

老杜正忙，老杜老婆出来了，老杜老婆说，有什么事呀？

小昭说，没有啥事，问问生意。

老杜老婆说，你又不靠做生意,发啥嗲呢？我家老杜可不是容易上当的人。

小昭不知道老杜老婆说啥，意思再明白不过，她小昭不是一个正经人，她不靠做生意，她靠啥？想找老杜老婆理论，人家早进屋了，蓦然间心头堵上一团气，想，老杜老婆真不是好东西，过去劝说自己找个男人疼，这会说起胡话了。

小昭回屋有些招架不住了，鼻子酸酸的，平白无故，老杜老婆那么说，肯定有些出处，只是小昭不知道哪个环节出现了差错，让老杜老婆那么说道。

小昭一生气就关上了店门，洗洗上床休息，可是翻来覆去怎么也睡不着，不靠做生意，发啥嗲呀，这是什么话？我不靠做生意靠啥？我发嗲？天呀，难道跟桂河的事情大家知道了？

不可能有谁知道的，都是私私密密的，谁会发现呢？小昭想不明白，只好下床洗冷水澡，凉水兜头浇下，天冷了，透骨地凉，虽说适应了，也架不住这种凉。小昭咬着牙，忍受着那些冰冷，一次次冲洗，可是身体怎么也回不过暖，哆哆嗦嗦上床，把自己闷进被窝了，想，管他呢？睡觉。

小昭真的睡着了，很快做起了梦，小昭的梦很平实，她正跟桂河亲热，突然被老杜老婆按倒在床上。老常还有老杜，在她的脖子上挂破鞋，让她游街。女儿出现了，女儿躲在人群中，最后女儿发疯似的跑，她追不上，女儿跳楼，朱三拿刀砍她，一下子醒了。小昭惊魂未定，开灯披上衣服坐在床上喘息，平复情绪后，她开始哭了，那是一个人无声的眼泪，眼泪一串一串地落下，流淌在脸颊上、脖子上，最后滑落到衣服上，小昭还没有知觉，直到那些泪水模糊住她的双眼，她才想，干吗又流泪呢？

第二天冬阳依然艳照，小昭早早起床，她准备好好备料，她不相信她的生意还会冷清。她刻意打扮下自己，想把那些浑浊的情绪全部赶走。走到大街上，蓦然见到那些打零工的正在安装广告牌，他们见到小昭就亲热地喊，小昭，准备几个菜，中午破次例为我们做回饭，施工到了你家门口，不好迈门而过不是嘛。

卤菜摊只做晚上生意，中午不营业，小昭听打零工的那么说，就高兴说，好咧，不说别的，就为你们，也是应该的。

那群人就笑，笑声没有结束，车里走出了"好一口"，"好一口"一出现，那群打零工的就安静了，看着"好一口"，"好一口"主动跟小昭打招呼，问，买菜呀？

小昭问，你怎么在这儿，跟他们都熟悉？

"好一口"说，不是跟你说过接了亮化街道的项目吗？说实在话，感谢那场突兀的大风，否则没有这单生意呢。

小昭有些糊涂，想想好像听"好一口"随意说过类似事情，就说，中午你也过来吃饭吧。

"好一口"说，好的，只是有些不好意思呢。

小昭说，有什么不好意思的，入冬后夜长了，晚上可以多休息会。

小昭一路上都在想，最近很多情况怪怪的，老杜老婆那些话，"好一口"过分客套，还有吞吞吐吐说道歉，好像不太正常，发生什么事情了呢，难道跟桂河有关？小昭想不明白，就不去想了，赶快买菜，回来还要赶午饭，得多买些食材呢。

小昭烧了一桌子菜，打零工的那帮人见"好一口"在，就不说话，也不喝酒，"好一口"也不喝，说下午爬高上梯的，不能喝酒。小昭也不劝，拿眼瞄"好一口"，"好一口"心事挺重的样子，几次欲言又止，最后，那顿饭草草吃完，打零工的又去干活了。

菜没怎么吃，小昭对"好一口"说，晚上你不来，我把这些热了给那帮人吃，他们不容易呢。

"好一口"结完账，还想说什么，只是忍住没有说，慢慢走了。

小昭弄不明白"好一口"，感到人真如老杜说的，就是说不清，看来桂河说过很多事情说不清，是有些道理的。

小昭想不明白就不去想了，安心收拾晚上的食材，只是零零碎碎忙碌中，有些心不在焉，时不时弄伤自己的手，好在习惯了，手有些粗粝，不怕那些磕磕碰碰，忙好后，太阳偏西了，小昭开始睡觉，什么都不去想了，蒙头大睡，居然真的睡足了。

晚上生意依然不好，那帮人收工后，再次来到小昭这里，小昭把中午的剩菜热热，那帮人不让小昭替他们省，说啥也要再上几碟菜，小昭也不阻拦，几个人喝来喝去，最后一个人就醉了，他说，小昭，你要注意了，隔壁老杜家的说你坏话，说你是婊子，趁你不注意就说，你的客人都让她哄过去了。

小昭头发蒙，想，那个女人怎么能那么说？自己又没有招惹她，凭什么败坏我的名声？

另外几个推搡喝醉的，劝说小昭，别听他胡说，再说身正不怕影子歪，不怕老杜家的编排。

小昭真的很难受，她没有想到老杜老婆那么对她，她对老杜、老常都是恭敬有加的，他们不能为了生意这么挤兑人。小昭想找老杜老婆问问，那帮人说，这些背后短长不说也罢，再说你小昭也是大咧咧的人，不把这些当回事就过去了，想想，谁个背后不说人，又有谁背后不被说呢？你说是不是？

小昭想想，忍了那口气，最为主要的，她心里发虚，毕竟有些短处，真怕说道起来，带出桂河，那时候就更加说不清了。

只是这口气把小昭憋屈得有些呼吸不畅，那帮人走了，小昭就想骂人，她不知道骂谁，好端端的心情不知不觉间塞上一些烦心事情，不过也好，起码通过这些，对"好一口"的感觉隐退了些去，她想，不能这么胡乱想人的，否则真的说不清了。

第二天小昭没有早早起来，一天天变冷，她想赖会儿床，女儿打电话让开门，双休日到了，自己忘记了。心里一阵歉疚，赶忙起来开门。

女儿拿着一些需要换洗的衣服，还有被罩。女儿心情似乎不太好，问几句话，女儿回答半句，小昭不知道女儿又咋了，试探着问，怎么啦？嘟哝着嘴。

女儿没有回答，往盆里浸泡衣服，小昭说，你别弄，我来，等会儿你陪我买菜。

女儿擦净手上水，使劲哈手，小昭握住女儿的手说，昨天晚上咋不回来？

女儿还是不说话，小昭有些慌神，问，咋啦？

女儿说，没有啥事，就是心情不好，别问了。

小昭不敢再问，拍拍女儿的脸说，心情自己给的，你想想，笑一个，是一天，哭一场也是一天。说完，又拍拍女儿的脸说，笑一个给妈看看。

女儿没有笑，半天才说，妈，我也大了，你不要做那些让人嚼舌头的事情，有天我回来，隔壁的阿姨说你跟这个那个的，你让女儿怎么见人？

小昭苦水哧溜滑上心头，眼泪猛然挣脱束缚，说，相信妈，妈有分寸的人，打你说过之后，当妈的再也没有见过任何人，你相信妈吗？

女儿还是不说话，小昭心中的那团苦水和浊气，一起泛滥，直到泪水淋淋。

女儿看见小昭的样子，也不安慰。不自觉拿起扫帚扫地，小昭说，不要你弄，洗完衣服我弄，不行我们上街买菜，你陪我好吗？

女儿说，好吧。

有女儿陪着，小昭心情好点，看见谁都想说几句话，一路走来，母女并没有多少话，小昭内心依然难受，难受就像那些冷风无孔不入似的，弄得小昭苦霜着脸，走着走着，突然遇到桂河，桂河正在街上检查整修的广告牌，混在一行人中，桂河指手画脚的。

桂河遇到小昭后，没有回避，主动走向前说，你真行，居然陷害我。

小昭没有陷害桂河，那次小昭是说些气话，但是小昭在心里给自己松绑了，不会纠缠桂河的，没有想到桂河说她陷害他。看见女儿在，不敢多说什么，只回复说，谁陷害谁？问问良心。桂河没有跟小昭争吵，鼻息中发出一丝不屑，然后走进那些人群，继续检查。

小昭内心的委屈没有办法消除，真想坐在地上放声哭上几嗓子。可是女儿在，她什么都忍了，她对女儿说，你看看，妈说跟他分了，你还不相信，你看看他怎么说我，他说，我陷害他？妈什么时候陷害过人？

女儿感到很恶心，涌现的全是厌恶的表情。

小昭感到很害怕，女儿那种神情就像拿刀在身上割肉，一刀一刀的，鲜血淋漓，只是女儿看不到小昭一路洒下的斑斑血迹。

买完菜回头，女儿说她不想在家，她待在家里很不舒服，她对小昭说，我想爸爸了，我想看看爸爸。

小昭再也无法忍受女儿的误会，小昭说，死丫头，你妈别说还是个正经女人，就是你妈找个相好的也在情理之中。

女儿没有想到小昭这么对自己说话，感到十分屈辱，拿起书包，跑上街，小昭怎么拦也拦不住，只好尾随女儿到了学校。

小昭想不明白突然之间怎么又弄成这样，女儿本来情绪都稳定了，肯定听到什么不好的说辞，合该倒霉，怎么大街上偏不巧遇到了桂河，无头无脑说出那样话，都是咋了？

傍晚，老杜骑着车，带着老婆和家什，刚开店门，小昭忍无可忍，上前跟老杜老婆理论，老杜老婆说，你还有脸说，男人在外面，不分中午白天接客，街坊邻居难道瞎眼了？

小昭突然疯狂起来，上前想打老杜老婆，给老杜拦住了，老杜说，小昭，你别听她的，她就是这么个脾气，到处惹事，都是我惯坏了。

老杜老婆不知道哪里来了邪乎劲，躺在地上打滚，说老杜跟小昭早勾搭上了，要不不会帮着小昭说话的。

那时候街上聚拢来很多人，小昭羞愧低下头，抽身回屋，由着老杜老婆乱说。

晚上生意时刻，老杜老婆还是不依不饶，拦到人就说小昭坏话，小昭不能再跟她一般见识，想到连日来的所有委屈，一个人坐在地上号哭起来，她这一哭，引来很多人，都问，小昭怎么啦？小昭说，好端端的由着别人踩踏，怎么活命呢？小昭一委屈，说出心中很多惆怅，朱三走了，自己落单，拼死拼活带孩子上学，孩子不理解，生意竞争遭人挤兑，你让人怎么活？

小昭想只有闹出一些动静，才能混淆视听，挽回一些影响，小昭不会想不开的。

晚上依然生意不好，这么闹腾，肯定有些人怕是非，不会到小昭的摊上吃饭，小昭等到了那帮写诗作画的人，那些人不知道下午发生的事情，小昭自己主动说起，那帮人腾地上火了，奶奶的，反天了，由那个喝酒就哭的诗人带头，骂骂咧咧找老杜老婆。

那帮人胡乱喊叫，知道什么叫人性吗？小昭容易吗？你们欺负小昭，就跟我们这些人结下了梁子，我们不怕世俗的叮咬。

不知道哪儿对哪儿，老杜老婆被这群看起来不着调的人吓着了，不敢多说话，由着写诗作画的那些人说道。

小昭看不下去了，喊那些人回来吃饭，说，不能计较，实际老杜老婆也

95

不是什么坏人，她就是看不惯我跟老杜说话，不像老常老婆那么厚道。

那群人说，我们不相信柔弱，不相信眼泪，我们相信人性，别以为你每次多给点卤菜我们不知道，我们选择你的卤菜，就是选择善良。生意不好不怕，从此，我们天天来，我们用"小昭卤菜"作诗名，一起吟唱，不相信帮不上你的忙。

那群人热血沸腾，说得连小昭自己都不好意思了。

五

深冬的第一场雪，深深浅浅地来了，喝醉酒的北风把雪花稀稀拉拉刮开来，染白了邵南路，可惜那些白瞬间就会被车流人流碾辗化为泥浆，满街飞溅。

每每到了冬天，生意不可能好起来，何况还是下雪的日子。好在冬季，食材好存储，一次买的，即便卖不出去，可以存放多天。有人来，便做，无人来，窝在吧台旁的电暖器旁看着手机，小昭想，只能这么等着呢。

第一场雪没有大气磅礴、铺天盖地而来，始终稀稀拉拉、羞羞答答、忸怩而至，雪停下来后，空气中散发出甘冽的甜丝丝的味道，小昭很享受地翕动着鼻息，看着网易新闻。

可是说不清楚的事情，总会突然不期而至。

小昭听到车响，看到门前停下一辆车，车上走下几个人。

小昭以为那几个人是吃晚饭的，就揣起手机，站了起来。

几个人没有搭话，而是问小昭，你叫小昭？

小昭说，是的。你们是？

几位又问，你认识桂河？

小昭不知道怎么回答。

有个人加重语气问，认识不认识？

小昭点点头。

那个人说，我们是县纪委专案组的，你跟我们走一趟。

小昭说，纪委的？纪委干吗的？我一个做卤菜的，跟你们纪委有什么关系？

那几个人再次说明身份，有个公安的还拿出证件，小昭只好跟那几个人上车。

车上几个人不说话，行驶了半个多小时，小昭不知道哪儿是哪儿的时候，车停了下来。几个人让小昭下车，带着小昭向错落有致的几处院子走去。

到了最不起眼的那座院子，由两个人陪着小昭走进院门，走进一条长长的走廊。

走廊墙看起来绿茵茵的，多看几眼又变成黄澄澄的，走廊右边有紧闭的门，门上警报器不响，呼呼直转，一闪一闪的。小昭腿有些发软，不知道自己被带到什么地方。

到了一间房，门开了，小昭看到个子很高的两个女警察，一左一右裹挟住自己，送她的两个人才离开。进屋一看，有个女的坐在一张桌子前，另一个矮瘦女的坐在一旁，像是个学生样，面前放着一个本子。

女的问，知道为什么找你来吗？

小昭说，不知道。小昭不知道什么时候，已经坐在一个矮凳子上，旁边站着那两个高个子警察，一束极强的灯光照在她的脸上。

女的问，你跟桂河什么关系？

小昭说，我跟桂河啥关系，没有什么关系。

女的很不高兴，啪地拍了桌子，说，桂河都交代了，你如实说，不会有啥的。

小昭不知道怎么说桂河，那个小眼小鼻子的人，她小半年都不想提及，还有什么关系呢？小昭不知道如实说怎么说，那个女的等着她如实回答，小昭一紧张，便说，曾经陪他上过床，糊里糊涂的，不过早不联系了。

女的说，不是问你这个，我问你，桂河给你多少钱，多少卡？

小昭没有想到这些人连这都知道，心里盘算下，说，大概一万多吧。可是我都花在他身上了呀，你们问这些干吗？

女的问，认识新河地产开发商毕业旺吗？

小昭摇头。小昭想，我怎么会认识毕业旺呢？我一个农村来的，认识谁呀？

女的问，认识刘塘吗？

小昭摇头。

女的问，不认识？

小昭说，真的不认识。

女的说，我们的政策坦白从宽、抗拒从严，希望你能积极配合我们的调查。

小昭说，我不知道你说谁，我怎么配合？

女的说，就是喜欢到你饭店吃饭的、不太说话的那个，他说你对他很好，怎么能说不认识呢？

我是开卤菜馆的，吃饭的人很多，我怎么会记住谁叫刘塘呢？

女的启发说，你们经常通话，经常发信息，他可说认识你。

小昭猛地想起什么似的说，你不是问"好一口"吧。

女的说，什么"好一口"，我说的是刘塘。

小昭说，我只认识"好一口"、桂河，还有老杜、老常，其他男人都不知道名字。

那女的扭头对记录的说，问问，刘塘是不是"好一口"。

小昭问，是不是做地产项目的？最近整修街上广告牌子那个，如果是，他就是"好一口"，我不知道他叫刘塘。

女的说，是的，你不知道他叫什么名字？

小昭笑笑，小昭说，我有些喜欢他，不好意思问，不知道他叫刘塘。

那个女的也突然微笑下，气氛有些缓和。

最后那个女的说，知道为什么找你吗？桂河交代，他给你十万元钱和卡，说你还陷害他，勾结刘塘要挟他，逼迫他就范，把政府亮化街道的项目暗箱操作给了新河地产公司。

小昭说，你说的啥我根本听不懂，我勾结刘塘？我怎么会勾结刘塘陷害桂河呢？

女的说，把你知道的都说出来，不要担心，我们就是调查。

小昭很难受，一直不愿意回忆的往事，跳出脑海，一五一十说怎么认识桂河，桂河怎么给他一万多元钱和卡，他怎么给桂河买东西，怎么跟桂河分手，怎么暗里喜欢"好一口"，"好一口"几次说对不起她的话，说完了，小昭才说，我知道的就这么多。

女的说，好啦，你说的情况，我们都要核实的，假如说了假话，是要负责任的。你在记录上签字，签完字，你可以走了。

小昭说，你们为什么找我？我做了什么错事吗？

女的说，你做了错事，被人利用了。还有不该糊里糊涂跟人上床，你还有什么要问的吗？

小昭看看那个女的，大家态度比自己刚进来好多啦。刚才记录那个矮瘦女的说，你跟我来，那个矮瘦女的把小昭带出院子，带到一条路上，然后指着路说，朝前走，不远就到一条主路，有公交通往城里。

小昭没有说谢谢，小昭很生气，她不知道这些人莫名其妙把她带来，又糊里糊涂把她放了，大雪天的，这不是折腾人吗？

到了外面，那种甜丝丝的甘冽再次涌进小昭的鼻息，小昭有些回过味了，那个女的说她勾结"好一口"，要挟桂河，这里有什么蹊跷呢？不用说，桂河肯定出事了，那么"好一口"，他难道也出事了？他们怎么能牵扯到一起，怎么能说我跟"好一口"一起要挟桂河呢？

拿出手机打"好一口"电话，无法接通，小昭就很委屈，想，不带这样的，咋的啦？

小昭找到公交车站，上了车，回到主街上，又打的回到店里。

那时候天将近黑了，再次拨打"好一口"的电话，电话还是无法接通，小昭很着急，不清楚究竟发生什么事情，急了，才拨打桂河电话，也是无法接通，小昭有些纳闷，想，这里面出了什么问题？孤立无援，小昭很焦急，也没有几个吃饭的，小昭就想找新河地产公司，看看那个公司在哪？能不能找到"好一口"。

说找就找，小昭再次上街，不怕泥浆飞溅，打的到了新河房地产开发公司的项目部，项目部的人快下班了，没有几个人，小昭问，刘塘在不在？毕总在不在？

那些人问小昭，你是谁？找他们干吗？

小昭不说话，东瞧瞧西瞅瞅，项目部不大，玻璃门外面就是一条主路，就在一回头过程中，她看到那些打零工的都蹲在项目部的门外，就高兴起来，出门问，怎么你们也在呀？

那些人没有想到在这里能见到小昭，就问小昭干吗？小昭就说，找刘塘，可惜他不在。

那些人说，你找他？他跟毕总都被带走了，说是涉及一桩案子。

小昭明白怎么回事的时候，没有说话，傻呆呆看着那些人，想，刚才进门的时候怎么没看清这些人呢？上次喝醉酒的那个嘴快，忙说，怕到时候结不到工资，我们吵闹提前结账呢。

小昭哦哦说着，然后说，那你们等。

那些人想起什么似的说，晚上我们还到你那吃饭，生意不好不怕的，再冷的天也能过去。

小昭心里暖暖的，只好往回赶。

到了店里，天黑了下来，几个写诗作画的不停搓手，在门前等着她呢，他们说，我们来有一会儿了，你到哪儿去了？

小昭说，不好意思，现在就给你们做菜，你们等着。

几个人坐下来，小昭把电暖器往他们身边挪挪，然后走出炉子旁，捅开下午早早燃起的炉子，一会儿屋里有些烟火缭绕的了。

一个人说，听说，行政执法局是个窝犯，好几个人都带走了，现在有点权的，不知道姓什么了。另一个说，那个桂河，不是啥好鸟，看起来笑嘻嘻的，实际一肚子坏水，听说交代了五六个情妇，都是什么玩意。

小昭心里难受，她怎么会认识桂河，怎么会跟他上床，怎么会无形之中牵涉到了一桩案子？想来一阵阵难受，那些说不清楚的滋味，一坨一坨地堆上心坎，筑起了一道道无形的哽噎，连打几个嗝，还不能拆除那些哽噎，只好长叹一口气，低头做菜了。

雪后越发冷了，那帮打零工的也来了，他们缩着头，把头埋进衣领，进屋后使劲跺脚，小昭说，坐吧，今晚太冷了，往屋里坐坐。

一间门面，也只能坐两桌客人，再来的就只能坐旁边的条桌了，天冷，不能在外面摆桌子，只能这么将就。小昭说，你们都是老主顾，今天就单为你们这些人营业，门关了，也暖和些。

小昭拉上门，屋里瞬间暖和多了，小昭手脚麻利，一会儿每桌都上了几道菜，一些红烧的、需要焖炖的，放在炉子上慢慢煨炖。

小昭闲了手，想想经历，那些委屈、记忆、伤感、忧伤一起袭上心头，喃喃说，今天你们不要给钱了，卤菜馆子我不想开了，今晚算我请客，明天我想关门了。

那些人都忙问，咋了？小昭也不解释。

写诗作画的说，没有啥，你开，生意不好是暂时的，谁没有暂时困难呢？再说，你不开卤菜摊子，干啥呢？孩子还要上学。

小昭也不知道要干啥？想，是呀，真的不开这个卤菜馆，以后咋办呢？

打零工的那些人死命劝，说啥都不让小昭关门，至于今晚小昭请客，他们说啥也不肯，还说，做啥都要有操守，就你小昭这样的，来过几次的客人，哪个能忘记呢？

小昭这才想到问，操守是啥呢？

那帮写诗作画的急慌慌从道德、人性、社会约定俗成等方面做出无数注解，小昭听不明白，那帮打零工的就插嘴，拉倒吧，操守就是不带这样的。

是的，不带这样的，这个好懂，符合小昭心事，她想那个狗日的桂河还有"好一口"，假如操守就叫不带这样的，他们作为人，怎么能那么样子呢？

小昭想到这里，散架似的坐在炉子旁，发了呆。

那些人不知道小昭的心事，以为小昭为生意不好发愁，于是不停劝慰，说，只要他们还活着，就到小昭卤菜馆吃饭，他们不相信卤菜生意还挪不出一个冬天。

深冬的一天夜里，"好一口"来了，还是一个人，他走进小昭卤菜馆，还是不说话，坐在那里，显得很矜持的样子。

小昭走到近前，小昭淡淡说，你还有脸来？你说，你怎么挟持桂河的？

"好一口"说，还是老四样，这是我最后一次吃你卤菜了，我得回鞍山了。

小昭问，为什么？

"好一口"说，你都知道了。然后断断续续说，我发现你跟桂河的情况，毕总正跟我商议怎么拿下桂河。那个项目桂河负责实施，招投标中他有很大的话语权，毕总因为亏本，急了，让我拿你们的事情要挟。记得吗，你每见桂河一次，我肯定到你酒店吃饭，后来他不来了，我来得也少了。

小昭问，你监视我？

"好一口"揉揉脸说，我们外地人，这些都是由头，桂河也不会轻易就范，有了由头，好拿捏桂河，给他钱。在他帮助下，我们顺利拿到了这个项目，谁知道桂河早在纪委视野内呢。"好一口"说完了叹息一声，然后说，对不起，我一直想让毕总跟你道歉的，可是他不愿意，我也不好意思说清楚，把你连带进去，真的对不起你。

小昭并没有流泪，那些泪水早流干了，小昭说，谢谢你能告诉我实情，否则我还真被蒙在鼓里，不过这些事情还是过去了，说不清楚的感觉也不想说了。

"好一口"说，不行你再挪个地方，到你女儿学校附近租个门面，也许会好些。

小昭说，用不着你操心了，我的事情自己会处理好的，只是我一直在想，我到县城，正儿八经认识的人只有你跟桂河，你们不讲操守，起码不带这样的。

"好一口"说，是的，不带这样的。可是很多事情确实无法说清，你说，我怎么就会听了毕总的话，做出了糊涂事，真的对不起。

小昭那时候开始流泪了，只是那泪水曲曲折折流到嘴唇的时候，小昭感觉到了，她用衣袖顺带擦了，"好一口"没有看见，小昭想，今后就是流泪，也不流给"好一口"看了，连个名字都不说的人，怎么配呢？

（《操守》原发《清明》2016 年 1 期，《小说月报中篇小说专号》2016 年 2 期选载）

将来有将来

一

爹住院了。甘甜像是对钱丽说，又像是自言自语。钱丽正往口中扒饭，手一哆嗦，碗掉在地板上成了碎片，那声响吓哭了女儿，饭粒也像女儿的哭声撒满甘甜的心际。

甘甜拍拍女儿的头，然后拿起扫帚和拖把，很快处理完钱丽瞬间制造的狼藉，又盛来一碗米饭放在钱丽的面前，叹口气说，好好的，怎么会病了？

钱丽并没有端起饭碗，这才回过神似的急忙问，住院了？

甘甜替女儿擦完泪水后说，可不是，听说要转院，爹那么壮实，怎么会病？

钱丽嘟哝句，什么时候的事？

甘甜没有回答，心里想，手上还有很多事情，一个调研报告没有写，局长讲话才草拟了提纲，还有市里急要的经验交流材料，都等着他这个笔杆子。想想钱丽也很忙，班上一大堆孩子，唧唧哇哇的，一个小学班主任，需要的全是精力和耐心。最近甘甜老是感觉累，那种累就像挖掘机似的要不停掏空他，让他上楼梯都要歇息几次。

钱丽又扒拉起米饭，饭粒晶莹剔透且很有韧度和黏性，看上去没菜也能吃上几碗，可是钱丽好像没有了食欲，像扒拉一堆心事，有气无力地说，谁去照顾呢？

女儿还小，刚上幼儿园，咿咿呀呀，活泼可爱，听到钱丽那么说，急忙接口，我去照顾。

甘甜拍拍女儿的头，刚才还抹眼泪，现在听到大人说爷爷病了，居然抢着回答妈妈的话。

甘甜对着女儿笑笑，然后说，真乖。又拍拍女儿的头对钱丽说，我忙完手上事情，请假去。

钱丽终于放下碗，甘甜边收拾饭桌，边给钱丽递上一杯水，钱丽说，放那，加班去，把手上事情处理好，跟局长请个假。

一个农村考学进城的孩子，能娶到钱丽算是造化，甘甜处处让着钱丽，家务事也一直抢着做。老家人看不惯甘甜那么呵护钱丽，尤其对于一辈子大男子主义的爹来说，更加瞧不起儿子，看到儿子熊样，皱着眉头说，下贱胚子，熊样。

钱丽不在意爹怎么说，他在老家可以说一不二，在她面前啥也不是，就说钱丽生个女儿，对急于抱孙子的爹来说，犹如晴天霹雳，看完孙女丢下一句硬邦邦的话，不生个孙子，别回家。钱丽说，我满月就回去，能咋的？

钱丽要强，爹也要强，他们为了生孙子掐了好几回。两口子都有工作，咋能生二胎？爹不管，还是硬邦邦说，不能生偷生。

甘甜为爹的死脑筋和传宗接代旧思想常常向钱丽赔不是，钱丽不责怪甘甜，说那是她跟爹的事，不用他管。爹盼不到孙子，不喜欢到甘甜家，儿子一家回去，他永远耷拉着脸，尤其不待见钱丽，仿佛钱丽欠了老甘家八辈子债。爹态度越那样，钱丽对女儿越好，把女儿顶在头上，耀武扬威给爹看。爹更加窝气，钱丽依然不依不饶，时不时故意说，姑娘是个宝，贴心小棉袄。

爹住院了没想到钱丽反应那么大？

甘甜毕业后一直在一家私企打工，后来县农委下属的种植局招考事业人员，甘甜报考被录取了。进了单位才知道所谓种植局就是过去农业技术推广单位，清水衙门不说，处处冷寂寂的。现在承包到户，谁还指望你指导生产？有些种粮大户偶尔请教，找的也是专业技术人员，他办公室一个打酱油的，怎么看都像个多余的人。

钱丽师范学院毕业后，考到城关一小，一座县城，城关八所小学，一小最为著名，师资力量强，教学质量好，城里孩子挤破头都要上一小。能在一小上班的老师，都是城里人巴结的对象。钱丽刚毕业就当班主任，年轻轻的，骄傲得就像橐橐的鞋跟声，从学校到县城的八里巷，那种高傲一路声响，哪个看到都要目送咂嘴。八里巷是县城最为繁华的街道，到了县城不到八里巷，就像到北京没有看过人民大会堂，钱丽父母又是八里巷里做服装批发的，钱丽有资本高傲。

甘甜认识钱丽看似偶然又是必然，县直工委举行庆国庆专题演讲，甘甜上初、高中就偏科，语文特别好，大学读的营销专业，口才不错，三轮下来，引起评委注意，一举拿到第一名。钱丽屈居第三，主动要去甘甜的号码。从此，那个头发卷曲、面庞清瘦、高挑个子的青年深深印刻在她的脑海。钱丽当时属于热门人物，多少家优秀儿子都想把她迎进家门，其中还有几个县领导的公子，爸爸妈妈都挑花了眼，何况钱丽？但是钱丽忘不了那场比赛，忘不了那个头发卷曲的、略显腼腆的甘甜，有事无事喜欢给甘甜发信息，甘甜自然心领神会，注意起这个高傲的姑娘。接着甘甜像个侦探，到处打听钱丽家情况，了解到钱丽的家庭背景后，甘甜像个泄气的皮球，一屁股瘫在地上，一个农村考进城的穷孩子，就像一猛子扎进大海，无边无际、无根无底，钱丽家怎么会看上他？

钱丽不知道内情，不仅主动发信息，还在种植局门前等着甘甜下班，面对甘甜的退缩，她急眼了，想来想去，把写着"我看上你局的甘甜，请你做媒"的纸条贴在局长的门上，那纸条就像炸弹，局长小心翼翼揭下纸条，找到甘甜，大为光火说，你们年轻人玩浪漫，不能玩到我的头上。甘甜看到纸条，蒙了，想钱丽咋了？局长拍拍手说，你们真相处好了，我自然愿意当次媒人，人家姑娘找上门，你还犹豫个屁。甘甜还是羞涩地不敢接招，钱丽不愿意了，把玫瑰做成的巨大"心"字摆在种植局大门前，高喊，甘甜，我爱你。

甘甜无处可逃，走向钱丽，钱丽得意地笑了，还打个响指说，小样，跟我玩深沉。

甘甜晕头晕脑，呆若木鸡说，我家配不上你家。

钱丽说，我们谈恋爱，又不是家跟家谈，我看上谁就是谁。

钱丽爹娘死活不同意，局长摊开双手说，你看看，你女儿托的，我听谁的？后来人们劝说，婚姻这家什没有办法，靠的就是缘分，你说，钱丽凭啥会看上甘甜？又有人说，假如没有那次演讲肯定不会认识？有人驳斥说，钱丽认识的男孩多呢，怎么都看不中？钱丽父母没有办法，只好相信大家说的缘分，向局长低下头颅，把钱丽嫁给了甘甜。

后来女儿生活处处不如意，钱丽父母也特别委屈，挑着眉毛说，抱怨谁？那么好的条件，凭啥看上了甘甜这么个窝囊废？

钱丽最怕父母提这个，不无讥讽说，不就是住下你们买的房子嘛！他哪点窝囊啦？

不如意是钱丽流露出来的，父母跟着附和，钱丽又不愿意，父母直摇头，说，你的日子你过，都是从小惯坏了你。

甘甜结婚后想到这些就会心疼，那种疼看不见，隐隐的，就像蛰伏在土壤里的虫卵，一旦气候合适自然卵化。甘甜再疼也不会多说什么，就像最近一直感到疲累，也不说，那些疼和累都属于他自己，他不想让钱丽分享，留给钱丽都是温润的笑脸。

甘甜骑着破旧自行车往单位跑，自行车还是钱丽上高中时候用的，钱丽要给他买电动车，甘甜不愿意，一个苦孩子，不想那么显摆。钱丽想想也是的，就由着甘甜。稀里哗啦骑到单位，来不及擦汗，急忙打开电脑，写局长秋种会上的专题讲话，意义、措施、技术要求等，都是老套路，难出新意。

局长是个胖子，喜欢走八字官步，抱茶杯，说话笑眯眯的，其中透出很多派头，仿佛领导跟他十分熟悉和亲密。架子大未必说话利索，一个省级农业大学毕业的学生，做报告时居然结巴。甘甜过去材料写不对路，写一次局长揉了一次，尤其写讲话稿怎么都过不了关。最后甘甜琢磨出了道理，局长磕巴，句子不能长，不能加上定语，每个句子写它九十来个字，他读起来顺口，自然不会磕巴。试验写出，惴惴不安地送给局长，局长看完讲话稿，拍着大腿说，这就对了，讲话稿就要实话实说，要那些虚头巴脑的句子干吗？

甘甜长长松了口气，看着局长憨笑。

局长读着甘甜写的"九句半"，抑扬顿挫、铿锵有力，局长很高兴，没过半年就任命甘甜担任局办主任。局里上下一片哗然，甘甜才来几天，怎么一下子就得到重用？莫不是他岳父家有钱，送了大礼？栽培科科长直接找到局长，局长一脸严肃说，别看人家不是农业院校毕业的，写的公文哪个能比？

科长憋红了脸，呕了句，就那"九句半"？局长气得站起来，说，你们这些技术干部，知道什么叫政治？栽培科科长气得摔门而去，植保科科长、土肥科长在外面讪笑说，活该，你又不想去写材料，管那闲事干吗？

专业技术干部看不惯为领导服务的政工干部，见到甘甜常常讥讽说，那个啥，九句半，既然你是局长的红人，就要好好为大家服务。甘甜憨厚笑笑，只点头，不解释、不争辩，最后那些有意见的人，慢慢接受了现实，"九句半"吃香，怨不得写稿子的。

甘甜写完了局长讲话，又写调研报告，本来调研报告谈栽培科起草的，科长说，写那些狗屁调研报告干吗？基本农田建设、肥力水平培养等，哪堪再说？局长就怕几个专业科室的中层干部，事业单位，技术为上，栽培科科长还算厚道些，植保科、土肥科那两个，不把任何人放在眼里，自视在技术领域的权威，看不起局里任何人，局长只有忍，否则担心业务工作塌方。栽培科科长不写，局长没有办法，只好找甘甜，甘甜业务工作不太精通，写了几次都放下，现在爹病了，不交了材料，肯定不能顺利请假，于是查找很多专业材料，尤其栽培科那些送阅资料，马马虎虎糊弄出一个调研报告的雏形。弄完两个材料，甘甜就感到头疼，那种疼无名的，就像某种累，潜伏在他的身体某处，随时出击。想想还有一份经验交流材料，更加头疼，哪有什么经验？种植业结构调整本来就是一句空话，县里根本没有推进，局长大会小会吹，硬是从群众根据市场规律改变种植品种和作物的自觉行动中，吹出了亮点，结果引起市农委重视，专电要求寄去经验材料。没有经验的事情要总结出经验，仿佛给泥胎穿衣，谁能给它穿出个人样？

经验交流材料正在收尾中，局长横着身子走进办公室。局长看到甘甜加班，没有表扬，竟劈头盖脸来一顿教训，局长掐腰说，办公室工作包罗万象，你当主任的不能只写材料，忘了管理，你看看厕所还能不能蹲人？环境卫生我说了多少次，引起办公室注意了吗？难道要我亲力亲为？

甘甜想辩解过去提过，是局长你没有同意，你还说，卫生小事，不要雇人，利用每周学习日集中时间打扫。可是专业技术科的同志，基本都在田间地头跑，每周学习日成了空话，集中打扫没有落实。现在秋种开始，问询种植技术的农民用厕后从来不冲，甘甜早就发现问题了，让办公室两个人打扫了几次，但是不管用，今天打扫，明天依然如故。

甘甜想到这些头就疼，没有想到局长为这会发火，只有低眉顺眼，站着恭听。

甘甜发现局长情绪不好，上午下班时候还好好的，怎么下午上班突然多了情绪，想，人的情绪像风又像雨，说来就来，说走就走，等局长情绪好了，再请假吧。可是眼下，爹病了，假如局长半天情绪都不好转，难道不请假不成？

局长没有舒展开眉头，看来为了卫生事情还挺气，抑或为别的啥事，反正局长不高兴，这时候万万不能请假的。

钱丽打来电话，钱丽说，你什么时候走？钱放在老地方，多带点，别抠门。

甘甜小声说，知道啦。

局长等甘甜通完话，才想起来问，几个材料怎么样啦？

甘甜说，都出来了，马上拿给你看。

局长哼了一声，签了到，离开局办。

等大家都上班签到后，甘甜弄完了材料，然后悄悄敲局长的门，局长不知道跟谁打电话，声音很大，局长说，凭什么？谁是谁的靠山不成？

甘甜不敢再敲门，遇到植保科科长也找局长，看到甘甜就问，你鬼鬼祟祟的干吗？

甘甜让开身子，想辩解，还没有等到说话，植保科科长撞开了局长的门，劈头就问，那个职称怎么报的？

局长草草收了电话，笑脸相迎，甘甜站在外面，等科长跟局长掰扯，科长越说情绪越激动，局长看到甘甜，就喊，进来，你在外面干吗？

甘甜走进屋里后，植保科科长还很激动，说，别问谁是谁的后台，局里几个人能跟我比？

局长很为难，职称评定马上开始了，几个科长暗中角力，名额只有一个，给谁都不合适。甘甜知道点皮毛，原来局长为这生气，这事扯上半月也说不清，于是顾不得那么多了，直接插话说，我想请几天假，爹病了，这些都是你要的材料。

局长这才缓过神，什么？你爹病了，得什么病？是不是伤风感冒？

甘甜不知道爹得了什么病，没有办法回答局长的问题，于是说，我去了才能知道，听说要转院。说完没有等局长应允，转身跑了。

二

骑车回程中，甘甜感到自己太冲动了，干吗不能等局长点头应允呢？可是这个胖局长情绪不稳定，说多了，他一口回绝，事情就复杂了，自己先走，有啥事电话解释吧。想到这，赶忙回家，拿到钱丽准备的钱，直接向车站奔去。

甘甜知道钱丽还算孝顺，跟爹怄气，不代表她不认公公婆婆，认下了甘甜，就得认他的爹娘。只是钱丽结婚后，嘴上不说后悔，心里边藏上了许多不满意，你看看，现在年轻人结婚，哪个找农村来的？七大姑八大姨，一堆穷亲戚不说，还不讲道理，常常用他们的那些条条框框约束你。再比如，城里父母把孩子当作宝，捧在手里怕丢了含在嘴里怕化了，有了隔代，心肉肉都割了喂了才好。譬如女儿出世，搁在城里的公公婆婆不知道怎么心疼，可他们倒好，不管不问还不待见。说起回娘家蹭饭吧，见到的都是父母的冷脸，母亲生意场上打拼，早成了算计高手，她对钱丽说，当初不听话，现在知道难了吧？孩子我不带，你爸也不带，甘甜好，能干，就你们自己带。钱丽眼泪往肚里滚，从此不太回娘家，再苦都闷在心里。

钱丽学校的事情很多，小学教师，练的都是真功夫，月评、季评、评星，班上学生考差了，丢人的仿佛不是学生，是班主任。带数学的男老师，家里不知道哪有那么多事情，不是这就是那，吊儿郎当的，钱丽说过他多次，他拧着脖子反击，你是校领导咋的？我一个大老爷们当个小学教师，再这么上心，一家老小喝西北风去？想来也是，自己跟甘甜每个月合起来才三四千元，为了孩子，常常当"月光族"。有时候手头紧张了，只好找父母，母亲还是那张嘴，吐出的都是叮叮当当的刻薄，拿回一些钱，受够一些气。父亲看不惯母亲刻薄样子，叹息说，就一个女儿，难道让她离婚不成？

娘说，想想今后我的钱都要给那个窝囊废，就来气，他有什么资格娶我的女儿？

钱丽受尽了娘的奚落，擦干眼泪回家什么也不说。

甘甜知道岳母的锋利，很少回去，回去也是抢着干活，自己小办事员一个，就是当了局办主任，在岳母眼里也是狗屁一个，每月那点钱，不够岳母美容的。看到钱丽脸色不好，知道钱丽的苦楚，又不好明里说，只好多做家务，让钱丽开心点。

甘甜知道，钱丽留在老地方的钱，肯定又是问岳母要的，家里没有存款，哪有闲钱？

车站人来人往，秋季了，太阳有种甜滋滋的味道，嘈杂中，只有匆忙的秋阳像泼洒在上空的微笑，暖暖的。看看太阳才偏西，知道时间充足，擦把汗，拿出包里的水杯，喝了几口茶定了定神，才想起打电话问爹的病。

母亲不识字，问了半天，说不清东南西北，末了有些哭腔埋怨，你怎么还不来？你两个姐姐后天才能到。

甘甜很憋屈，姐姐为什么后天才能回来？两个姐姐没有考上学，初中毕业出去打工了，后来相继嫁给了农民工，爹说，丫头人家的，谁指望她们大富大贵？

两个丫头从小得不到待见，很敏感，也很自卑，结婚后，过着生孩子、数日子的平庸生活。大姐生了孩子后，娘去服侍了三天，爹电话就追去，说，碍手碍脚的，不要惹人嫌。大姐泪汪汪对娘说，爹怎么能这样？惹谁嫌？娘回来跟爹生气，爹说，丫头就是丫头，管不了那么多，她的日子她过。二姐结婚后，婆家条件稍微好些，二姐生孩子的时候，爹禁不住娘磨叽，到了亲家，见面三分钟就掐上了，爹还是老道理，女儿嫁到谁家就是谁家的人，生儿育女的，婆家不伺候谁伺候？亲家气得脸都绿了，一把掐出两万元说，我雇人行不行？爹纹丝不动坐着，蔑视说，就你那两个汗水钱也值得显摆？我家有吃皇粮的，你家有吗？

后来二姐公公婆婆说啥也不愿意走亲家了，跟二姐说，你那个爹，一言难尽。

二姐不允许公公婆婆说道爹，怎么说，爹都是她心中顶天立地的人，闹得小两口子吵了好几架，才平息了爹带去的风波。

爹恼在两个女儿头胎生的都是女孩，等到甘甜生下女孩，肺就气炸了，不知道暗里骂过自己多少回，难道上辈子做下亏心事不成？娘劝爹，现在生男生女都一样，独生子女谁家能保证三代不缺后？爹说，甘甜不行，他怎么都要给我生个孙子？

娘说，他们都要上班，别说不能生，就是能生你去带？

爹说，我去，我不怕钱丽冷脸。

爹窝着气不是一天两天了，对两个女儿不满意倒能想得开，对甘甜一直百思不得其解，一个大学毕业生，好端端的局办主任，凭什么配不上她钱丽？她娘家有钱？就一个做生意的小市民，有什么值得炫耀的？爹揪住甘甜追问。

甘甜说，你不懂？城里不比乡下。

爹说，狗屁城里，放在过去，我还高看城里人几眼，现在城里人啥也不是。爹继续发飙说，甘甜，你挺直腰杆喽，说话做事都要提醒自己是主任，她钱丽就是一个穷教师。

甘甜难为情说，什么局办主任，我们种植局不是行政管理局，是事业单位，我这个局办主任就是跑腿办事写材料的。

爹说，甭管啥局，只要是局，它就能做局。

甘甜哭笑不得，跟爹说不明白。

爹袖着手，喘粗气，最后抽出手拍桌子骂甘甜，你看看你哪点像你爹？身上都是娘们味道，都怪狗日的，头两胎生了女儿，弄得甘甜这么不硬气？真是女人堆活不出男人味。

娘说，骂谁呢？过去谁敢说甘甜，宠他惯他的都是你，他温温善善的哪点不好？

爹瞪眼，娘忙其他的了，甘甜心里难受，爹的想法，他改变不了，就像他也改变不了岳母的看法。

想着心思，车就到站了，不敢耽误时间，打的向市人民医院赶去。人民医院在市区的东边，位置略偏也不太很郊外，过去市医院在闹市区，市里开两会，人大代表提议案，作为民生工程，前几年才得到搬迁落实，场子大了，可是看病得走不少路。出租车停下，看码表十九块八，甘甜给了二十块没有要小票，慌忙找爹。

病房很安静，看起来还有些冷冷清清的，秋种时节，农村人得病也不敢大住，再说还没有转季，生病的人相对较少，穿过几间病房，就找到爹的床位。

娘拉到甘甜的手就哭，断断续续说，不知道怎么啦，你爹一直屙血，到了镇上医院，人家叫转院。

爹气色不好，躺在床上输液，见到甘甜爹还装作很坚强的样子说，你走了，手头工作谁做？

甘甜说，爹病了，管他谁做？

爹说，那不行，你是公家的人，公家的人就要懂规矩，请假了没有？

甘甜说，请了。

爹这次松缓口气，叹息说，好好的，就病了，老了不经折腾了，得个熊病就撑不住了，搁在过去两碗饭就噎回去了。

甘甜说，生病就要安心住院，爹辛苦一辈子了，还没有享到福呢。

爹湿润了眼角，娘也有些难受，甘甜拿出钱丽准备的三千元钱说，钱丽带给爹的，她有课，双休日过来看爹。

爹说，不见她也好，免得生气。

甘甜说，一家人，气啥呀？她对我算是好的了。

爹抬起身子说，那还叫好？哪有那么懒的媳妇？啰里啰唆，又说到生孙子，还说，她不同意生孙子，就离婚，有肉不怕上案板。

甘甜说，爹，说啥呢？你都生病了，还这么较劲，钱丽对你哪点不好了？

爹说，什么都好，就是不生孙子不好。

甘甜在这个问题上永远无法说服爹，只好跑到主治医师处，问询爹的病情。

主治医生个子不高，戴眼镜，皮肤很白皙，听到甘甜的自我介绍，看看没有别人，才说，你爹得了肠癌，中期，对他说肠结石，你娘也不懂，没敢说真实病情。

甘甜头一下子蒙了，趔趄几下才站住，急问，你说啥？爹……接着自己捂住嘴，怎么可能？

主治医师说，六十岁左右的人得这个病正常，认真治疗，治愈率百分之七八十以上。

甘甜这才感到问题的严重性，鼻子猛地酸了，积攒的所有累连带着苦和疼一起涌来，让他有些承受不住。离开主治医生，甘甜站在窗户口默默流泪，记得爹为了供养他上大学，种了两亩地西瓜，从春到夏，一直睡在西瓜地里。西瓜上市后，四处叫卖，饥一顿饱一顿的，有时候为了省钱，中午就泡方便面。一个西瓜季节，糟蹋得不像个样子，好不容易到了冬天，可以歇息几天，爹又编草绳，一编就编到深夜，冷了，就喝口酒，暖和下身子。编织草绳赚不了几个钱，爹说，闲着也是闲着，儿子是读大学的人，爹就是累死也高兴。更多的时候，爹喜欢唠叨甘甜，见到谁都说，甘甜从小成绩就好，还听话，上了大学更加懂事。听到的都说，村里村外，没有几个考上大学的，老甘有福呀。爹翘起胡子，美滋滋笑着，高兴了，还拉人家到家喝酒，继续叙儿子。时间长了，大家都知道爹的脾气，有人想喝酒了，就猛夸甘甜，爹一准把那人领回家喝酒。

甘甜大学毕业，听爹的话，回到县城考公务员，甘甜知道考公务员比登天还难，于是选择了冷门，考了事业单位，就那还几十个人抢饭碗，结果甘甜一下夺得笔试、面试双第一的好成绩，才到了种植局。爹听到消息后，到处说，甘甜名字起得好，姓甘还加上甜字，知道多么甜了吗？留守的老人都说，还是你有本事，会起名字，打工那些人挣的都是血汗钱，比不得甘甜，坐在办公室一个月轻轻松松几千块。

这些都是爹说给人家的话，人家又拿回来说与爹听，爹自然听得满心欢喜，把胡子龇得乱扎扎的，说，我为儿子没少吃苦，现在就等着抱孙子享清福喽。留守老人继续哄着爹，十里八地的，数着甘甜，你有资本炫耀。爹爱听这样的话，拉着留守老人回家喝酒，直到昏天黑地。

爹的期望就是一座山，快要压垮了甘甜，没有想到自己没有倒下，爹却病了，而且得了肠癌。他不想马上对钱丽说，不想影响钱丽的心情，也不想马上向局里汇报，看看情况再说吧，反正爹得了大病，做儿子的说啥都要陪护在身边。

甘甜平复了情绪到了爹的面前，爹挂完了吊水，想进洗手间，娘扶不动，甘甜扶起爹高大的身躯时，爹说，奶奶的，起个床都困难了，看来真的不中用了。

甘甜说，爹不是病了嘛，好了就好了。

爹说，还是儿子好，丫头哪有这把力气？

甘甜不知道咋了，想流泪，可是看着娘笑，把泪忍住，再向窗外望去，外面早黑黢黢的了。

三

两个姐姐相继赶到，爹不乐意了，开口数落起娘，说，谁让你通知她们都回来的，女儿是人家人，哪家没有事情？

娘说，你病了，我能不通知她们回来吗？

大姐有些苍老，脸上斑点很多，一件紫色上衫也是油腻腻的，大姐说，走得急，衣服都没有来得及换。二姐看上去好点，却胖得出奇，她们到了，热闹起来，一家人齐全了，爹的话就多，说两个姐姐怎么呵护甘甜，一次村里孩子玩耍，谁谁推倒了甘甜，大姐上去就给那个男孩一拳，二姐发疯般拦住其他拉架孩子，村里的人都说，不要跟甘甜玩，他的两个姐姐就是母夜叉。爹说着自己笑了，说从小就没有把丫头当女儿养。两个姐姐一起说，忘记小时候事情了。爹说完，叹息说，仿佛就在昨天。爹沉思一会儿后，对两个姐姐说，可是你说，你们结婚后，那些硬朗劲呢？咋变成了蔫巴耷拉的扁豆？两个姐姐不知道怎么回答爹，爹感慨说，你看看，说老就老了，你们都成家立业了。

爹一辈子没有说过这么多的话，两个姐姐直抹泪，娘也跟着擦眼角，甘甜心里更加不是滋味，那会儿有些懂了爹。看见爹开心，于是笑嘻嘻说，爹，你不生病，我还看不到两个姐姐呢？说来真的有些想她们了。两个姐姐这才认真看看甘甜，发现甘甜弱不禁风的样子，气色也不好，心里有些难过，加上电话常听爹唠叨钱丽，有些心疼弟弟，就说，不要那么软弱，姐姐帮不上你了，该硬气的还要硬气，夫妻就是那样，不是你压住她就是她压住你。甘甜笑笑说，夫妻之间谁压着谁？姐姐压住姐夫了吗？两个姐姐相互看看，一起说甘甜，说你呢。甘甜看看姐姐就哑口了，想到自己生活乱糟糟的，也就没有兴致再说姐姐。

病房不能住那么多陪护的，甘甜在附近开个宾馆，让两个姐姐和娘住一起，他夜里陪爹。

三天都没有给钱丽电话，钱丽不知道爹得了什么病，就打来电话问。

甘甜想了想说，爹得了肠结石，等着开刀。

钱丽不吭声了，好半天才说，双休日我就过去，要不要跟我爸我妈说下？

甘甜说，不要说了，医院不方便。

钱丽说，好吧。

说完这些，甘甜心里一阵难受，什么时候开始，自己跟钱丽说话越来越少，似乎不是为了爹要生孙子，也不是岳母说的那些刻薄话。甘甜想来想去，想到了钱，一个月三四千元的工资，够这不够那的，爹把甘甜供养出来历经千辛万苦，工作了不能再向爹伸手要钱，更不能做到孝敬双方父母，常常啃老。抠来抠去，日子还是窘迫，尤其钱丽伸手要钱的时候，内心紧绷绷的，仿佛妈妈抢着巴掌在一次次掴她的脸。彼此的委屈和尴尬都不想提及，怕伤了对方，越想遮遮掩掩，越感到生分，似乎越走越远，彼此都找不到说话的结合点了。

甘甜为了进步，精力都给了那个胖局长，钱丽说，那个胖子值得你那么拼命？

甘甜说，他是组织安排的局长，他拼命，我还能站着？

钱丽说，那些专业技术干部就是表面清高，经不住耍蛮？你就大胆吵几架，证明一下自己的存在。

甘甜说，我干吗要吵架？你干吗让我吵架？

说到工作两个人也说不到一起。

种植局那些是是非非就像钱丽学校那些鸡毛蒜皮，不说也罢，但是，正是这些是是非非和鸡毛蒜皮让甘甜感到累，那种累跟爹的期望一样，时时想要压垮他。

第四天胖局长打来电话，胖局长跟甘甜说话永远高高在上，就像他站在楼上，看着楼下的阿三阿四似的，一个嗨字都很吝啬，通话后兜头就训，多长时间了？不知道主动续假？甘甜不知道胖局长又咋了？静静听着，胖局长继续按照自己思路说，我的权力就一天假，三天以上你找委主任，更长时间你找人社局，找县里分管领导。

甘甜解释，爹这次病得严重，得十天半月的，我手上工作，让那两个年轻人接手。

胖局长说，照顾爹没有错，干好工作也没有错，自古忠孝不能两全，你不能让我在局里替你挡枪子吧？胖局长有胖局长的难处，几个科长处处瞄着他，都知道甘甜是胖局长提拔的，甘甜被人指指点点，胖局长难以服众。甘甜从胖局长角度考虑，想局长有局长的难处，几个科长后面有人，加上两个副局长胳臂窝里过日子，早不耐烦了，不踢跑胖局长，他们永无出头之日，人前人后流露出牢骚情绪，更会巧妙说出对"九句半"的不屑。

甘甜解释说，家里就我一个儿子，爹上个厕所不方便。

胖局长说，家家都有本难念的经，自我克服困难，赶快上班，这是纪律。

甘甜很不舒服，狗日的纪律，这么没有人情味。刚开始还能从胖局长角度出发思考问题，现在只能很情绪化骂娘了。

爹知道情况后，说啥都不让甘甜陪护了，爹说，公家有公家的管理规定，公家人就要听公家的，爹的病总会好的，你不回去，爹就不住院了。

僵持中，甘甜想，回去一趟也好，钱丽还没有来，两个姐姐那么住着，需要一些钱，爹这个病也不是小钱能看好的，就是农村医保可以使用，私人承担那部分也是不小的数目。

可是一家人只有甘甜知道爹的病情，娘不知道，两个姐姐也不知道，甘甜不放心，临走时候千叮咛万嘱咐，还找到医生护士们，请他们不要乱说。

两个姐姐天天吃住在宾馆，探视时间到医院，两天下来就感到憋闷，听说爹得的是肠结石，就问医生什么时候能出院，医生说，得几个月呢。听到那么长时间，两个人都急眼了，家里一摊子事情，谁能等上几个月？孩子爸不催，孩子一天几个电话追问，早捺不住情绪了，想想都在工厂打工，十天半月不上班，弄不好还要被除名，更加焦躁不安。

听说甘甜要走，两个姐姐以为没有大碍，急躁说，她们也想回去。甘甜不同意，还仔仔细细地交代这那，两个姐姐嘟哝起嘴。

爹看出了端倪，大声说，你们也走，我好好的，过几天就出院，省得你们都担心。

甘甜气两个姐姐没有成色，也嘟哝起嘴，大姐率先嚷嚷，你有事？谁家没事？

甘甜说，有你们后悔那天。

大姐听话音不对，揪住甘甜问，你什么意思？

二姐说，我们天天这么待着，也没有啥事，你早去早回，换我们回家看看孩子，真不行，换你姐夫来。大姐还在追问，二姐掺和进来问，为什么后悔？

甘甜忍住气，什么也不说，气哼哼坐在宾馆的凳子上，不知道无名的火究竟应该发向谁？

两个姐姐看着甘甜心事重重的样子，才想问，难道爹得的是大病？

甘甜忍不住情绪，早泪流满面。

大姐慌神了，质问，什么病？

二姐越发慌乱，急问，你说呀？急死人咋的？

甘甜擦干泪水说，你们回去也要等到我回来才行，爹得的是肠结石，是个不小的手术。

两个姐姐长长松口气，然后说，你想吓死我们咋的？

坐上回县城的车，甘甜心里坠上了石块，他准备告诉胖局长，告诉那内个副局长，他想，不管他们什么态度，都要豁出去请假陪护爹。只是钱丽那边，暂时他不想说，就像瞒着两个姐姐和娘一样。

稳定了情绪，才得空想胖局长为什么电话催回？肯定还是为了职称的事情。事业单位，职称评聘比提拔重要。种植局本来只有两个高级农艺师评聘名额，其中一个因为年龄因素退休了，空出一个名额，三个科长基本同期毕业，都想被评聘为高级职称。一个萝卜三个坑，栽在哪里为好？栽培科科长岳父在组织部当副部长，还分管干部工作，胖局长巴结都来不及，更不敢得罪。植保科科长一个叔叔任省农委副主任，书记县长都高看几眼，何况他一个小小种植局长？土肥科科长姨夫是新华社省分社的记者，每年到县里好几次，每次县里一把手都当作大爷般伺候。小小种植局三个业务科长居然都有背景和后台，他胖局长谁都不敢得罪。问题是，三个人都是同期大学不同院校分配来的，资历学历一样，按说都够评聘高级职称了，可是名额只有一个，胖局长掰扯不好了，两个副局长跟着煽风点火，明里闭口不谈，暗里使出无数绊子，对栽培科科长说，植保科科长省里找人了，对土肥科科长说，栽培科科长的岳父发火了，弄得三个科长四处找人，矛盾焦点都聚焦在胖局长头上，他左右不是。胖局长有苦难言，找委主任，委主任也感到棘手，劝胖局长把自己的高级职称名额让出来，委里再调剂一个，加上这次给的名额，三个人一起评聘，胖局长没有想到委主任打他主意，想想没有其他好办法了，只好点头，汇报到人社局，局长当场火了，说，你们这么没有原则，以为评聘职称是福利分配？

胖局长焦头烂额，情绪十分不稳定。

实际四个中层干部，甘甜也有苦衷，大家都能评职称，他不是农业院校毕业的，他评什么？

胖局长说，你工作才六七年，不能学他们？甘甜知道胖局长的意思，让他不要争，可是工资跟职称挂钩，不争就提不了工资？胖局长职务属于实职副科，拿工资时候又算高级农艺师，左右逢源，他甘甜二级事业局的局办主任，科员都算不上，只有职称之路，可是种植局是农业推广单位，他一个学营销的，评啥职称合适？最后胖局长说，走政工职称评聘之路，评个助理政工师，否则怎么办呢？甘甜没有想到，自己考到这个冷门的种植局，却有这些热门的棘手问题，他处处找不到自己位置，怎么掂量都有些不伦不类。

现在秋种时节，估计三个业务科长又偷奸耍滑，胖局长没有使唤得动的人，想到了甘甜。

甘甜正被委屈填满心头的时候，司机一个急刹车，让车上所有人都撞向前面的座位，司机避让一个开四轮的农民，避让开后骂那个农民，被撞的那些乘客开始责骂司机，眼瞎咋的？应该有提前预判吗？司机两头受气，就发起了牢骚，说，你们这些坐车的不知道开车的难，出门在外，将就点吧。甘甜听大家东拉西扯，潜在的苍凉咕咕冒泡，于是就大声说，开快点吧？很多事情都有理由，司机不刹车，难道撞车大家才高兴？

大家想想也是的，刚才那场撞击过去了，说它干嘛，看看甘甜文文静静的，一个戴眼镜看起来很漂亮的姑娘就对甘甜笑，意思你看这些人都什么素质？

甘甜也笑笑，那个姑娘就问甘甜是哪儿的？甘甜说，种植局的。姑娘问，县里还有种植局？

甘甜很委屈，工作的单位还要解释，简单解释了种植局的职能，姑娘似懂非懂的。

甘甜很想问，姑娘是哪儿的？话到嘴边又吞咽回去，问她干吗？难道今后还联系不成？

车子很快到了车站，大家赶紧下车，出租车挤到客车旁，问有没有坐出租车的？

甘甜知道时间紧，给钱丽发信息，说，自己回来了，先去下单位。坐上出租车，就给胖局长发信息，说自己立马赶到局里。

胖局长没有回复信息，钱丽也没有回复，甘甜更加急切，恨不得出租车飞起来，可是街上乱停乱放现象严重，车子跑不起来，吱吱扭扭到了单位，等甘甜敲开胖局长的门时，看到胖局长正在通话。

胖局长依然情绪激动，说，真不行，一个名额不要了，算作废。那头说啥听不到。胖局长说，没法干了，都僵持着，我得罪谁？胖局长赌气挂了电话，还在喘粗气，甘甜赶紧给胖局长添水，然后说，我还没有回家。

胖局长并没有问及甘甜什么时候到办公室的，敲着桌子说，三份材料写得都不行，怎么搞的？

甘甜说，爹病了，住院呢。

胖局长问，你爹多大了？能有什么大病？

甘甜说，不是很好，得了癌症。

胖局长说，啊？癌症？那你回来干吗？

甘甜委屈，不是你一个电话又一个电话地催，我能不回来吗？

胖局长说，你解释清楚不就行了。

甘甜越发委屈得不行，嘟哝道，你说就一天权力，让找人社局、县里分管的，说得那么吓人，我还敢吗？

胖局长摸摸头，兀地笑了，然后叹息说，几个科长像你就好了。

甘甜说，千万别这么说，否则大家知道了，我还不被他们削了。

胖局长想起什么似的说，你把手上的事情提前做好，每周回来一两天，照顾你爹去吧。

甘甜知道秋种，种植局最忙的时候，反问，行吗？

胖局长说，谁没有爹？谁有意见让谁爹也得癌症去。

甘甜没有想到胖局长这么温情，忙向胖局长鞠躬，然后憋红了脸，用手捂住了眼睛。

胖局长也很感动，说，甘甜，知道你委屈，实际人就在委屈中慢慢活过来的，好好干吧。

甘甜看胖局长情绪好，主动建议说，现在县官不如现管，只评聘一个，我建议就报栽培科科长，你想呀？他岳父是谁？农委、记者那些隔着几道人呢。

胖局长叹息说，小子，问题没有你想得那么简单，很好选择，早办好了。

甘甜一下愣怔在那里，看着胖局长想，这口井，到底有多深呢？

四

秋阳落得晚，那点金黄照亮小区的楼房，高层楼房玻璃反光，弄得金黄四处飘荡，像要逮住谁都要倾诉一番似的。回到小区，钱丽还没有下班，甘甜赶紧打电话，没有人接，于是到家洗菜、淘米，他准备给钱丽做顿好吃的，这几天她肯定凑合过来的。

钱丽回复电话的时候，那些金黄不见了，到处暗乎乎的，甘甜问，没有看到信息？

钱丽说，忙昏了头，钱融融还让其他老师代接的呢。钱融融就是女儿名字，为此爹又跟钱丽闹别扭，爹要生孙子，不待见孙女，钱丽生气说，那行，孩子姓我姓。

甘甜无所谓，孩子姓谁的姓都可以，只是感到钱丽不该跟爹较劲，他来个折中，给孩子也起个名字，叫甘融融，他说，名字叫融融，回爷爷家叫甘融融，回姥爷家叫钱融融。甘甜爹知道情况后，把甘甜骂得狗血喷头，弄得融融小时候走爷爷姥姥家老问，我是叫甘融融还是叫钱融融？钱丽生气，冲女儿喊，你是钱甘融融，融融惊吓哭了，姥姥生气，日弄说，狗屁甘，迟早都会干的。

一个名字牵扯出这些无奈，甘甜早想流泪了。

钱丽到家后，就急忙问，爹不会有大事吧？

120

融融抱住甘甜胳膊缠着亲嘴，甘甜连亲几口女儿，让女儿进屋看动画片去，然后对钱丽说，那些钱不够。

钱丽问，缺口多大？

甘甜说，不知道。

钱丽看看甘甜，意识到两口子说话越来越简约，恰巧厨房幻化一束火光来，看见甘甜炒菜的身影，她揉了揉眼睛，隔着移动玻璃门喊，病很重？

甘甜听到钱丽问话了，但是不想马上回答，厨房的烟火气，把钱丽的问话肢解了，甘甜端出饭菜的时候，钱丽说，晚上我找妈，我不信妈不讲道理。

钱丽那么说，甘甜也揉了揉眼睛，两个人这才细心凝望起来，五六年光阴，都老了许多，起码那个头发卷曲、面庞清瘦、高挑个子的甘甜不在了；那个从学校到县城的八里巷，橐橐的鞋跟声，也跑得无影无踪了。短短的时光，两个人都有了苍老的面部，岁月这把风霜，搁在谁身上都是这么无情。甘甜看到钱丽微笑着，钱丽问，是不是老了？甘甜说，你怎么会老？钱丽苍凉笑笑，说，别哄我了，这种日子能不老吗？

甘甜不知道说啥好了，这种日子？钱丽终于无意之间说出心里话，内心那些累和疼，再次翻腾起来，风起云涌的，但是他依然微笑说，是的，媳妇受苦了。

钱丽说，不说啦，吃饭吧，你侍候爹也累了。

甘甜说，我走了，家里事都落在你的身上，知道你的辛苦。

钱丽别过脸去，抹了一把脸，然后回转头，对着甘甜笑，那笑有些湿漉漉似的沉重。

吃罢饭，钱丽交代甘甜带好融融，她回娘家。甘甜知道钱丽不容易，叮嘱说，不要说难听话，妈就是刀子嘴，真有难处，我找单位借去。

钱丽带上门，咚咚下楼，把甘甜扔在莫名的心思当中。

钱丽回来的时候都十点多了，脸色很不好，脱下鞋还是打起精神笑着，甘甜也笑，钱丽说，妈妈就是豆腐心。甘甜说，那是。钱丽说，我双休日去看爹，你也没有说爹啥病，害得娘说我拿你爹的病去哄她的钱。

甘甜知道钱丽还是受了委屈，岳母不可能一下子让钱丽拿回两万元，难在爹的病告诉了钱丽，她肯定也要请假去照顾，那时候日子会更加忙乱。不说就不说，等手术后看看情况再说。不知道钱丽怎么说的，反正钱拿回来了，甘甜也不问了，问急了怕逼出自己的"小"来。

钱丽说，舅舅家女儿今个来了，明天接她吃个饭？

甘甜点头，钱丽说，也是借钱，说出国留学，舅舅不好出面，让表妹自己出马。

甘甜哦哦答应着，钱丽继续说，妈妈很难，姊妹多，都想拽她的，她也苦。

甘甜不再点头了，想想老岳母一嗓子一嗓子地卖服装的样子，心蹙一下，感觉也紧巴起来了。

融融离开爸爸几天了，有些不舍，黏着爸爸讲故事，甘甜就说二十四孝、羊羔跪乳的故事，说得自己眼泪巴巴的，融融喊，妈，爸爸哭了。喊完就去拉钱丽，发现钱丽也哭了，融融不知道发生了什么，忙说，不听故事了，融融乖，融融要睡觉了。弄得甘甜眼泪流得更欢了。

秋天的夜晚十分爽朗，咔吧咔吧的秋风，像一个中气十足的男人在喘息，月光丝丝缕缕地绕进屋来，窸窸窣窣的，像要捣碎甘甜的那些心思。甘甜拉着钱丽的手说，人就是在委屈中慢慢活过来的。他把胖局长的话说给了钱丽。

钱丽不认识甘甜的样子，盯着甘甜看。

甘甜把钱丽的一只手攥在一起，拿到自己心口上。钱丽迟疑了一下，也把甘甜的另一只手拿到自己心窝上。

秋风还是咔吧咔吧地响，月光缭绕到窗帘背后，毛巾被早被划拉到一边，当甘甜释放出所有感动的时候，秋风停止了，月光隐匿了，可是感觉却无影无踪了。

钱丽拍拍甘甜的头说，睡吧，太累了。

甘甜什么也不说，开始流泪了，那泪水就像细细的声音一点一点漫进钱丽的耳朵，钱丽替甘甜擦干泪水，说，不要想得太多，我们还年轻，很多遭罪也许是必须要经历的，只是爹的病耽误不得，明天你就去陪爹。

甘甜还不能马上走，还没有见到两个副局长和三个科长，突然走了，他们会趁机说三道四的。

早班后，甘甜找到排名第一的于副局，于是于无声处听惊雷的于，于副局很矜持地问，回来啦。甘甜笑说，回来啦。于副局说，听说你爹病了，没有什么大碍吧？甘甜说，有些麻烦，所以请假来了，请于局关心一下。于副局说，秋种人手紧，不过，爹病了，大家都能理解，走的那几天你也没有向我请假，现在也就不必了，好在局长也是通情达理的人。甘甜说，上次听到爹病，头蒙了，没有请假就走了，害得被局长骂了我几回。

于副局哦哦应着，然后仔细看着甘甜的脸色，甘甜的平静就像泻在门内的阳光。于副局笑着说，今年秋天怪了，一场雨不下，干急无汗，麦油下不了地呢。甘甜说，是的，再好的技术，也要天时地利人和。

于副局不知道甘甜说啥，看看甘甜，甘甜依然那么平静站着，最后于副局说，知道了，要不要我跟局长说去？

甘甜松缓出表情，笑笑说，还是我自己说，否则他有看法的。

于副局说，也好，那你去吧。

甘甜找到孙副局，孙副局是镇里农技站长提拔上来的，穿戴不讲究，爱吸烟，推开他的门，烟味扑鼻而来，甘甜直想打喷嚏，结果憋回去了，孙副局喊，甘甜呀，进来。

甘甜站着，孙副局说，听说昨天下午就回来了，爹好点了吗？

孙副局怎么知道爹病了？看来植保科科长跟他说了，那天自己匆匆请假，植保科科长正跟胖局长掰扯。甘甜说，还不行，爹这次有些麻烦，需要些时间，所以特地请假来了。

孙副局咧开大嘴，露出满是烟垢的牙齿，笑着说，别逗了，这个单位谁会向我请假呢？

甘甜说，因为时间长，所以特地报告下，我还没有跟局长说，请孙局帮忙。

孙副局开玩笑似的说，凭你的九句半，他能不准假吗？

甘甜微微笑笑，心里不是滋味，知道分管业务的孙副局对自己有看法，于是憨憨地笑着说，孙局，你从镇上来，知道农村孩子的苦楚，我也没有办法呢。

孙副局想想是这么个道理，于是说，请假就不必了，我吃粮不问事，秋种时段再忙，也没有办公室多大事情，最多就是那些务虚的材料，跟局长说说，放心走吧。

甘甜点头，说，谢谢孙局。然后退出门去。

见到两个副局长，说的话表面与实质有些差异，甘甜心里又添上一把堵，找栽培科科长、植保科科长、土肥科科长，三大科长正在植保科科长屋里说话，见到甘甜，植保科科长拉住甘甜就问，你说，这次局里会定谁？

甘甜连连摆手说，我怎么知道？

三个科长面面相觑，植保科科长说，这个家伙，别看年龄不大，鬼道着呢。

栽培科科长说，人精都是那些跟屁虫。

土肥科科长插话说，人家走政工师之路，不要跟我们一起挤名额。

三个科长真奇葩，暗里不知道较多大的劲，说评聘职称之事表面上居然这么坦荡，人真是个复杂的家什，谁能把其中奥秘看透呢？

甘甜不敢恋战，直接说，我爹病了，要手术，没有一个男人陪护不行，兄弟们担待点，到时候少不了请你们喝酒。

土肥科科长打趣说，就你？什么时候请过客？

甘甜说，三位德高望重，我那点工资只够吃饭不够孝敬大家的。

三个科长哇哇喊，你还哭穷？老岳父全城有名的钱百万，谁不知道咋的？

甘甜听到他们那么说，蓦地笑了，那笑比哭还难看呢。

植保科长这才想起什么似的问，你爹怎么样啦？

大家都安静下来，甘甜说，得手术，肠结石。

三个人笑着说，人体最长的就是肠子，那家伙装十来斤脏物，久长了，能不出毛病吗？

甘甜不想拿爹的病打趣，急忙掉转话头，说，三位工作事情多担待点，小弟遇到事了，以后跑腿送材料绝对麻利点。

植保科科长看着甘甜问，这家伙，真的懂事了？三个科长一起笑了，那笑背后有很多甘甜理解不了的意蕴。

跑了一圈，打了招呼，算是一个交代，大家理解也好，不理解也罢，反正工作再重要，爹病了也要去陪护。到了办公室，交代两个手下，说送、发材料看似简单，实际一点不能出错。至于写材料，真的写不好，就发到我邮箱，我带上手提，在医院处理。

两个年轻人点头称是。

处理完这些，甘甜松口气，然后才到胖局长办公室，胖局长问，怎么还没有走？

甘甜说，我带上手提，材料急的话，可以在医院写，请局长放心，尽量不耽误局里的事情。

胖局长说，知道啦，这段时光你走也好，少些是非，你看看为了一个职称，都快乱成一锅粥了。

甘甜不知道怎么回答，傻呆呆的，最后说了句，不行就在全系统内推荐，有问题交给基层，有集中，还有民主呢。

胖局长眼光亮了下，然后说，这也是个办法，我想想再说。

甘甜觉得尽到了义务，于是才背起电脑下了楼。走到二层楼梯拐角处，腿一软崴在地上，那些累和疼瞬间集中爆发在腿上，让他感到没有一丝丝力气。喘息半天，才又站起来，扶着楼梯往下走，想中午赶到医院，转而一想钱丽说的请她表妹吃饭，只好改变主意，把行程推到下午。

骑着车，到了八里巷，岳父正抱着又粗又大的玻璃杯躺在摇椅上，岳母在推销一种新服装，嗓子比服务员还响亮，看见甘甜，没有停下叫卖。岳父欠欠身子，招呼甘甜来了。甘甜说，爸爸，钱丽说，请她表妹吃饭，我来看看妹妹爱吃啥？中午爸妈也过去坐坐。

岳父指下岳母，又躺在摇椅上，摇动起来。

岳母回转身，看见甘甜皱下眉。甘甜觍着脸说，妈，中午钱丽想请妹妹吃饭，我看妹妹爱吃啥？

岳母最看不起甘甜没有眼色，在岳母的眼里，他永远属于不会说话办事的窝囊废。岳母说，不是你爹病了吗？还没去陪护？

甘甜说，下午就走，听说钱丽表妹来了，想请她吃顿饭，希望爸妈都去。

岳母突然来情绪了，牢骚说，吃什么饭？半年白干了，我就是草堆，迟早也会被你们扯光的。甘甜知道那两万是岳母的心头肉，岳母无头无脑扯起钱，甘甜只好英雄气短，沉默了去。岳母继续牢骚说，不知道钱丽被你灌了什么迷魂汤，屁颠屁颠的，搁我早……想想有些话不能说，变成了早发火了。

甘甜正尴尬，表妹走出来，一照面，甘甜愣住了，这不是昨天坐车说话的那个姑娘吗？姑娘也很惊讶，说，是你？

甘甜说，巧了，原来你就是妹妹，你姐让我请你吃饭呢。

姑娘嘻嘻笑，玩笑说，种植局的，原来还是亲戚，这顿饭我吃定了。

甘甜说，那你喜欢吃什么，我做。

姑娘说，随便，甘甜说，世上只有随便难做，既然这么说了，我就随意做几道家常菜，于是赶忙上菜市场买鸡鸭鱼肉，买些青菜萝卜，回家捣饬去了。

岳母说啥也不来，岳父也不来了，钱丽表妹自己打的来了。钱丽跟表妹坐在一起的时候，表妹嘀嘀咕咕说，姑也忒抠门了吧？爸爸让我问她借钱，说啥才借两万，出国留学，哪是这点钱能办的事情。

钱丽不说啥，甘甜也不说，气氛有些沉闷，表妹哇哇乱叫说，你们也太没趣了，过得这么老气，来来来，我们喝酒划拳，谁让我跟表姐夫有缘呢？

甘甜苦笑说，好的。

表妹疯头傻脑，跟甘甜划拳喝酒，钱丽坐在那儿发呆，甘甜连输几杯，就举手投降了，让表妹跟钱丽喝，钱丽脸一沉，说，喝什么喝？多大岁数啦？

表妹没有想到钱丽会突然不高兴，不知道怎么得罪她了，甘甜连忙打岔说，爹病了，她心情不好。

表妹被钱丽惹得心情也不好起来，挂着脸，饭没吃完，打的跑了。

甘甜责怪钱丽说，干嘛甩脸子，那是妈的侄女，你这么对她，她回家跟妈说，又说我不懂事。钱丽不说话，坐在板凳上发呆，只有融融还沉浸在喜悦气氛中，刚才那场热闹，早让她兴奋不已了。

五

见到爹，已经是下午三四点了，爹看起来状况还不错，屙血被控制住了，医生说，再住上一个星期就可以手术了。两个姐姐有些急，都想回去，甘甜心中一百个不情愿也不便多说，想来姐姐有姐姐的难处，她们以为爹就是一个手术，想回去看看，动手术那天再来。

大姐看来不能再等了，家里催问病情，意思怎么还不回去？二姐犹豫，

126

说跑来跑去的，真一个星期就手术了，想等等。

大姐说，你等，我先回家，家里不一定成啥样了。

娘看到两个女儿心思都在日子上，也不好多言多语，爹说，甘甜回来了，你们两个一起走，没有啥大不了的，一个小病还捆住一家人手脚不成？

病室的人都说老甘有福，孩子都很孝顺，爹也很开心，甘甜趁着爹高兴，就拿出了两万元递给娘，说，钱丽带来的钱，你先拿着。

爹虎着脸问，钱丽哪有那么多钱？手头不是一直紧吗？

甘甜不说话，爹追问急了，甘甜说，她问娘家要的。

爹一把夺过钱，丢在床上，坐直了身板，一字一顿说，甘甜你听好了，爹就是病死，也不花她娘家的钱，这是规矩。

甘甜辩解，谁的钱都是钱，我家情况爹知道的。

爹突然火了，说，甘甜，你能不能硬气点？你说一个爷们，花她娘家钱算哪门子事？爹喘息口气说，爹图你啥？争气，从小到大，你给爹挣回了多少面子，娶了钱丽，你短了多少骨气，你得活成自己，给爹挣足面子。

填塞满满的那些疼和累，齐刷刷冲撞着心口，让甘甜快要窒息，他不想硬气吗？他不想活出精彩吗？做不到呀。甘甜眼泪往肚里滚，脸上还是笑嘻嘻地说，钱丽咋了？娶到她是儿子的福分。

爹手颤抖着拍打病床说，完了，彻底完了。然后指着甘甜，看看，你看看你像个啥了？甘甜没有想到爹会那么生气，早知道不当着爹的面拿钱出来，娘从病床上拿起了钱，生怕爹拿了去再撒了，爹说，拿回去，花了这钱爹死不瞑目呀。

两个姐姐劝说爹，爹猛地掀开被子，说，走，出院，死在家里算了，你们想活活气死你爹咋的？两个姐姐噤了声，甘甜压抑很久的话顺口而出，甘甜说，爹，你以为你儿子不想硬气吗？在县上儿子就是一个不起眼的瘪三，随处可见的小狗小猫。说完甘甜哭泣起来，委屈就像爹的喘息，呼呼噜噜的。

爹安静了下来，看着甘甜，神情越来越凄凉，末了哀叹说，这病不能治了，人的命天管定，阎王要你三更去谁能等得到天明？没有钱不住了，死了也不能没有骨气。

甘甜没有想到爹那么坚定，他不知道怎么才能让爹明白他的心情。

爹的痛远远大于甘甜，看到甘甜今天的状况，爹一直寒心，他多么希望儿子能够振奋一点，起码不能活得这么疲沓。甘甜理解爹，爹想看到他的模样他懂，可是在种植局，估计八辈子也混不出爹想要的那个样子来了。想到岳母脸色，钱丽的无奈，单位的是是非非，眼泪一直在肚里打圈圈，他控制着自己情绪，不想让更多的眼泪流出，也不想让爹看到他抑制不住的泪水和内心的凄凉。可是不争气的泪水滚滚而出，那些泪水滚落在他清癯的面颊上又缓缓下坠。爹看到甘甜的泪水，比自己流泪还要难受，那泪水就像山一样，一下子压在爹的心上。

爹看到甘甜流泪，颤巍巍拉住甘甜的手，没有说出话，自己倒号啕大哭起来。直把两个姐姐和娘吓得发抖，不知道咋了？娘只好心疼地拉住甘甜的手，埋怨爹不讲道理。

爹停止了哭泣，彻底绝望地闭上眼睛。

甘甜装起两万元，然后咬住嘴唇对爹说，爹，儿子什么都懂，儿子今天就去卖血，也让爹活出更多的滋味。

爹突然睁开眼睛，露出坚毅的目光，爹说，看不起病就回老家，有啥了不起的，爹让你卖血了吗？你想让爹死咋的？

甘甜擦干泪水，坐在爹的床前，拉住爹的手说，爹，不要生气了，儿子不好，儿子也不想用她娘家的钱。

爹再次从睫毛处慢慢滚出眼泪，好大一会儿才说，都怨爹，爹想啦，当初让你考学、考单位，是不是害了你？

甘甜说，爹，儿子没有后悔，怎么能说害了我呢？

那会儿病房十分安静，几个病室看护人听到甘甜爷俩这么说话，就嘀咕说，真是倔老头，不知道好歹咋的？也有人跷起拇指说，很有骨气，人缺少的就是这种东西。

甘甜听到那些嘀咕，什么都不想说，只想找个地方，好好哭上一场。

两个姐姐一起走了，星期六钱丽带着融融赶到医院，甘甜接到钱丽的时候，钱丽抱怨说医院偏远。甘甜接过融融，带着钱丽走过病房，走向爹的病床。

融融见到奶奶很亲热，喊奶奶，只把娘喊得热泪盈眶，爹还是那么要强，蒙住头，不说话。娘说，钱丽来了，爹从被窝伸出头冷冷地说，来了？钱丽知道爹的脾气，赶忙洗带来的苹果，并说，秋天躁得很，多吃水果才对。

娘说，买这些干嘛，你爹不吃水果。

爹拿过削好的苹果啃了起来，嘟哝道，我怎么不吃水果啦？我吃不起。

钱丽知道爹还在较劲，不去计较，那么壮实的爹，怎么说不行就不行了？钱丽看爹吃苹果，得空东瞅瞅西看看，又扒拉下药瓶，看到那些药物，心里明白了大概，嘴里不说，头直晕。她不敢相信的事情被证明了，当初甘甜不说，她就知道情况不好，否则甘甜说啥也不会那么兴师动众的，现在什么都明白了，想想过去跟爹闹别扭，有些过意不去，苦笑漫上眼帘。

爹面对钱丽的热络故意不太搭理。

医生换了吊水瓶后，甘甜拿出两万元钱递给钱丽说，爹不要，说有钱。

甘甜实际一直想撮合爹跟钱丽和谐点，都是一家人，别扭来别扭去的，他在中间不好做人，爹那点钱不够住院的，爹不收下这钱，就是卖光粮食也看不起这个病。

钱丽不明白之前的情况，自然劝说爹，钱丽说，爹，你看我不顺眼我是知道的。

实际爹没有看钱丽不顺心，就是因为钱丽拿甘甜不当回事，爹不服，凭啥那么使唤他的儿子？最后钱丽生个女孩，爹把内心的抱怨改换成了恼火，他就一个儿子，不来个孙子，他在村里就抬不起头，做不起人，留守老人会说，他老甘儿子好，怎么会绝后呀？那话能憋毁人，也能轻易打败一个人。农村人，哪家不生个男孩才罢休？可是找了钱丽，生孙子眼睁睁就要泡汤，他在村里再也不能硬气说话啦。

钱丽不理解这些背景，她想，一个农村老人，怎么能这么不讲道理？

爹说，钱丽，你嫁给了甘甜，一直感到憋屈，你有什么憋屈的？你想呀，甘甜在十里八地的哪个不说好？搁在你家，横竖看不惯。为啥？你娘老子认为你亏了。搁我这里，爹说着指指自己心窝说，也感到亏了，甘甜找个乡下的，不会那么死命地讨好她，也不会那么憋屈，我也不会想要个孙子想黄了脸。爹并不看钱丽表情，自顾自地说。爹从来都没有这么平心静气跟钱丽说过话，爹继续说，这钱，不能要，不是钱不好，钱好，可是我花了，在你娘家人面前就做不起人了，那时候甘甜也就短了气。我们老甘家穷不假，可是我们不能做短气的男人，你说对不对？

钱丽没有想到爹从这个角度看问题，感到这个倔老头内心原来这么缜密，于是微笑说，爹，你就甘甜一个儿子，我娘家也就我一个女儿，你讲尊严和骨气，我娘家人也要，比比人家女婿，比比甘甜，妈就来气，人呀，都要站在对方立场去想问题。钱丽说到这，内心的那些苦闷汩汩涌动，她说，爹，你想，为了生孙子，你没少怄气，可是你想过没有，我们符合计生政策吗？再说，我是你儿媳妇，又不是老甘家的生育工具，融融怎么就比不得孙子？

说来说去，又绕到死命的结上了，甘甜着急，爹得的是啥病，哪能经得住这么掰扯？于是拉拉钱丽衣角说，不要说了，爹明白着呢。

爹不说话了，那钱他不点头，谁也不敢揣起来，钱丽尴尬地拿着钱，委屈就像一阵风，说来就来了，凭什么爹这么对她？凭什么？自己回娘家要这两万元，被妈刻薄得假如有地缝都想钻进去，娘说，不是钱的问题，这是原则，请问，钱家什么时候欠他甘家的？凭什么他爹生病，你回来拿钱？甘甜要是有本事的话，能这样吗？

钱丽还能解释啥？

妈说，当初不同意，你要死要活的样子，由了你，可是你倒找个顶天立地的男人呀？

钱丽默默流泪。

妈说，不是妈不体谅你，哪个做妈的不心疼女儿？可是缺吃短穿的，你都回来要，你知道你多大了吗？三十啦，不说三十而立，你得让妈看到希望呀。

钱丽猛地火了，冲着妈吼，你就要证明，当初你的阻拦多么正确是吗？女儿错了还不行？可是你让甘甜怎么做你才满意？难道让他为了这个家去偷去抢？

妈甩给钱丽两万元后，郑重地说，希望这是最后一次。爸爸和事佬，说妈妈太认真，自家女婿，又不是给别人。妈妈不行，她有自己的观点，她不能看到女儿没有希望，她也希望能站直腰板跟其他人家比。

想到这些钱丽能不委屈？但是到了爹这里，倒能理解呀？你们都想把甘甜逼上绝路吗？

钱丽的泪水不像甘甜的泪水那么容易压抑，她的泪水就像涓涓溪流，叮叮咚咚、逶迤而来、长流下去，钱丽耸动着肩膀，拿手蒙住双眼，可是那泪水就像她的委屈，怎么也遏制不住，从指缝里挤将出来，顺着雪白的手腕向小肘灌去。

融融看到妈妈哭了，自己就哭了，连忙说，爷爷坏。

甘甜抱起融融，说，不能乱说，走，我们到外面走走。

那时候天开始阴了，这是秋天之后第一次转阴，北风带着哨子，灌响了窗户的缝隙，甘甜站在窗户前，看到枯叶被北风席卷着成团落去，内心那些累和疼再次轰隆隆而来，他感到少有的无奈，直到把泪水逼回，猛亲融融，抬头发现下雨了，硕大的雨滴打在玻璃窗上像敲打秋天的最后心思，噼里啪啦，甘甜问融融，知道为什么会下雨吗？

融融摇头。甘甜说，北风来了，冷暖风相撞，就会变天，就会下雨，一场一场的雨就会带来冬天，那时候就会下雪，大地就会变得一片纯净。

融融不知道爸爸说什么，她感受到了爸爸不开心，不知道怎么安慰爸爸，只好揉揉爸爸的脸，说，我们看爷爷去，爷爷不乖，生病了呢。

再到病房，看见爹坐将起来了，钱丽在给爹喂水，爹要自己喝，钱丽不让，钱丽说，爹，你就让我喂吧，你不是说，甘甜天天服侍我了吗？那就让我好好地服侍你。

爹不知说啥好了，有眼泪在眼中打圈圈，钱丽喂一口，他张一次嘴，钱丽边喂边说，爹，我不该委屈，不该跟爹怄气。爹还在张嘴等着那勺水，钱丽喂将进去，又说，爹的心思钱丽不懂，钱丽对不住爹，听说单独马上也能生二胎了，符合政策了，爹要孙子，我就生，我干吗让爹不开心呢。

爹不能喝水了，老泪纵横。

钱丽拿张纸巾替爹擦干泪水，爹颤抖着胡子，再次滚出泪水，爹伸出手说，拿来，那钱。

钱丽哎哎拿出两万元，爹耸动几次肩膀后说，等病好了，再挣钱帮衬你们。

那时节秋雨越发急切起来，噼里啪啦，十分曼妙，甘甜想，自己才走一会儿，钱丽怎么哄得爹这么开心呢？

六

过了一个星期，爹做手术的时候，钱丽又带着融融赶来，两个姐姐再次坐车而来，爹看到子女到齐了，很开心，推进手术室之前，嘻嘻笑笑地对钱丽说，爹这一走，不定咋样呢？

甘甜急忙说，不能乱说，爹。

爹笑笑，然后白了甘甜一眼，装作生气的样子说，你小子，以为爹就那么傻呀？我得了肠癌，你不说，病房里能不说？

甘甜一下傻呆在那里。

两个姐姐也傻眼啦，急忙问，爹，那个啥？怎么能是癌症呢？

娘更加不乐意了，照着甘甜胳膊就打，你怎么连娘都骗呢？

甘甜说，不是骗娘，这个病治愈率高，不想让娘担心。

钱丽说，不要责怪了，甘甜也是好心，他连我都瞒着。

两个姐姐就感到惭愧了，她们在医院待了一个星期，来来去去的，没有想到仔细查问爹的病情，心思都放在小家身上，对爹没有那么用心，于是愧疚地咿咿呀呀，说些后悔的话，爹说，你们号什么？爹没有死呢。

甘甜抹干了眼泪，对爹说，爹好样的，不会有事的，相信儿子。

爹咧嘴笑笑，然后被推进手术室。

手术足足做了五六个小时，等待中，甘甜很害怕，一会儿抓住钱丽的手，一会儿在走廊上走来走去，停下来的时候又对钱丽说，你带融融出去走走，孩子不像大人。钱丽对融融说，融融懂事，爷爷开刀呢，融融不走。融融点头说，融融等爷爷出来呢。听到女儿的话，甘甜就想哭。大姐等急了，就开始拍打自己脸，然后就打二姐的手腕，抱怨说，我糊涂，你也糊涂咋的？二姐不知道打谁，逮到娘说，能怪我吗？弟弟知道不说，拿我们当外人咋的？

娘还是无声哭泣，走廊上十分安静。

爹推出来抬到病床上的时候，天都快黑了，那场雨还没有停止，稀稀拉拉、细细密密，不下则罢，下起来没有停止的意思。麻醉还没有过去，爹还在昏迷中，钱丽紧张，两个姐姐也紧张，娘握住爹的手，仿佛她一撒手爹就会走了似的。

甘甜表面镇定，实际更加紧张，他撇开亲人，几次追问主治医师手术咋样？医生说，手术挺成功，不过，他是中期，发现早手术效果好些，假如你爹体质好，心情开朗，加上认真化疗，不会有啥事的。

甘甜松口气，感到自己责任重大，不敢有丝毫大意，否则到时候真的后悔都来不及。

回到病房，甘甜对亲人们说，一定要让爹开心，让他看到希望，好好配合治疗。

大家记住甘甜说的话，都等着爹苏醒过来。

就在那个时候，办公室的打来电话，让甘甜回去，说有重大人事变动。

甘甜早忘记单位那些事情，怎么突然之间有了人事变动，怎么变的？为啥？

办公室的说，不知道，你赶快回来吧。

甘甜想等爹醒来再走，钱丽说，是个重要事情，快去快回，这里有我呢。

甘甜想，那口不知深浅的井又要流出啥水，抬头看看窗外，早黑魆魆的了，对钱丽说，再急也只有等到明天早上。

钱丽说，也是，晚上大家好好吃点饭，爹的病需要时间，以后大家分期值班，甘甜回去就来，度过这段时光就好了。

大姐说，你们都回去，我陪着爹，工作丢了算了。

二姐说，弟弟这段时间辛苦，有我和大姐照顾，你们放心。

钱丽说，不要争了，我反正请了几天假的，爹醒来再说。

娘一直十分担心，怕爹真的撒手走了，盯着呼吸机咕咕噜噜的气泡，内心也一直咕咕噜噜的。钱丽笑着对娘说，没事的，你紧张带得我们都紧张呢。

甘甜到了局里，赶上了种植局系统大会，干部职工都到齐了，委主任宣布开会。主席台上坐着委主任、胖局长还有于副局、孙副局，另外两个不认识，一个五十多岁挺严肃的人坐中间，一个四十多岁的坐在挺严肃人的旁边，甘甜问旁边的栽培科科长，那两个人是谁？栽培科科长说，等下不就知道了。甘甜气得不想再问。

委主任主持会议，先介绍五十多岁的，他说，今天出席会议的有县委组织部副部长严学武，还有一位是水产局原党组成员、总农艺师何显。胖局长面无表情，不知道他在想什么，他不看下面，眼睛似乎看着屋顶，又像看着会议室上格的窗户，那里投进很多阳光，金灿灿的。

委主任说，请严部长给大家讲话，严部长从干部条例说起，接着肯定了胖局长的成绩，最后介绍何显的简历和工作能力，最后宣布文件，经县委常委会研究决定，何显同志任县农委党组成员、种植局局长，甘甜听不到那个严部长还说了什么，听到宣布胖局长到县农委任副主任科员，他差点站将起来，想喊点什么。何局长说啥，委主任说啥，他一概没有听清，甘甜看得出来胖局长不开心，他想会不会因为那些职称评聘影响到了胖局长？委主任宣布会议结束的时候，甘甜还愣怔在座位上。

于副局喊甘甜安排晚餐给何局长接风，甘甜还没有回过神，胖局长那时候厉声说了一句，甘甜，于局长喊你呢。

甘甜哦哦应着，才知道会议结束了。

甘甜不知道抓住谁才能问个究竟，胖局长一直不太说话，跟在那个何局长后面，介绍谁是谁。甘甜瞅准机会，发了一条短信给胖局长，胖局长看了看，没有回复，甘甜更加着急，好在大家都很高兴，谈笑风生，尤其于副局、孙副局，跟在何局长后面不落半步。

晚饭依然在一家土菜馆安排的，严部长说啥都不留下吃饭。甘甜知道事情的重要性，何局长是他未来的领导，他也学着大家样子，百般客气周到，几个领导谁杯里没有水了，他赶紧添上，谁需要抽烟，他赶忙按下打火机。到了酒桌，大家都说一些客套话，说胖局长这么多年不容易，说种植局的冷清和待遇不足等等问题，又说何局长过去一个系统，年龄轻，业务棒，组织真是慧眼识英才。

甘甜什么也不说，他只想问问胖局长怎么回事，究竟怎么啦？胖局长不太说话，大家精力都在委主任和何局长身上，轮不到他说话，他大口喝酒大口吃菜，最后有些跟跟跄跄地站不稳，嚷嚷还要喝的时候，委主任说，魏东，你喝多了。

委主任那么喊，甘甜感到很陌生，魏局长大家不怎么喊，背后都喊胖局长，因为魏东的体型，大家忽略了他的姓氏。

胖局长说，我喝多了？见过我喝多吗？不是吹牛，就你们几个合在一起，也不是我的对手。

委主任皱皱眉头，不说什么啦，何局长说，老哥，农口谁不知道你胖子的酒量。

胖局长说，你还别说，就你那三脚猫酒量，给我舔酒杯还差不多。

这些话，甘甜听得懂内在意思，但是他不能说，他借着给胖局长斟酒的工夫，捏了捏胖局长的胳膊，胖局长说，甘甜，别捏我，你小子不会也和大家一样吧。

甘甜一下子被突出起来，吓得一身冷汗，忙低头做其他的事情去了，植保科科长哇哇喊，他是你的红人，能跟我们一样吗？

甘甜不知道说啥好，一个劲讪笑，何局长问，这就是那个写"九句半"的甘甜？酒喝多了，说话就很随意了，孙副局说，不是他是谁？

胖局长不愿意啦，说"九句半"咋了，哪句不管用？今天说了这么多话，那句话不是废的？

委主任一下子陷入难堪境地，大家把目光都集中到他身上，看他怎么对待这个胖魏东，只看委主任淡淡笑笑，然后说，你们又不是不知道他的，喝多了，他就这个样子。

大家呵呵一笑，那笑分出了轻重和彼此。

酒还在继续，甘甜内心那些疼和累，再次翻江倒海，他控制不住自己的情绪，突然想吐，赶忙跑到洗手间，喘息时候，胖局长也走到洗手间。

甘甜拉住他的手就问，怎么回事？

胖局长说，记得我说的话吗？人就在委屈中慢慢活过来的。

甘甜不知道说啥好，看着胖局长吐，只好回餐桌上拿杯水来，递给胖局长，胖局长醉意马虎说，不错，小子。

甘甜脸燥热得很，逃也似的跑到餐桌，当他再次坐定的时候，看到何局长也喝得差不多了，估计酒局很快就会结束，迷迷糊糊中，不知道胖局长又说啥，何局长说啥，大家七手八脚抬胖局长的时候，他趴在桌上，晕乎过去早什么也记不得了。

甘甜不知道怎么回家的，不知道怎么进屋的，等他爬进洗手间呕吐时，那些大团大团的心思像金光闪闪的星光，直往天外飞去，看不到花朵，看不到庄稼和村庄，到处都是黑洞洞的，只有那些金光闪闪的星光，一直在无底的深处熠熠闪烁，最后那些星光中闪烁出胖局长硕大的脸，那脸就像憋屈的天空，怎么也不拨拉不开，他想奋力推开那张脸，追逐那些星光的时候，忽地又坠入无底黑洞，那时候手机响了，是钱丽打来的电话，钱丽说，爹醒了，到处找你，说话呀？

　　甘甜不知道说了什么，钱丽拼命"喂喂"的时候，他早把手机扔地上了。

　　说着话，冬天就到了，爹体质不错，几次化疗后，主治医师说，没有想到，老人家恢复得这么好。甘甜十分感动，一家人不知道怎么感谢主治医生，主治医生说，还需要定期观察，有什么需要感谢的，都是分内事情。

　　甘甜说啥都要请医生吃饭，医生摇摇头走了。

　　钱丽拉住甘甜说，幸亏爹生病了，要不他一辈子都不肯原谅我呢。

　　爹笑笑说，爹怎么会不原谅你呢？

　　钱丽笑笑，那笑十分灿烂，有点过去的影子。

　　甘甜笑不起来，习惯性走到窗前，那些累和疼排山倒海似的袭来，何局长三把火没有烧到别人，把他烧得面目全非，高级职称最终给了栽培科科长，并让他转任办公室主任，不知道栽培科科长怎么愿意搞政工的？植保科科长兼任局长助理，土肥科科长兼任农情中心主任，栽培科科长的空缺给了另外一个年轻人，轮转中，甘甜没有了位置，局里研究他专司结对扶贫。何局长电话跟甘甜说完这些后，又说，甘甜，看过《马向阳下乡记》吗？学学马向阳，为结对村真正做点实事。甘甜不知道说啥好，挂了电话，早已泪流满面了。这些他一直没有告诉爹和钱丽，他不想让他们失望，但是那些憋屈咕咕噜噜，涨灰了他的脸色。

　　看着甘甜心事重重的样子，钱丽不知道他咋了，想起什么似的对甘甜说，看你气色不好，这次顺便也体检下。钱丽说完就到体检中心交钱，甘甜无奈地跟着钱丽一个项目一个项目地查来查去，除了血糖有些偏高，一切都很好，钱丽很高兴，忙着办爹出院手续，都办好了，走出医院的时候，甘甜说，我天天感到累和疼，怎么回事？

　　钱丽说，不行到心理科室看看，人的精神也会出毛病的。

甘甜抱怨说，难道非要查出点病你才开心咋地？

钱丽笑了，然后说，不是怕你生病嘛。

下雪了，这是冬天的第一场雪，雪很优雅，静谧地飘下，到了地上倏忽间没有了踪迹，只有树枝和冬青之类的叶片上还挂着一些雪，斑斑驳驳的。每天早早地上班，他不想让钱丽知道这次变故。爹几次电话催问，这次换了局长，你能不能得到重用？他都闪烁其词，说，快了，爹还在病中，不能让他知道端委。岳母也似乎听到了人事变动的风声，专门电话叮嘱要不要找人送礼？甘甜说，不要，自己还年轻，还等得起。实际接罢两个老人的电话，内心那些疼和累将他撕扯得肝肠寸断，他不知道如何回答他们，不敢想他们知道事情真相后会怎么看他？上班之后，确实成了闲人，结对扶贫，那是可去可不去的活。

雪融化之后，地上水渍渍的，再次覆上雪，再次融化，而后慢慢有了薄薄的积雪，甘甜想，积雪原来也是这么慢的。看到满地银白，甘甜心情好点，想到了胖局长，他不知道胖局长什么心情？打通了电话，胖局长还是嘻嘻哈哈的，大声说，你的事情我知道了，放心吧，你还年轻，谁还没有个将来咋地？

甘甜有点想哭，但是他控制着情绪，说了一些散淡的话，挂了电话后，呆傻起来，到现在也不知道人事调整背后的内情。是呀，谁还没有个将来咋地？无论将来如何，将来肯定有将来。想到这，甘甜宽慰许多，再走到窗前看雪，发现那雪陡然间汪洋恣肆起来，纷纷扬扬，密密麻麻，飞舞落下，很快把大地包裹了起来，甘甜还在想着心思，电热壶蜂鸣器突然刺耳响了，急忙去倒水，谁知道所有热水瓶都被他装满了，他想，水瓶都满了，怎么又去烧水了呢？苦苦地笑了一下，只是那笑有些平仄凹凸，看不出多少滋味罢了。

（原载《西湖》2015 年 12 期，《北京文学·中篇小说月报》2016 年 1 期选载）

从 头 再 来

一

今年的春夏交接有点别扭，春天才冒个头，便一个猛子扎到了夏天，油菜花没有开罢就开始了结荚，小麦好像也有点措手不及，才拔节就孕穗，闹得大家都说节气乱了。

晚上出来散步，徐明担心变天，犹豫半天，还是把高丽的羊绒短衫带上了。

徐明越是无微不至，高丽越伤心，见徐明胳膊弯里搭件羊绒短衫，高丽的委屈放大到了极致，连趔趄也像从委屈中打捞出来的。高丽嚷嚷说，节气就像人心，全乱了。

徐明想，节气咋能扯上人心了呢？知识分子成堆的地方，面对喧嚣，大家有点熬不住，实属正常，你高丽何苦跟在后面敲锣打鼓呢？再说，如能拯救乡村教师的憋屈？让我辞职都行，可问题不在这里呀。

高丽听不到徐明说话，嘟哝道，过去那么穷，还其乐融融的，看看现在，你不委屈？

徐明说，谁让我当校长呢？

高丽噘起嘴，丢下徐明，又挣扎而去。徐明一手拿着短羊绒衫，一手晃动着追逐。高丽见徐明追上，趔趄得更快。徐明终于搀扶住高丽说，早晚温差大，晚上凉风伤人。

高丽甩过徐明的手，又颠簸独行。

徐明跟在后面说，哪有恁多气呢？

高丽停下来问徐明，你是不是也想看我笑话？看我臃肿不堪才高兴？高丽过去有傲人的身材，也是她引以为自豪的地方。可惜中风后，胖了许多。想到身材，高丽便想大哭一场，瘫了还胖了，你说伤人吗？

徐明不了解高丽细腻而敏感的心思，只盼着高丽能尽快恢复起来，哪能想到一件厚褂子也能让高丽产生委屈呢？

高丽见徐明不吭声，嚷嚷说，嫌我是负累就明说。

徐明不想跟高丽争论，问高丽，胖点咋地？我喜欢还不行吗？

高丽赌气接过羊绒衫，嘴里噌地滚出一团火，我穿，穿，热死你才高兴。

活该那天徐明倒霉，跟高丽一起散步时，不到几十米便会碰到一个熟人，每遇到一个，人家便会情不自禁地问，不热？

高丽刚开始还能正常解释，不热。

几个人之后，遇到学校的同事又问，大热天的，咋穿羊绒衫呢？是不是又病了？

高丽火了，心中的那团火"噗"地再次滚出，我冷我热我死我活，关你们屁事。

同事弄得面目讪讪地，看着徐明，徐明说，我担心昼夜温差大，看看弄的。

同事看看高丽，扭头走了，走了很远，故意回头说，神经病！

高丽那会儿眼泪不知不觉滚出来了，趔趄走着，委屈填满了每一步。

徐明见高丽真的生气了，担心高丽摔跤，一直张开双手护着，高丽一歪，他一晃，高丽喊，你跟着歪晃啥？学我瘸腿走路？

这都哪跟哪呀。徐明无奈伸开双手。

高丽再次一瘸一拐走路，边走边说，一耳光，两耳光，啪啪。看到了吧，我走出的每一步，都是给他们一记响亮的耳光。高丽见徐明愣怔，咯咯笑了，继续喊，啪啪。

徐明想，高丽不该这么赌气，紧跑几步，想帮高丽脱去短羊绒衫，高丽推开徐明的手说，不担心我冷了？

为了散步出来带件衣服，生出恁多别扭，徐明感到很沮丧。

天上生出了月亮，热风弱了性子，徐明不想论及季节紊乱的话题，他知道，说着说着，高丽又会扯到教师们身上。高丽中风后，太过敏感和细碎，徐明不小心说出任何一句话，都能打开高丽委屈的闸门。徐明只好小心翼翼地沉默着，生怕哪句话又惹到高丽。

孕穗的小麦齐腰高了，和煦的风顺着麦苗的上方缓缓吹来，顺风的那边田埂留出一些空当，徐明顺势坐在田埂上，拍拍身边的空当，对高丽说，歇歇，歇歇就知道风是凉的了。

高丽嘟哝着嘴坐下，突然说，只有你还能包容他。

徐明知道高丽又要说包大山了，叹口气说，过去的事了。

高丽指指麦苗说，知道是个瘪子，不如掐了苗呢。

徐明叹口气说，哪能这么想呢。徐明不想跟高丽说包大山，挠挠头说，说来说去还是那点旧事，包大山也有他的苦。

说到包大山，高丽的眼泪又流出来了。

徐明慌忙擦去高丽的泪水，解释说，麦子总会熟的，包大山也会明白我的苦心的。

高丽扯开徐明的手说，他良心让狗吃了。说完站起来又趔趄而去。

风越来越大，掠过麦苗，居然有点凉飕飕的了，徐明跟上高丽说，春天嘛，看看，说冷就冷了。徐明还想说什么，见高丽气哼哼地趔趄远了，只能咽下话，急忙追上去，高丽一歪，他一晃。

二

徐明跟高丽歪晃到家，才长松一口气。

高丽见徐明不紧张了，就气喘吁吁地靠在院墙上。

徐明见高丽站好了，赶紧开门，之后小心把高丽搀扶到堂屋坐下。

徐明咧嘴想笑笑，见高丽还气鼓鼓的，收住笑，急忙到卫生间调试太阳能水温。调试好了，徐明站在院子里喊，冲个凉，我去巡视下晚自习。

高丽那会儿眼泪扑簌簌地流出来了，猛地走到院子中间，拦住了徐明去路说，他能走到今天，靠谁？

徐明不敢搭话，指指手表。

高丽指指心窝说，还得意门生呢？我呸。

徐明知道高丽还要说包大山，那点事说了千遍万遍了，徐明早听得厌烦了，想溜之大吉，高丽堵住去路说，最该委屈的是我。不是他，我会中风？

徐明兀自摇摇头想，心里窝气，血压不高才怪呢。病了就病了，到了临了，什么都不愿意放过了。徐明想改变高丽，可改变不了，只能选择妥协，见高丽又提中风，又说包大山，徐明只能摇手说，放过别人，便是放过自己。

高丽的委屈可以说源远流长了。二十世纪八十年代的早期，中等教育师范毕业生比现在的研究生还稀罕呢。高丽读中师的时候当班级团支书，徐明是普通学生。毕业分配，高丽分到县城郊区中学，不到一年就被任命为校团委书记。那时的高丽可谓风华正茂、前途似锦，后面的追求者可以说无法数清。最为热切的便是班长宫强，宫强分在了县教育局，都说高丽跟宫强才是天造地设的一对。不知道为啥，高丽始终看不上宫强，甚至觉得宫强巧言令色、不乏庸俗和功利。于是在众多追求者中，高丽选择了默默无闻的徐明。徐明脱颖而出，让大家替高丽惋惜，都说高丽缺远见，没眼光，咋能跟着徐明扑腾呢？后来宫强下乡任职、直到当上了分管教育的副县长时，高丽才开始认真审视当初的选择，对比徐明和宫强，高丽便会涌出酸酸的滋味，尤其见到徐明当个农村中学校长还四处冒烟，酸酸的滋味变成了委屈。

宫强当上副县长首次调研便选择了河上中学，宫强说，河上中学有他两个同学，只有老同学反映的问题也许最为真实。

徐明见到宫强，别提多高兴，随着宫强的提问，徐明敞开心扉介绍农村中学遇到的困难和问题，当然插科打诨阶段也会回忆上师范时的情景。气氛十分融洽和美好。

宫强听完了介绍，合上了本子，才装出若无其事的样子，不经意问，高丽呢？咋没见她露头呢？

徐明听到宫强提高丽，急忙打高丽的电话。

高丽听到宫强想见她，断然说，不去。

徐明说，咋能不来呢？人家是分管县长，多少人想巴结还来不及呢。

高丽说，宫强耀武扬威的，只有你浑然不知，还跟个孙子似的。

徐明想，老同学见个面，咋这么想呢？

高丽心里别扭，到底没有露头，宫强明显带有遗憾，对徐明说，高丽还是过去的高丽。

宫强离开了河上，徐明抱怨高丽，多少年的事了，还这么固执。

高丽说，他想显摆，我就要给他机会？

徐明说，人家现在是领导，到河上调研是给我们面子。

惹得高丽捂住自己的脸说，你要你的面子，我要我的悲摧，看看，看看现在的我像个什么样子。

徐明理解高丽的苦衷，要强是个伤人的东西，高丽什么样子？看上去不是蛮好的吗？

宫强调研之后，高丽说话、做事变得有些随意和消沉。甚至还把消沉和怨气挂在嘴上，看见别的老师偷偷补课，她说，补吧，只管补吧，狗日的，就给他们添点乱子。再后来，高丽竟然背着徐明也偷偷加入补课的行列中去。

徐明知道后，大骂高丽，徐明说，不为我，得为宫强着想吧。

高丽大声嚷，我就要让你们这种人出丑、丢脸。

那时候高丽还没有中风，徐明还不太憋屈，他不管高丽的情绪，大声说，如果你委屈，我们就离婚。

高丽没有想到徐明会提出离婚，异样的情绪转化成怨恨，她指着徐明骂，你这个忘恩负义的东西，离婚就离婚。心里憋上一口气，偷偷跑到县里，徘徊很久，才决定偷偷见宫强，去说说徐明的短长，谁知道高丽说了半天，宫强张口便说，徐明是对的。

高丽说，你们都是对的，难道我错了？高丽有些失态，啰唆说，一个穷教师，什么时候才能活出人样？高丽越说越激动，最后说，孩子大了，不管大学毕业分到哪个城市，谁能买得起一套房子？质问完之后，见宫强无动于衷，高丽索性来个直接的，呛声说，你不当副县长能把孩子送到国外读书？

宫强半天没有说话，看着高丽委屈的样子，一直呷摸嘴，呷摸够了才说，春蚕到死丝方尽，蜡炬成灰泪始干，这个社会总需要一些奉献的人。

高丽没有想到宫强居然说这种屁话，再也不想多说一句话，站起来扭头往外走。

宫强看着高丽生气，扑哧笑着说，高丽，你来当这个副县长，也不会让老师偷偷补课的。

高丽掐灭了心中的异样情绪，一个人坐车回去，一路上都在想徐明和宫强，想到最后，满腹委屈化成了泪水，点点滴滴，洒到家中，一声不吭躺到床上去。

徐明见高丽回来了，火气早消了大半，知道高丽需要安慰，于是便承认自己气头上，不该说那种混账话。

高丽听到徐明承认错误，便一把抱住徐明，那晚高丽高一声低一声断断续续哭了一宿，徐明想，即便再委屈，也没有必要这么哭下去？徐明睁眼陪着，直到天亮，徐明才说，这场哭能不能把你心中的委屈都给抹去？

后来事情的发展出乎高丽的意料，由于她偷偷见了宫强，说了教师私自补课的事情，宫强找到县教育局局长，宫强有点小题大做，批评说，三令五申，还有教师私自补课。

教育局局长说，教育局发文不够权威，不行以县政府的名义发下文，再次要求下。

后来县政府真的发了红头文件，严令禁止教师私自补课。

教师们学习文件时，一起抱怨，县里事情多呢？干吗老盯着我们这些穷教师？再后来慢慢传出一些小道消息说，说这纸公文全是高丽惹来的祸根，没有高丽的举报，县政府就不会发文。于是私下里把怨气发泄到高丽身上，多出一些不负责任的议论，说宫强年轻的时候追求过高丽，高丽见宫强当上了副县长，恬不知耻，暗里投怀送抱，承欢之后，还不忘坑害大家，偷偷反映教师补课的事情。议论久了，话就传到高丽耳朵里，高丽不知道她见宫强大家怎么知道的？还引来这等猜测和议论？气得在家跺脚骂娘。骂着骂着，便把矛头指向了徐明，说，还不是因为你？我呸，老婆被人糟蹋，你还沉得住气？

徐明知道高丽委屈，第二天，黑着一张脸，召开全体教师大会，徐明在会上说，县里严禁老师偷偷补课不是一天两天的事了，令行不止，才有这份文件。大家不思悔改，还横加猜测。得，依我看，光有文件还不行，得死看硬守，我就要彻底了断你们补课发财的念头。

徐明说得咬牙切齿，大家更加生气，私下嘀咕，徐明这个狗东西，一点不通世故和人情，河上中学是啥地方？兔子不拉屎的偏远之地，值得他一个破校长认真？

河上中学离镇上有一公里多的路程，早属于荒郊野外。按说没有多少人

143

会关注学校的事情，可是徐明不行，徐明说，上级怎么说，就要怎么执行。越偏远，越要自觉。

面对徐明一根筋，大家把气窝在心里，想活该河上中学倒霉，咋遇到这种人当校长呢？

中学旁边有一条不太宽阔的河，余下的三面皆为庄稼地。到了春夏，河水牵扯着一望无际的庄稼，缠绕着中学，中学有了世外桃源的静谧。徐明知道大家心里憋屈，见大家说偏远，常常因势利导说，这里树木交荫、时鸟变声，春夏有水稻，冬季有小麦，秋深了还有零星的棉花、大豆和芝麻，外加一条温顺的河常年相依，实乃不可多得之地。

家庭困难、指望补课收入的老师反驳说，时鸟变声？我操，屎尿上身差不多。你说这么偏僻，我们补补课咋地？

徐明耐心地说，师者传道授业解惑也，耐得住清贫，守得住寂寞，才是师者的最高志趣。

包大山站起来挑事说，上有政策，下有对策，当校长的要关心大家的福利，你看看一个河上中学熬老了多少人？

徐明不依不饶，掰扯说，山里人熬鹰，养蜂人熬春，教书育人的园丁，熬心血，熬的就是无怨无悔。

熬，还无怨无悔？嗤。会场里一地鼻息声。

徐明没有想到包大山带头挑事，心里涌出更多的伤心，说话加重了语气，疾言厉色说，我就要死看硬守，看看你们谁敢冒天下之大不韪？

徐明较真。大家泄了气，想，遇到这样人了，你说怎么办？谁能扯带他的一根筋呢？

临近散会时，徐明见大家不再嘀咕，这才换成哈哈大笑的模样，连连感慨说，郊野在外，庙堂在心，再偏远，也是学校呢。

奶奶的，一会儿一个神情，现在又哈哈、呵呵了，啥意思？大家不服气，就把徐明的"呵呵、哈哈、嘿嘿"轮番模仿一遍。

徐明就是徐明，说到做到，事后他把所有时间都花在看守教师身上，并拿出具体措施，安排晚自习延迟半小时，让教务处起草一份给学生家长的公开信，星期天，想方设法安排政治学习或者业务学习。这样一来，教师们所有的业余时间都被学校占用了，谁还有时间补课呢？

见徐明这么抓，教师们怨声载道，包大山说，徐明不除，大家永无出头之日。大家开始重新写人民来信，举报徐明贪污，举报高丽补课。

教育局查来查去，发现徐明没有贪污，高丽偷偷补课却是事实。调查组形成了材料，给高丽与那些一起补课的老师每人一个警告处分。

高丽没有想到自己的任性换来了一个处分，内心更加凄凉，想想过去，看看现在，凄凉满心翻滚，跟了他徐明，头发熬白了，委屈受够了，还糟蹋了名声。在家整天啰唆，说，徐明就是混蛋，就是不开窍的大傻瓜，还说徐明得罪了全校老师，害得她跟在后面遭连累。

徐明知道高丽委屈，面对高丽撒泼，他唯一的办法只有自己忍受。也有忍不了的时候，便把高丽在他面前的抱怨之词撒向其他教师，其他教师听到徐明乱怼他们，又把对徐明的怨恨说给高丽听，几个轮回，怨气最后又撒到了徐明这里，弄得校园里到处都藏有憋屈，好像彼此说话都捏着地雷引线似的。

徐明知道长期下去对教学不利，于是他率先检讨，挂起笑脸，试图改变现状，问题是长期种下的猜忌，怎么可能一下子消除呢？徐明见大家怨恨越来越深，心里叫苦，常常一个人唉声叹气。

这天徐明到县城开会，见到宫强，便打开了话匣子，把困惑一股脑兜给宫强。宫强见徐明沮丧，劝慰说，一切都要放在教育大背景中思考问题，农村教育出现了过去没有出现过的问题，作为基层教育管理者，要学会担当和忍受，奉献不仅仅是说出来的。

宫强说这种不痛不痒的话有啥用？于是徐明单单说起高丽的委屈，说高丽找你说说闲话，你不该以此做文章，最后还把事情传了出来，你本来就知道高丽补课多半出于赌气。

宫强半天没有吭声，徐明见宫强变了，赌气说，假如高丽当初选择了你，她也没有了现在的委屈。

宫强突然火了，大声问，难道你也怀疑我跟高丽之间的纯洁友情？

徐明站起来争辩说，高丽委屈，我比她还难受，她就不该选择我这个无用之人。

宫强叹口气说，生活原本就是一些鸡零狗碎之事，珍惜高丽，好好工作，学会协调处理事情，别弄得到处鸡犬不宁。

徐明揣起委屈，回到学校，几天都不吭声。

大家见徐明从县城回来后，几天都不精神，于是猜想，肯定大家的举报起了作用，要不他咋会麻了爪子？于是私下撺掇，说继续加大力度举报，把一根筋轰下台，大家才能好好喘口气。

高丽见徐明萎靡，不知道徐明遇到了啥事，趁机规劝说，眼看孩子大学毕业了，大家都给孩子在城里买房子，不行，你别当校长了，我们一起进城给民营学校打工，再也不要受眼下这些窝囊气。

徐明知道高丽消沉，可也不能一生只为房子、钱吧？徐明长叹一口气说，你能不能想些教学问题？整天都是孩子、房子和钱，再说，我们的儿子，我对他有信心。

高丽说，谁不为了孩子？宫强的儿子才上高中就出国留学，我们输在起跑线上，难道还要让孩子跟着输下去？

徐明又提宫强，明显在心里一直把他跟宫强对比，徐明能比个啥呢？心头一紧，多了词不达意，感叹说，深夜流泪的人，清晨将补偿他一身的露水。

高丽不知徐明说啥，愣怔问，咋说起胡话了呢？

三

每天散步结束后，徐明都喜欢一个人走进教学区，悄悄巡视一遍，一是不放心，二是借机松口气。这天他走到教学区，见包大山正跟几个教师有说有笑的。想到之前的不愉快，想主动上前想搭讪几句。刚凑了过去，包大山便扭头躲了去，大家见包大山走了，跟着散了。

留下徐明尴尬地站在那里。

站了许久，徐明依然感到特别无趣，心里涌出了忧伤，想，包大山咋能不理解我呢？居然带头跳出来作对！

摇摇头，掉头向办公楼走去。两位副校长还在办公室，徐明见副校长坚守岗位，心里多出一丝安慰，想，表面看，老师们心里多有抱怨，求实说，大家还算兢兢业业的。有了这点基本的东西，徐明不怕，尤其两个副校长这么晚了，还在办公，咋能一直埋怨别人呢？于是换上笑脸，主动向李副校长走去。

李副校长见徐明笑着走到面前，不知道徐明有啥事？见徐明笑嘻嘻的，抬头问，溜一圈回来了？徐明点点头。李副校长见徐明感慨万千的样子，不知道徐明想什么，见徐明不说话，便埋头做自己的事情了。徐明知道李副校长的不满还在，当初都是校长候选人，他一直认为徐明顶了他的位置。十多年过去了，一直不能释怀，眼看就要退休了，还不能放过徐明。徐明深知，遗憾最能伤人，也许没有当上校长，是李副校长的最大遗憾，可是他徐明又有什么办法呢？他可以负责任地告诉李副校长，他没有送礼，也没有找关系，他就是糊里糊涂当上校长的，他越这么说，李副校长越不信，是呀，谁能相信老天往下掉馅饼。不信就不信吧，十几年了，不信也过来了。徐明难受的是几十年的好兄弟，却因为一个校长职务弄得心里疙疙瘩瘩的。想到这些，徐明便悲凉，见到李副校长感到好像真的亏欠他什么似的，方便的时候就要说，那天我正在上课，局长电话找他，我根本不知道咋回事。

不解释也就过去了，越解释越体现出虚伪，哦，你当上了校长，强调没有找人，无非说明组织公正，讲能力，那我算怎么回事？李副校长十几年都不想听徐明解释，见徐明吞吞吐吐的，打断说，得得得，有意思吗？成者英雄败者寇，你怎么说都是对的。

徐明遇到李副校长这么怒怼，心里就难受，想，咋误会这么深呢？

徐明清楚记得，他赶到教育局，匆匆敲开局长的门，局长站起来把他迎到沙发上，局长不停地说，先喝口水，不急。等徐明平静了情绪，局长才问，想过挑重担没有？徐明摇头。局长说，河上中学想当校长的多，无怨无悔的不多，经过组织考察，决定由你担任校长。希望在你的带领下，把河上中学办成全县农村中学的楷模。

反正，信不信只能由着李副校长了，他徐明没有什么亏欠别人的，徐明平静了情绪，在任职大会上信誓旦旦地说，从今天开始，校规校纪必须是每个人恪守的章程，细节见精神，我将从细小事情抓起，誓把河上中学办成全县教育界的楷模。任职讲话，多为套话，大家根本没有当真，没想到徐明说到做到，甚至不谙人情，从教学，到后勤，点点滴滴，都较真。

大家想，这还是过去的副校长徐明吗？这分明就是小人得志翻脸不认人嘛！

徐明见大家抵触，大会小会说，我讲情讲义，可我更知道当教师更要无怨无悔。

大家想，送礼当上了校长，夹起尾巴做人得了，居然这么高调，说境界，说无怨无悔。不是说境界吗，别跟李副校长争校长呀？主动让位呀？什么玩意呢！得，你当你的校长，我们熬我们的日子，井水不犯河水。

徐明不明白，他何时送过礼？大家为啥跟着李副校长吆喝呢？

徐明管不了那么多，三把火不烧旺，往后真无法管理了。于是顶着议论，较真到不近人情，振振有词说，教书育人是良心活，需要的就是认真，整天谋人不谋事，咋会带出好学生？

大家见徐明被喜悦冲昏了头脑，见到徐明，主动避让过去。

连李副校长也一样，一直对徐明不咸不淡的。

徐明得不到李副校长的理解，一直难受，十多年来，他一直主动放低身姿，靠近这个曾经的好兄弟，可李副校长始终拒人千里的，徐明只能委屈想，短长让时间称量吧，反正问心无愧。

三两年下来，学校管理改观了，徐明与教师的关系疏离了，先前积攒下的友情，随着细碎之事慢慢消解了，尤其李副校长，常常不太配合，带头发牢骚，大家便把日常抱怨换成了放大镜，暗里细细查找徐明身上的瑕疵，然后不断打小报告上去。

小报告多了，教育局局长常常叹息，想，这个徐明，这个徐明呀，才当几年校长咋惹出这多麻烦呢？

十多年过去了，李副校长不再提过去的事情，看上去做啥都不紧不慢的，好像学校什么都与他无关似的。

李副校长见徐明晃到眼前并不说话，也不走，又抬头问，都在工作，你还要死看硬守？说完笑笑。

徐明也笑笑，说，哪里，我就是看到你们都在，有点感动。

年纪轻的罗副校长对李副校长说，别看徐校长随便晃晃，作用大呢。

巡视晚自习，是徐明雷打不动的规定动作。不走上几圈，一晚上睡觉都

148

不踏实，听到罗副校长恭维，不好意思说，有啥作用？习惯使然，有些习惯上身，无法改变的。

李副校长听罗副校长拍马屁，轻松对徐明说，年轻好呀，调门高呢。

徐明赶紧打岔说工作，叮嘱说，你们一个分管后勤，一个分管教学，要抓住总务主任和教务主任，他们不卖力，你们累死未必讨好。

李副校长用无所谓的态度说，我老了，跟在你后面吆喝这么多年，早胸无大志了。

罗副校长打断李副校长的话头说，实际教学工作一直挺有秩序的。

徐明知道李副校长早没有了斗志，分管后勤后，跟总务主任包大山纠缠到了一起，那些举报信说不定就是他和包大山操作的，罢了，是又咋样呢？至于罗副校长还不到四十，跟自己当初当副校长的年龄差不多，知道熬下去就有希望，也是唯一可以熬得住的人。徐明心里多了一丝悲凉，想，这么偏远的学校，咋也弄得跟官场一样？罢了，罢了，当副校长的，不唱反调，就算阿弥陀佛了。徐明提提精神，扑哧地笑着说，我们三个是河上中学的主心骨，不论教师多么委屈，我们都不能泄了气，率先委屈。

两位副校长不知道徐明想说什么，见徐明心事重重的样子，没再说话。

离开两位副校长后，徐明难过起来，想，人呀，多半言不由衷，真情都在防范中消弭了，难道两位副校长看不出我的憋屈？连高丽中风也换不来李副校长的宽容和谅解？徐明伤感随着夜风一点点上升，看着灯火通明的教室，看着静谧的校园，看着幽深湛蓝的夜空，情不自禁感慨，为啥我当校长跟老校长那时候不一样了呢？老校长无为而治，大家却一直努力，还取得那么好的成绩？现在呢？死看硬守都不行，哪个环节出了问题？把河上中学办成全县农村中学的楷模，老局长的话犹在耳边，可眼下离模范中学的样子越来越远，真的对不起老局长了。徐明的挫败感随着夜色一起坠落在心间，沉甸甸的，他长叹一口气，慢慢走向每个教室。

四

徐明刚毕业那会儿疼学生是出了名的，那时候条件艰苦，单身寝室最多只有二十来个平方米，就那么大个地，既要当宿舍，还要兼作办公室。午休时间，徐明常常被学生堵在屋里。那时候学习氛围浓厚，到处喊，学好数理化，走遍天下都不怕。徐明带的是物理课，又兼任班主任，人又和善，学生都喜欢听他上课，课后即便没有作业问题的学生也同样喜欢缠着徐明。徐明很享受被学生缠绕的感觉，业余时间，不停跟学生讲解难题，见学生听懂了，还要叮嘱问，真听懂了吗？学生慢慢散去时，徐明还意犹未尽，对着学生背影喊，不会的随时可以来问我，我等着你们。

徐明不仅仅把业余时间都给了学生，见到哪个学生有困难，常常伸出援助之手。那时候徐明的月工资只有四十二块五，八十年代初，中师毕业的老师就那么点工资，好在物价不高，够徐明生活的。徐明喜欢把打来的荤菜匀给困难学生，这个一点那个一点，临到自己，碗里只剩下一些汤水了。别人忍不住说徐明傻，徐明说，我从苦学生过来的，也许这点荤菜就能温暖他们一生。

包大山是徐明刚毕业第二年接手过来的学生，包大山的爹是街上铁匠，人称包二锤，大集体时代包二锤属于镇上铁木社的职工，叮叮咣咣，打下了一家人生活的基本保证。随着集体企业转型发展，铁木社关停，包二锤找不到生活门路，只能在铁木社分给的两间破房子里面光着脊梁打铁。不承想才几年时间，农民居然不再打镰刀、锄头了，甚至连菜刀、剪子也不打了。也难怪，餐具、农具市场有得卖了，还都是永不生锈的钢制品。一摊炉火成了一摊伤心事。打铁无法养家糊口，包二锤便坐在铁匠铺里抽旱烟，旱烟忽明忽灭，像他的心事。

时间长了，包大山的娘坐不住了，这么熬下去只有死路一条，于是跟着别人到上海打工。刚改革开放不久，外出打工算件丢人的事情，包二锤说啥也不同意。包大山娘在一个风雨交加的夜里，灌醉了包二锤，跟镇上几个女的偷偷跑了出去。人家打工好好的，包大山娘打工却得了尿毒症，挣回一点钱，不够吃药打针的，更不够换肾，只好失魂落魄回到镇里。那时候镇上医疗条件差，透析跟不上，不几年便撒手而去。

因为替老婆看病，包二锤背下了沉重的债务。看看眼前的窘困，包二锤只能搓手对包大山说，儿子，不下学怕是不行了，谁让你摊上我这个爹呢。

包大山才上初一，不想下学，不下学咋办？吃饭都成了问题。包大山流泪丢下书包，躲在爹清冷的铁匠铺里。

包大山姐姐得知消息后，跟爹吵，说自己累死也要供养弟弟读书。包二锤没有想到女儿这么顾家，流泪说，都怪爹无用，爹羞愧呢。

姐姐说，只有读书才能改变弟弟的命运，难道爹想让他一辈子跟你一样蹲在这里抽旱烟？

姐姐的帮助，让包大山又回到了学校。姐姐除了能给点米和咸菜，拿不出更多的东西了。米和咸菜，来之不易，姐姐为那点米没少挨姐夫骂。包大山只能装聋作哑，背起米装起咸菜就走。米能到食堂换饭票。有了饭，不在乎菜了，即便顿顿捣咸菜罐子，打死也不吭声。

徐明知道了包大山的情况，心里发酸，见包大山撇开其他同学一个人躲在无人处吃咸菜，便悄悄走到包大山身边，悄不声响地往包大山饭碗里拨点荤菜。

包大山没有想到老师会给他拨荤菜，慌忙站起来，呢喃说，这怎么行？

徐明说，吃吧，正是长身体的时候，哪能天天吃咸菜呢。

包大山激动得眼泪直打转。

见包大山懂事，徐明更加上心，见包大山衣服破了，鞋子烂了，也喊包大山到他的宿舍，让包大山脱下衣服或者鞋，一针一线地补缀。钱凑手的话，徐明也会替包大山买双解放鞋，买袋牙膏啥的。包大山知道遇到好老师了，常常流泪记住徐明所做的一切。

时间久了，徐明所作所为让包二锤知道了，包二锤人打铁，心软，有了感动，嘴上也叮叮咣咣的，到处宣扬徐明的好，弄得一条街都知道河上中学有个仁义老师。

徐明的事迹慢慢传到了社会上，也传到了学校里。流传中人们添油加醋，说徐明宁愿自己不吃菜，也要打菜给学生吃。还说徐明所有的工资都给学生买衣买鞋了，自己却舍不得买双新的。传得有些离奇，学校其他老师不乐意了，牢骚说，徐明原来这么有心机，帮助了学生，还让学生家长到处说，看来他要的是名声。还有一些小肚鸡肠的老师从另一个角度看待问题，说徐明这么做，无非想出人头地。

徐明没有想到那么多，过去得益于老师的关怀才考上中师的，现在自己当了老师，尽点绵薄之力，也算报答昔日老师的栽培。引起大家的猜忌，徐明苦恼。再往后帮助困难学生，徐明一再叮嘱说，不要往外说，我没有什么动机，也不用大家感激。

包大山回家责怪爹到处乱说，弄得徐老师难做人。包二锤一听就火了，嗨，好心老师帮助学生还不能说了？天底下哪有这样的道理？我不但要说，还让镇里大喇叭说。于是他跑到镇政府广播站，跟站长说，我包二锤打了一辈子铁，叮叮咣咣的藏不住事，你们广播站得把徐明老师的好人好事播一播。站长一听是个不错的新闻题材，于是当场采访包二锤，写了篇通讯，第二天清早大喇叭开始了广播。这样一来，徐明帮助穷苦学生的事迹全镇都知道了，弄得其他老师见到徐明更加不屑，讽刺徐明处处出风头。

徐明没有想到事情会这样，索性默不作声，不再解释。好在他是一个普通教师，随着大喇叭的声音淡去，大家不再提这茬事了。慢慢地，徐明多了一份心安理得。

没有忘记的是包大山，听到广播后，他才感到徐老师的伟大，平白无故，徐老师为啥这么关心学生？包大山耳边常常回想大喇叭说的，一个普通教师如果没有对学生的大爱，做不到持之以恒。从徐明老师身上，我们应该学会反思，无论你是高贵抑或平凡的人，只要你伸出手来，就能帮助别人做一点事情。那是大喇叭播完通讯之后的点评，包大山忘不了播音员铿锵有力的声音，每每想到那种声音，包大山内心便久久不能平静。于是包大山把所有感激都埋在心里，他想，只有拼命读书，才能对得起徐老师。

几个月下来，包大山的各科成绩直线上升，尤其徐明带的物理课，月考、季考，都是第一。后来不仅物理成绩好了，其他学科成绩也齐刷刷追了上来，授课老师们糊涂了，包大山咋了？一夜之间成了神童咋地？

中考成绩出来，包大山居然考了年级第六。那年河上中学一共考上十一个中专、中师生。八十年代中前期，一个农村初级中学考上这么多中专、中师生，几乎没有可能。学校为此成了全县的榜样，交流经验的时候，校长在全县校长大会上说，河上中学多亏了像徐明这样的年轻老师，没有他们的无私奉献，不可能取得这么好的中考成绩。

徐明得知包大山考上了中师，比包大山还高兴，在包大山拿通知书的当晚，自掏腰包请其他授课老师吃饭，徐明说，包大山能有今天，得亏大家一起努力。那晚上所有老师都在表扬包大山，没有想到包大山一激动，扑通跪在徐明的面前流泪说，徐老师，今天我跪在这里发誓，三年学成后，我也回河上，当一个跟你一样的好老师。

这回临到徐明感动了，拉起包大山说，有你这句话，老师满足了。

其他老师插嘴说，大山，别把人生想得这么短，毕业了你还可以上教师进修学院，可以考研，总之，千万不能回到河上。

包大山说，徐老师能在这里，我也能。

中师毕业，包大山有机会离开河上的，因为表现优秀，包大山当上了学生会主席，毕业分配时学校把留在城里小学的唯一一名额给了包大山，没有想到包大山得知消息后，主动跑到教育局申请回河上中学。当时农村中学缺教师，教育局巴不得中师毕业生都回农村中学呢。见包大山主动申请，马上改派，结果，包大山顺利回到了河上。

包大山报到那天，徐明拉住包大山的手一直说不出话，能出声的时候，拍着包大山的肩膀说，你小子行。那时候包大山长得比徐明还高，下巴上已经有了毛茸茸的胡子，连喉结也比徐明的粗大，只是说话的声音还是那么胆怯，他嗫嚅说，如果不回这里，我怕一辈子都不能安宁。徐明眼泪吧嗒吧嗒往下掉，最后他松开包大山的手说，我没有看错人。

五

包大山分到河上中学的当年，校长便安排他跟徐明一起搭班，徐明教物理兼任班主任，包大山教语文，为了教好语文，包大山专门参加了汉语言文学专业的自学考试。他们从初一搭班，搭到初三，那年徐明和包大山班一共考上十二个市重点中学的高中生，另加七名中专、中师生。校长在全校大会上公开表扬徐明和包大山，最后惊动了县教育局。局长过去听说过徐明的事情，得知徐明班级考得这么好，局长在全县中考总结大会上公开表扬说，现在还有哪位老师能把学生当成自己的亲人？河上中学就有，他叫徐明，参加工作以来，一直用大爱善待学生，由他培养的包大山为了感恩，主动放弃留在县城的机会，老师和学生一起搭班，考出了这么好的成绩，难道无私奉献就是一句空话吗？局长越说越激动，加大语气说，我今天在这里公开表扬，就是让大家记住徐明，记住包大山，记住这种师生情。

大会之后，教育局局长找到河上中学校长说，记得你们学校刚空缺出了教导主任，别再物色了，就报徐明。教育局局长不放心，又叮嘱一句，你们学校先报镇教办室，我会通知镇教办室按程序尽快报到局里。

那年暑假，徐明被任命为河上中学教导主任。

再开学，徐明没办法跟包大山搭班了，就安排高丽跟徐明搭班，好在高丽也是物理老师，水平不比徐明差，为了锻炼包大山，徐明特意让包大山当班主任。那时候包大山是徐明家的常客，有事无事就喜欢泡在徐明家里。

最先闹出些不愉快是因为职称评聘上的事，上级给了学校五个中教一级的聘用名额，当时评上中教一级的有九人，还有四个因为没有指标而无法聘用。评而不聘，工资依然上不去。碰巧的是高丽和包大山也在九个人中间，最后一个名额需要在高丽和包大山之间产生。校长很为难，按说高丽资格老点，书教得也不错，聘高丽不算过分。想到包大山也很优秀，无法取舍。说到徐明这里，徐明坚持说，包大山家庭困难，眼下还没有结婚，机会应该给包大山。

由于徐明的干预，学校最后听了徐明的建议，聘用的是包大山。高丽为此事开始抱怨徐明，想，为了你徐明，我克服多大的困难，才来的河上。现在为了包大山，你居然这么委屈人。心里添堵，高丽对包大山就不太客气，代课也不太认真。有天包大山找到了高丽说，高老师，我知道为了职称，你心存委屈，实际我也承让来着，只是徐老师死活不同意。

高丽知道不怪包大山，嘴上说没啥，心里别扭，抱怨说，评聘说到底就是钱的事，我们双职工不假，可孩子小，日子也一直紧巴巴的。

包大山听出了弦外之音，当晚就给徐明送了一千元，嗫嚅半天才说，这么多年，我真不知道怎么感激老师才好。

徐明没有想到包大山会给他送礼，想到包二锤还有他依然贫困的姐姐，徐明大骂了包大山，包大山委屈拿起钱走了。事后徐明知道是高丽埋怨导致的，便啰唆高丽说，包大山娘走了，爹还有病，跟谁争也不能跟他争。

理是那么个理，高丽心里却挽起了一个大疙瘩，狭隘想，原来自己在徐明心里还不如他昔日的一个学生。

徐明忽略了高丽的感受，误认为高丽会理解他的，哪承想高丽并没有徐明那份情感。

评聘职称之后，学校又物色新的校团委书记，校长坚持说，高丽过去当过校团委书记，跟团县委也熟悉，高丽合适。徐明说，按说高丽合适，可高丽是我的老婆，我已进了校班子，机会要让给其他优秀老师。校长点头。徐明便力荐了包大山。

高丽知道事情真相后，抱怨情绪更大，想，徐明不该这么自私，哦，自己进了班子，我就不行？与其这样，何必要调在一起？

包大山担任校团委书记后，高丽态度也发生了变化。校团委总要安排一些活动，包大山常常找高丽调课，高丽说啥也不调，包大山只好找其他老师调。其他老师说，高丽都不调，我们凭啥？包大山只好找徐明，徐明说高丽，高丽不听。最后徐明动用手中权力，把包大山的课安排在上午一二节，下午几乎没课，以便包大山好组织团委活动。而高丽的课都被安排在上午或者下午最后一节。这下惹到了高丽，你徐明大公无私，可也不能委屈我不是？行，最后一节课上完，我就赖在教室里，看谁急？高丽故意回家晚，惹得全家吃饭比哪家都迟。大人可以忍受，孩子小，哪管大人的苦楚。饿了，就要吃饭，见人家吃饭，便又哭又闹的。

徐明娘就抱怨徐明，自己安排课时，咋能这么安排呢？现在好，大人能忍，孩子能吗？

娘抱怨，徐明得听。

最后徐明接过做饭活计，一边做饭，一边掐算时间，每每高丽一进门，徐明便说，早该到家了呀。

高丽说，你过去天天替学生解难释疑，换成我咋就不行？

徐明怕吵架，说，行行行。

高丽噘嘴说，不行也得行。

徐明知道高丽赌气多半为了包大山，于是说了他跟包大山的曾经，高丽说，那又怎么样？能委屈我，就能委屈包大山，难道我还不如你一个学生？

徐明说，你是我老婆，哪有师母跟学生争风吃醋的？

高丽说，我怎么遇到你这种不讲道理的人。

随着校团委的活动越来越多，包大山越来越忙，加之接着包大山恋爱了，占用的时间更多，需要不停调课，挤不开时间，之后恳求高丽，高丽冷脸说，他徐明可以大公无私，我不行，我孩子也小，难处明显的，可我找你调过课吗？

包大山突然怔住了，他没有想到这么多，也没有想到高丽会这么直接说话。从此，包大山不再求高丽了，也不喜欢到徐明家里玩了，徐明察觉出异样，问包大山，包大山说，不是忙嘛！会去的。

以后包大山来，不会空手，不是给孩子买点水果，就是带奶粉，徐明不要，高丽漫不经心说，知恩图报，老师应该感动才是。

徐明被高丽说得直翻白眼，包大山呵呵笑，打那之后包大山几乎不再上门，即便徐明家里来人，喊包大山陪客，包大山也推三阻四的。

后来包大山结婚了，来得更少。

包大山老婆是街上做布匹生意人家的闺女，包大山戏谑称之为卖布女。

包二锤抽旱烟时，卖布女的爹抽空溜进铁匠铺，唠唠家常。见包二锤愁眉苦脸的，一次主动问，大山还没有对象吧？

包二锤说，可不嘛。

卖布女的爹说，我家的挑花眼了呢。

包二锤一听来了精神，问，你家的？不行我托媒人？

见面后，包大山不满意，讨厌卖布女的身份。

包二锤张嘴就骂，你爹就是个铁匠，不配当爹咋地？

包大山犹豫了很长时间，工作几年了，也没有人介绍对象，这才明白，一个穷教师在镇上并没有多少人待见。

不长不短地放着，包二锤也没有再提。有天卖布女主动上了门，抓过包二锤的衣服就洗，边洗边问，包大山啥意思，不满意咋地？

包二锤慌了，包家有啥资格不满意？见卖布女亲近，喜滋滋地说，他满意，一百个满意。

卖布女说，这还差不多。

包大山回家后，包二锤说，儿子，别这山看那山高，街坊老邻居，知根知底。

包大山叹口气说，那就先处着呗。

卖布女嫁过来之后，更显日子的局促，三口人，指望包大山一个人的工资，卖布女过去花钱惯了，受不了这种苦日子。有天转到铁匠铺，眼睛一亮，对包二锤说，爹，铁匠铺也能改成布匹店呀。听说要关铁匠铺，爹说，那不行，这是我一辈子的营生。卖布女说，不赚钱，还费炭，现在谁做亏本生意？

包二锤说，话是这么说，可我还是舍不得这把锤。

卖布女晃动爹的手说，这把锤爹挂在家里，我做失败了，爹再重操旧业就是。

包大山听到卖布女建议把铁匠铺改成布匹店，当即支持，包大山说，你还真聪明，行，都听你的。

卖布女掰着手指说，现在乡下人不打农具了，可他们得穿衣，你看看我爹生意多红火呢。

包大山说，行行行，都听你的。

卖布匹，对于布匹店里长大的卖布女来说，熟门熟路的，铁匠铺装修好了，就在门外挂上"铁匠布匹店"的牌子，放了几挂炮，就算开业了。包大山不理解为啥叫铁匠布匹店？卖布女说，爹舍不得铁匠铺，我就寻思，还把"铁匠"二字留下，用用爹的诚信。

包二锤见卖布女细心，特别高兴。

出人意料的是，铁匠铺做布匹生意十分顺当，几年下来，就翻盖了房子，扩大了门面，卖布女一个月赚得比包大山一年工资还要多。日子好了，爹穿戴变了，旱烟改成了香烟，包大山也被卖布女从头到脚重新包装了一遍，之后抓住包大山就问，还后悔不？

包大山过去确实感到憋屈过，好在卖布女过去一直低矮着态度，也算满足了自尊心。哪知道卖布女挣下钱后，态度慢慢变了，对爹，对他，吆三喝四，好像爹和他都吃她一碗饭似的。包大山见不得卖布女神气，有天喝醉酒，指着卖布女说，看看你，一副商人嘴脸。

卖布女不愿意了，指着包大山说，嗨，小商人咋了，你教师，你光荣，可你拿钱回来呀？

包大山的钱也学徐明照顾着学生，每月剩不下几个。听到卖布女埋汰，嚷嚷说，钱不是主要的。

卖布女嘿嘿冷笑说，钱不是主要的？那你说，吃的穿的，哪样不是钱买来的？

卖布女练摊，练出了好口才，打开委屈，一直不停啰唆下去，啰唆到最后，卖布女说，早知道找你这么窝囊，说啥也要找个镇上干部。包大山忍无可忍，拿起枕头要砸卖布女，卖布女犟着性子说，铁匠、书匠都是匠，你老包家都是犟驴。

两口子争嘴，把爹也捎带上了，都知道包二锤是火暴性子，听到儿媳妇骂他犟驴，站在外面喊，儿子，犟驴就犟驴，还就得犟下去，从今往后，你不蒸馒头争口气，转行当干部，当校长，她不是喜欢当官的吗？我们就当给她看。看看她一个卖布的，能不能当官？

爹知道包大山的身份，爹有底气在外面喊叫。

包大山羞得不行，摇晃出来说，爹，你嚷啥呢？官那么好当的？

包二锤说，有啥难的，你媳妇不是有钱吗？花钱找路子，不信我儿不行。

卖布女听到包二锤在外面喊叫，本来很生气，听到可以花钱跑门子，替包大山转行，卖布女突然不生气了，跑出来问，爹，花钱真行？

包二锤说，我说行就行。

卖布女不再含糊，对包大山说，那好，我现在就给你一万，你找人，你说花多少，我都无怨无悔。刚踏进九十年代的门槛，一万元是个不小的数目，卖布女跟说着玩似的。

包大山也不知道老婆攒下多少钱？说话间真拿出一万元，包大山傻眼了，问，真给我呀？

卖布女说，只要你转行，只要能当官，你说多少，我都筹集。

包大山想，得，听卖布女口气，确实挣了不少，不花白不花，即便不托人，用这些钱帮助学生也是开心的。真拿钱帮助学生，包大山又犹豫了，到时候一点动静没有，卖布女追问咋办？算了，还是用这些钱找找关系，也许真能转行呢？于是包大山削尖脑袋找关系，最后通过同学的同学，结识了县教育局一位副局长，中间人说，现在送礼得讲究科学，哪有明送钱的？得先搞好关系，再慢慢说事。

包大山说，我哪会做这些事情。

中间人说，就从吃饭开始，接下来洗脚、下澡堂子，剥了那层壳，说话就方便了。

包大山说，行。于是包大山花钱请过吃饭，接着就去桑拿。那时候桑拿是个新鲜事，包大山从没有去过。到了桑拿店，才知道可以找女的按摩。既然有按摩的，那就按，谁知道那家桑拿店不正规，按摩女兼做皮肉生意，副局长受不住撩拨，荡了春心，结果被巡查的派出所干警逮个正着。最后中间人求包大山替副局长交罚款，说事情败露了，不说局长完蛋，你也完蛋。包大山吓得啥也不敢说了，交罚款了事。

来来回回一万元钱花完了，所托事情还没有来得及说。

卖布女知道包大山请托人，一直问，钱够不够？不够你说。

包大山支支吾吾的，最后说，谁知道呢？

问题是事发之后，派出所把案底寄给了县教育局，东窗事发，副局长很快被免了职，查找原因，副局长交代了一切都是包大山引起的。

组织找包大山谈话，包大山说，中间人让我花钱请吃饭，洗桑拿，谁知道他做那种事？

组织说，你是一个优秀教师，你咋能这样巴结领导呢？

来来去去又花了几千元，事情没捞到不说，惹了一大摊子烦心。

回到学校，包大山心思早乱了，再也不像过去那么安心教书了。

徐明很快知道事情真相，十分痛心，他找包大山谈心，徐明说，一个老师得安心教书，哪能成天不务正业呢？包大山羞愧得不行。后来，徐明被提拔为副校长，空出了教导主任位置，徐明更加失望，包大山如果不发生这档事，他推荐也理直气壮的，现在再推荐包大山，自己这里都说不过去，徐明只好推荐了罗老师。

包大山偷鸡不成蚀把米，眼睁睁看着到手的机遇擦身而过，心里后悔，人也消沉了下去。包大山心灰意冷之后，回家就跟卖布女挂脸子，卖布女一咬牙，说，我还不信搬不动他们，卖布女托人找到教育局一个远门亲戚，亲戚知道卖布女想让他帮助提拔包大山，嘴里哗啦吐出不屑之词，就他？他丢人丢大了去。

亲戚说了前后经过，卖布女当即羞愧地跑了，回到镇上就找包大山。

包大山还没有见过卖布女如此生气，担心卖布女听到了传闻。

卖布女见包大山躲躲闪闪的，指着包大山骂，狗日的，让你花钱找门子，你却带人嫖娼，你咋这么不争气？

包大山知道卖布女终于听到了传闻，吓得连说，我哪知道他们会做那事？

包大山想撞墙的心思都有了，面对卖布女不停辱骂，一直低头不语。

包二锤听到儿媳妇不讲情面骂儿子，又忍不住了，走到院子里喊，儿子呀，是个真正男人，吃喝嫖赌不算事。

包二锤心疼儿子，又嚷，儿子千万不能跑了心里那口气，跑了那口气，一辈子都是个瘪子。

卖布女没有想到公公这么包容包大山，"哐"地打开门，跳起来跟公公吵。包二锤哪里受过这等气，操起铁锤要砸卖布女，被包大山拉住，卖布女一生气，回了娘家。

烦心事接二连三的，包大山心里苦，高丽见到他还冷嘲热讽的，意思徐明教出这样学生，她都替徐明惭愧。包大山想，徐明有恩于我不假，可他是徐明，不是你高丽，谁都能笑话我，你高老师不能。心里赌气，说话、做事多了随意，言语间对高丽也少了敬重。

高丽没有想到包大山做出丑事，还理直气壮的。回家跟徐明嘀咕，你咋教下包大山这样的学生。听得久了，徐明对包大山也多了失望，只是徐明不说罢了。

后来徐明发现，包大山整个人都变了，整天借酒消愁。徐明见包大山一天天堕落下去，担心包大山毁了，揉揉心，亲自去接卖布女。

卖布女嚷嚷说，他包大山做丑事，爹不管，还护短，这样日子咋过？

徐明替包大山赔罪，说包大山又没有做下那事，再说，你不给包大山钱，他怎么作怪呢？要怪就怪你。

卖布女说，咋能怪我呢？巴望他好，难道有错？

卖布女驳了徐明面子，说啥也不肯回家。

最后徐明带着包二锤上门赔不是，徐明又找人证明清楚包大山没有参与嫖娼，卖布女让包二锤保证，今后这家由她当，由不得一生气就提锤。

包二锤为了儿子，连说，你们能过好，我咋都行。

好不容易接回了卖布女。包二锤心里呼啦添上一团气。

卖布女这里还有气，人回到家里，说话多了委屈，不顺心就说，包家都是下贱之人。

包大山能忍，包二锤何时受过这等羞辱？长期忍气吞声，心情郁闷，不久得了肺癌。

包二锤临走的时候咬牙对包大山说，儿子，你没有丢人，你记住，教书就奔校长，转行就奔镇长，最好奔个县长，包家没人下贱，好好活给她看。

包大山见爹不闭眼，只能点头答应。

爹走了，包大山的精神气也走了，想到爹，想到在学校的处境，尤其想到卖布女不依不饶的伶牙俐齿，忧伤更深。

时间到了九十年代早期，由于进一步深化改革，允许教师下海经商，包大山按捺不住躁动，对徐明说，我也想下海。徐明当时就傻了，他不明白包大山为啥变成了这样？看看包大山垂头丧气的，徐明兜头就骂，浑球，看看你哪里还有过去一点影子？

包大山说，年复一年的，与其被老婆看不起，不如自己经商，爹让我活出样子。

徐明气得拂袖而去，临走说，你敢下海，就不要再认我这个老师。

事后包大山终究没有下海，至于什么原因，没人说得清，有人说，包大山被徐明大骂一顿后，内心有了震动；有人说，卖布女不同意，说家里有个吃皇粮的保险，咋能都到商场扑腾呢；有人说，包大山老岳父拍了桌子，让包大山等待机会。反正说什么的都有，包大山闭口不再提下海，慢慢又把精力放回学校，什么也不说了，安心教书，经常照顾困难学生，久而久之，包大山的口碑慢慢有了好转。

徐明看在眼里喜在心里，有一天找到包大山说，从头再来，我对你有信心。

包大山看看徐明，不再说话，心里想，这个徐明也许口是心非，口口声声不想当官，什么官他没有当过呢？当完教导主任当副校长，才三年，又当校长，有本事你让出去呀？这是包大山的心里话，可他不会说了，他学会了迂回，也学会了奉承，他说，从头再来，我也相信自己。

最后总务主任的位子空缺了出来，两个副校长一直推荐别人，徐明到镇教办室和县教育局替包大山争取，徐明说，包大山本质没有问题，犯点小错，不能全怪他。教育局忘不了包大山做出的糗事，一直不同意。徐明说，看待一个人要全面，请大家想想包大山刚毕业那会儿可行？前一阵子，他受到不良思潮影响，迈错了步子，后来知道悔改，重拾无怨无悔，难道这样的老师还不能重用吗？

徐明字字深情，言语确凿。

教育局综合考虑，最终同意了徐明的建议。

包大山当上总务主任后，卖布女跟着包大山上了徐明家的门，卖布女说，包大山嘴笨，让他来看看徐校长和嫂子，一直抹不开面子，今天我领着他来，就是向你们保证，从此包大山就是你徐校长的一条狗，有我牵着绳子，他认主人。

徐明急忙打断卖布女的话说，这是哪里话？包大山能有今天，靠他自己。

卖布女说，不对，没有徐校长坚持，就没有他的一切，这五千元就当给侄儿买的营养品。

卖布女丢下钱就走，徐明撵上后，态度坚决地塞给了包大山，徐明说，弟媳妇糊涂，你也糊涂，腌臜我？也不用拿钱嘛！

包大山接过钱后眼睛红了，他想，徐明并不是他想象那样的人。

六

徐明走走停停，教学区依然灯火通明，徐明喜欢看到各个教室都亮着灯的样子。他想，灯亮着，心就踏实。走着走着，就走到了阶梯教室，阶梯教室没有大课，一般不会亮着灯的，今天谁上大课呢？徐明往阶梯教室走去，刚上台阶，看见包大山从台阶上一蹦一蹦地往下走。

包大山不分管教学，他到阶梯教室干吗？

徐明主动喊，大山，忙啥呢？

包大山见到徐明愣怔下，然后没有搭话，扭头噌噌走了。

徐明越发难受，包大山对他误会咋这么深？叹口气，向阶梯教室走去。

站在阶梯教室窗外，看见语文教研组组长正在给同学们讲座，说的是如何写作文。语文教研组组长是个老教师，快退休了，他咋想起上大课的。语文教研组组长讲课不紧不慢的，由作文讲到做人，还强调说，想把作文写好，得善良，保有一颗悲天悯地的心才行。

听了会儿语文教研组组长的课，徐明的眼睛湿湿的，想到自己刚到学校，语文教研组组长就是名师，临到退休了，还这么敬业，徐明多了感动，想，赶明以他为例子，教育下年轻教师。

退回到阶梯教室下面的草坪上，徐明感动还没有退去，扭动一下身子，突然又想到了包大山，教研组组长上课，他来干吗？

想不明白便留下困惑，见没有异常，急急赶回家去。

开了院子门，见高丽正在洗衣服，徐明急忙上前接过活说，说好的，家务活啥的，都让我来，你咋又逞强了呢？

高丽站起来说，赶明我找宫强说说，你能谅解他，我不能。

徐明知道高丽还在想包大山的事情，高丽没有放过包大山，也说明没有放过自己。

徐明笑嘻嘻说，放过别人就是放过自己。

高丽擦干了手上的水说，谅解谁都会，对他包大山，我一辈子都不会谅解的。

徐明不再说包大山，呼哧呼哧洗衣服，洗好后，端到院子里用自来水清洗。房子是学校过去盖的集体宿舍，院子不大，徐明当副校长时分的房子，照顾到了西头。两间前房，一间当成了过道，一间用作了厨房。后面两间平房，堂屋做了简单的阻隔，后半间过去做了儿子卧室，儿子考大学走了，儿子的房间空着。条件好转后，徐明就在院墙边建了洗手间和简易卫生间，院子更加局促了。十几年过去了，客厅的墙皮早斑斑驳驳的，院子的外墙也花里胡哨的，水泥地皮多处缀上了补丁。徐明晾晒好衣服后，把木盆放好，急着进屋看高丽。

高丽躺在床上看电视，中风后，学校没有安排课，一直在家休息。人闲，心思就懒散，把什么都往心里记。见徐明进屋，高丽啪地关了电视，依然唠叨，你就不该保他。

徐明笑笑，徐明现在的笑是苦笑，带有辛酸。

说起来也是十年前的事了，徐明提拔为校长，副校长空了缺，在教务主任和总务处主任之间选择一个副校长，徐明一直难以定夺。按说提的是分管教学的副校长，罗主任合适。可包大山看到了机会，并没有放弃，整天找徐明。见徐明不表态，包大山把卖布女搬出，夫妻俩一起出面，死缠烂打。徐明只能打太极。包大山急了，说，我记住了爹咽气时说的话，爹在天上看着我呢。

卖布女更加直接，说，现在干啥不需要钱，只要徐校长愿意帮助，钱的事好说。

夫妻演双簧，徐明特别难受，如果包大山不找他，他甚至愿意为包大山说说话，包大山动机不纯，徐明就打消了念头，决定放弃包大山。

卖布女见徐明始终不松口，当即拿出一张存折，说这上面有五万元，不够，徐校长开价。

徐明没有想到卖布女会这样直接，浑身战栗说，你把我看成了什么人？徐明下了逐客令，把包大山弄得灰头土脑的，拉着卖布女往外走。卖布女拿起存折说，此路不通有他山，徐明，你也不要做事太绝。

包大山走了，徐明一个人在堂屋坐了半天，泪水怎么也擦不完。高丽回来见徐明一个人流泪，便问，咋了？

徐明说，人心蒙尘，不好擦了。

高丽问，谁惹到你了，这么伤感？

徐明不再说话，指指高丽的心口，摇摇头，走进了卧室。

最后学校上报人选，徐明选择了罗主任，虽说包大山通过运作，造成了一些障碍，但是镇教办室最后尊重了徐明的意见，上报县教育局，很快罗主任被任命为副校长。

包大山为此迁怒于徐明，见到徐明再也不会多看一眼。

一个总务主任不搭理校长，后勤事务运作起来磕磕绊绊的，好在包大山还没有勇气大包大揽，啥事都向李副校长汇报，徐明也就睁只眼闭只眼。就在那时，上级拨款，要建阶梯教室，几百万的工程款，在河上中学属于头等大事了。工程开建前，很多建筑商围着包大山转，私下传说，在河上中学搞工程，没有包大山点头，啥也办不成，为此包大山整天喝得晕头转向的。徐明见包大山跟包工头混在一起，担心出意外，一直叮嘱李副校长，让他盯紧包大山，李副校长拍胸脯说，一切都按规矩来的，放心。徐明不放心，坚持听李副校长和包大山汇报。李副校长不高兴，包大山更不高兴，汇报时，两个人一言不发，徐明说，个人情绪不能带到工作中来，项目建设风险点较多，不能毁了自己，毁了项目。

李副校长说，不信我，还不信他？李副校长故意搬出包大山，怨怼徐明。

包大山不怕徐明丢丑，撂挑子似的对徐明说，想插手明说，要不你自己操作？

徐明气得嘴唇发抖，最后忍了脾气，苦口婆心对李副校长说，招投标这个环节一定要把好关，不能带有倾向性。

李副校长说，规矩在那摆着，谁敢呢？

李副校长信誓旦旦的，徐明还是不信。松口气说，我这里提个醒，只要按规矩办事就行。

谁知道，在招投标过程中，包大山还是顶着风险，透露标的，那家整天围着他转的建筑商最终投标成功。其他投标企业感到不公，联名举报到县纪委，县纪委查证下来，包大山事情再次败露。好在包大山跟李副校长并没有做出太出格的事情，除了吃吃喝喝，许诺的也是空头支票。从另一个角度来说，应该感谢其他投标企业的举报，否则就不是这么个结果。为此县纪委责成教育局纪检组写出专项报告，建议免去包大山和李副校长的职务。徐明知道情况后，急忙到了县教育局承认错误，说自己监管不严，因为没有造成实质性后果，不能定论受贿。加上教育局局长一直信任徐明，徐明出面承担责任，局长动了恻隐之心，最后县教育局主动写份检查报给县纪委，又向全县下发通报批评文件，给了包大山和李副校长一人一个警告处分，才算保住了他俩的位子。

通过这件事情，包大山感到更加沮丧，整天耷拉个头，见谁都不说话。

就在那个时段，卖布女的生意也出现了问题。随着成品衣服满大街都是，布匹生意一下子冷清了下去，有时候一个月都卖不出一匹布。卖布女脸拉得老长，见到包大山就要骂上几句。包大山本来心情就不好，还被卖布女骂来骂去的，最后索性搬到学校的单身宿舍，说啥也不回去。

卖布女想起包大山的种种不是，天天找徐明诉苦。徐明不知咋劝包大山，想想他跟李副校长打得火热，让李副校长劝。李副校长愤懑难平，嘴上答应了徐明，实际半句话都没说。

包大山不回家，卖布女天天到学校找，包大山玩捉迷藏。卖布女彻底失望，产生了疑问，一个敢嫖娼的人还有啥不敢做的？躲来躲去，肯定有了外遇。于是发动了几个闺蜜，悄悄潜入学校捉奸。这天晚上，学生还没有下晚自习，包大山在房间洗衣服，听到一个教师通报说，见到卖布女带几个女的一直在附近转悠，包大山有些怕了，卖布女干吗？要捆绑我回家不成？算了，惹不起，躲得起，想到这里，丢下手里的衣服，急匆匆走出房间，由河边路想向外溜去。河边路属于内侧道，常有学生行走，包大山边走边回头，突然撞到自行车上。骑自行车的是逃晚自习的女学生。包大山摔倒在地，还以为被卖布女撞倒了。爬起来看是女学生，吓得捂住了嘴。女学生撞到包大山后，人弹到一侧的树上，结果被树枝划破了脸。女学生撞蒙了，清醒过来，哇哇哭叫起来。卖布女看到包大山往河边溜，带着人更加兴奋了，一直偷偷跟在后面，看包大山弄啥幺蛾子？听到女学生哭喊，卖布女一个箭步冲了过来。女学生哪见过这等阵势，早吓得骑车跑了。卖布女说，行，整天不回，原来跟学生钻树林呀。

包大山听卖布女胡咧咧，争辩说，你讲点道理行不行？

卖布女说，你不回，想的不就是这点事情吗？行，你把学生交出来，我让位。

包大山一把拧住卖布女的脖子，嗷嗷喊，你可以糟蹋我，但不能糟蹋学生。

这边闹得沸沸扬扬的，不到半小时，那边突然来了很多人，堵住徐明，说包大山无故撞学生，还带人辱骂学生，真是欺人太甚。

咋会发生这样事情？徐明被学生家长围着，一生气，打开学校扩音器，大声喊，包大山，你给我出来。

大晚上的，那声喊，震惊了全校，包大山羞得就往办公楼前跑，糊里糊涂的，被一群人围住，领头的一个胖女人上前就是一巴掌，边打边骂，狗日的，你是畜生不成。

包大山糊涂了，打人？凭啥？

卖布女跟在后面，听到事情经过，更加生气，扭住胖女人便打。边打边

166

骂，问问你家的小妖精。

两拨事情搅在一起，围观的人不知道发生了什么事情，师生越围越多。当时是上晚自习时间，徐明心里全是气愤，可当着师生的面，他得弄清事情原委，否则传出去好说不好听。于是他拉开了大家，连说，这里面肯定有误会。胖女人说，孩子住在镇医院，无故伤害学生，赔偿不合理，看我怎么闹学校。

各自说了半天，才冷静下来，这才知道事情原委，卖布女羞得捂住脸，一句话也说不下去了。简单事情，闹得满城风雨，包大山不仅丢了名声，还得赔钱。

见卖布女弱了性子，包大山抱头蹲在地上嘀咕说，成天唠叨，谁能受得了你？

包大山这里解除了误会，女学生那里无法达成谅解，女学生爹在外打工跟人跑了，胖女人把委屈都撒在包大山身上，最后包大山只好认倒霉，出了一万多元医疗费，又赔偿了两万多元才算完事。

风波之后，卖布女更加憋屈，见到包大山就骂，犟驴、倒霉蛋儿。

包大山心中装着凄凉和苦闷，越发闷闷不乐，想起到了河上中学以来的种种委屈，最后把怨恨都记在徐明头上，没他徐明，他不会回河上，不会受这多屈辱。我忠心耿耿换来了什么？报恩又得到了什么？心藏抱怨，说话更加放肆，一天见到高丽在办公室批作业，他饶有兴趣地走到高丽身边，面带嘲讽说，高老师，我家生意砸了，还被学生讹了，又挨了上级的处分，这下你高兴了吧。你高兴就好，不过我要对你说，你回家告诉徐明，对他说，他永远都是泰山，永远不会倒下去。

高丽正在批改学生作业，莫名其妙受到包大山奚落，如何能忍？火气腾地蹿到头上，刚想理论几句，谁知眼一黑，摔倒在地，最后人事不省了。

急忙送到医院，才知高丽居然中风了。

高丽苏醒过来的第一句话便是，谁他妈的放过包大山，就不是人。

徐明知道高丽不能冲动，中风还不算厉害，否则说话不会这么利索，徐明赶紧顺着高丽的话说，行，等你好了再说。

高丽喊，找律师，不打这场官司，我就不是高丽。

徐明嘟囔道，找，我找，不要生气，真的不能生气。

高丽喊叫，有他这样的人吗？他哪里知道一点好歹呢？

徐明点头说，对，他包大山就是一个屁，不懂人情世故。

高丽不再喊叫，用被子蒙住头，呜呜哭出了声。

那是冬天，到处都是呼呼的风声，徐明打着哆嗦，掀开被子，抱住高丽的头，徐明也想大声哭上一会儿，只是徐明早没有悲伤的冲动，他抱着高丽，委屈比冷风还猛，这么多年自己图个啥呀，到头来最亲近的人也不能理解，弄下这么多委屈和误会。徐明拥抱着高丽，一直流泪。高丽见徐明哭了，跟着哭了起来，哭声越来越大，直到卖布女走到房间。

徐明见卖布女进房间，松开了高丽，招呼说，来啦。卖布女不知道怎么道歉，站了半天，突然抽起自己的耳光说，连说，包大山就是混蛋，嫂子你有气冲我来。

高丽见卖布女发疯，刚想骂几句，话还没有开口，血压又高了，头一软，又耷拉了过去。

卖布女的真诚道歉，引来了高丽第二次中风，虽说不太严重，却落下了残疾。

问题是事情过后，包大山跟没事儿一样，好像高丽中风与他没有丝毫关系。居然还纠集人写人民来信，放言徐明不除，河上中学永无宁日。

高丽没有想到包大山这么绝情，不安慰，不赔偿，尤其没有忏悔之心，如何能忍？

徐明一直拦着高丽，解释说，包大山生事只是诱因，血压不高，生气你就能中风？赖别人，只会落得其他人看笑话。徐明念师生情谊，不想撕破脸。高丽说徐明没有原则，这样的忍让值得吗？徐明辩解说，卖布女真心道歉，你倒好，开口就想骂。没有第二次中风，咋会落下残疾？怨天怨地，还是要检查自己，想想看，这么多年，你把委屈放大了一百倍，早忘记了无怨无悔。

高丽突然冷笑起来，咬牙切齿说，去你娘的无怨无悔。

七

突兀而至的暴热被冷风抽走，下半夜天气转凉，快亮的时分，下了一场暴雨，暴雨愣头愣脑栽到院子里，噼里啪啦的。徐明想着暴雨，想着包大山还有高丽，心里也是一阵疾风骤雨。高丽醒了，见徐明睁眼躺着，忙问，又没睡？

徐明笑笑，徐明的笑早没有过去那么生动，多了一些沧桑和无奈，徐明闭上眼睛说，有些风雨注定是要来的，就像包大山，我就看不明白他有多大的委屈？这会儿徐明主动提包大山了，高丽感到了困惑，看着徐明问，想啥呢？

徐明说，他没有理由走到这一步。

高丽不再接话，想了半天才喃喃说，人心不定都是肉长的。

徐明捂住高丽的嘴说，我知道你心里苦，经历了风霜，才知做人滋味，忘记曾经吧，一切从零开始。

暴雨下到天亮，变成了淅淅沥沥的细雨，徐明起床做了早点，高丽见徐明一夜未眠，还忙着做饭，不再啰唆了，吃完早饭，她对徐明说，去吧，早点回来休息。

徐明生出一些感动，说，小心点，雨后院子滑呢。

高丽也生出一份感动，看看徐明灰暗的脸色，还有斑驳的头发，忍不住说，十多年了，恍如几个世纪，看看你老成啥了。

徐明没有忍住泪水，滚落一脸，急忙擦了去，苦苦一笑说，年岁不饶人。

徐明上班后，直奔总务室，见总务室还没有开门，找到李副校长问，包大山呢？

李副校长没有好声气地说，我问谁去？

徐明看着李副校长一会儿，突然发飙说，你分管的，你说问谁？

李副校长发现徐明好像吃了枪药似的，脸一沉，不再说话。

徐明见李副校长没有顶撞，便知趣离开，然后一个人站在办公楼的走廊上，看稀稀拉拉上学的学生们。看着看着，心间蓦然一些失落，想，学校是越来越难办呀，想当年学生好多呀，现在教室多了，老师多了，学生却少了，有的班级才二三十个人。不是跟着爹娘到了外地读书，就是送到了民营学校。干吗要放开民营办学呢？有钱就能盖学校，就能聘老师，公办学校哪能比过民营学校的硬件设施？这还不说，民营搞起了寄宿制，好了，都是留守儿童，寄宿让外出打工的父母省心，留在家看护孩子的老人也放心。一个寄宿制，流失了多少公办学校的学生，长期下去，农村中学会不会合并呢？

徐明的苍凉随着风雨散落一地。

站了好一会儿，徐明才回办公室，才坐下，办公室的铃声响了，接听，是宫强的。宫强很久都不联系徐明了，大清早为啥主动打来电话呢？

徐明站起来问，宫县长，有事？

宫强开门见山地说，怎么搞的？管理一个农村初级中学，弄出这么多是非？

徐明一头雾水。

宫强说，是不是把食堂承包给了私人？

提起食堂，徐明又是一阵心酸，公家食堂无法办下去，食堂变成了无底洞，常常要拿教学经费垫补。最后徐明拍板，承包给私人，这是全校老师都知道的事情。

宫强说，你权力真大，为啥不逐级上报呢？

徐明没想那么多，连承包食堂学校都不能做主？难道亏本还要办下去？委屈突然放大了起来，想说几句牢骚，没有想到，还没有开口，宫强突然叹息说，你让我失望呀，看看你徐明变成了什么样子？宫强用十分惋惜的口吻说，也难怪高丽委屈，换成谁都会委屈。宫强痛心说完一番话，啪地挂了电话。

徐明心中的憋屈突然翻滚了起来，我变成了啥样？宫强你有啥资格这么说我？高丽有啥委屈的？高丽是我的老婆，她委屈我能不知咋了吗？要你宫强操心？泪水不停地打圈圈，忍了好久才没让泪水流下来。

正委屈难捺之际，见包大山夹个包走过他的门，徐明出门喊，包大山，你进来。

包大山走到徐明面前，脸上全是焦虑和不屑。

徐明问，昨晚你到阶梯教室干吗？

包大山反问，学校是你家的？我不能去吗？

徐明说，你不管教学，把后勤事情抓好行不行？

包大山奇怪地看了看徐明，然后说，哦，我记住了阶梯教室的教训，每晚都去反省一会儿。

徐明知道包大山说气话，放松表情问，你反省倒好呀，我怕你一直执迷不悟呢。

包大山撇嘴说，那是我的事，你当好校长就行了。

徐明正色道，包大山，你要是还认我这个老师，就得振作起来，好好做事。

包大山说，敢情我做的都不是事情？

徐明心里猛地泛出酸水，看看包大山，咋这么跟他说话呀？这还是过去的包大山吗？

包大山索性来个痛快的，直接说，如果当年你答应把教导主任机会给我？我会花钱找副局长洗澡？如果确定副校长人选，你不从中作梗，我会失去机会？好啦，这些都不提，我不明白的是，你当校长的，得让大家生活得好点吧？你倒好，补课，也让高丽反映。建一个破阶梯教室，还搞什么招拍挂，好，听你的，结果呢？我还没捞到好处呢，你就急着发动其他建筑商举报。我今天这样，你说，是不是你一手造成的？

徐明没有想到包大山会这么想，指指心口问，还能记住初衷吗？

包大山嚷，我天天问呢？说完，夹起包转身出门，负气带上了门。

徐明捂住自己的心口，憋屈热浪翻滚，他想喊叫几声，可心里那团浑浊的气堵在嗓子眼里，让他呼吸困难，不能说话，再看办公室到处白花花的。徐明一个激灵清醒过来时，才知道刚才晕眩了一会儿，松口气，喝口水，平复了情绪，正想再找包大山理论几句时，见李副校长带着几个人推开了他办公室的门。

徐明没有想到县纪委会调查他，纪委同志说明缘由，徐明没有好声气地说，你们调查好了，为啥还跟我通气？

纪委同志让徐明端正态度，并解释说，跟你通气，说明信任你，没有问题，组织会还你清白，有问题，就主动交代，争取宽大处理。

徐明舞动几下手，想笑几下，可他早笑不出声，只能挠挠头说，有啥问题问吧。

纪委同志说，最后，最后会问的。跟你见面，就是通知你，这几天哪儿也不能去，需要你的时候，我们会主动联系你。

171

徐明说，行，我在家等着，哪儿也不去。

纪委经过三天调查，基本弄清了事实，徐明把食堂承包给私人，并没有收受礼金，至于举报说，徐明长期吃饭不给钱，那是高丽中风后，徐明没时间做饭，从食堂打了一段时间饭菜，食堂老总坚决不要钱，徐明也没太放在心上。

按说，徐明还算清白。可是纪委却说出了另外一个问题，承包食堂需要走程序，譬如，公开公示，由上级主管部门批准，再在有关部门监管下，按照统一竞标形式招拍挂才行，程序不到位，才有不少瑕疵。

徐明听到纪委同志语重心长地谈话，这才连忙解释说，我只是一个教书的，本意只想把学校办成全县的榜样，可事与愿违，现在怨声载道，学生还越来越少。我确实能力不及，不行，我主动辞职，承担责任。

纪委同志说，辞职不辞职，是组织上的事情，希望你严格要求自己，对得起组织的信任。

纪委同志走后，高丽越想越气，人心真是无底洞，黑不见底。于是散步的时候，更加决然，做出永不屈服的样子。

徐明喊，高丽，慢点，干啥嘛。徐明又喊，委屈啥呢？我们不是好好的。

小麦早抽出了凌乱的麦穗，高低不一。徐明抚摸着麦穗说，小麦经过寒冷才能分蘖，宫强说对我失望，难道我对包大山失望也有主观性？

高丽不说话，走得一晃一歪的。

徐明说，麦子熟了，我也老了。

高丽听到徐明灰心，猛地哭出声来，徐明不再安慰，他想，高丽想哭，就让她好好哭上一场吧。

到了暑假，徐明得到通知，鉴于食堂承包违规，县教育局决定，免去徐明校长职务。分管后勤的李副校长和包大山各记大过处分一次。由于包大山在上一次处分期限内又受到处分，决定免去包大山总务主任职务。校长由罗副校长担任。

徐明在退职大会上深情说，这么多年，如果说遗憾，确实很多，但我想说，最对不起的人只有包大山和高丽，因为他们是我最亲近的人。

大家没有想到徐明会这么说，尤其包大山那会儿不知道说啥好，徐明话音刚落，他猛地流出了泪水，他想，徐老师，你退了才知对不起我。

离职后，徐明放松了很多，整天都帮助高丽恢复身体。

时间到了秋天，徐明陪着高丽散步的时候，见到包大山一个人急急走来，徐明不知道包大山为啥走得那么急，见包大山跌跌撞撞的，徐明拉住高丽停下脚步。

包大山走到徐明面前，迟疑很久才说，徐老师，你不是问我为啥到阶梯教室吗？怎么说呢？我的心思还在语文教学上，我私下找到语文教研组组长，想请他给学生讲讲如何写作文，那晚我想听听大课的效果。

徐明猛地怔住了，问，你又不分管教学，干吗要操心教学的事情？

包大山见徐明疑问，叹息说，实际我更适合当教务主任。

徐明不知道怎么回答。

见徐明不说话，包大山说，如果我不回河上、不娶卖布女、不答应爹，也许不会弄成现在这个样子。

徐明不知道咋回答包大山，一时无话，都尴尬地站着。

包大山在徐明和高丽愣怔的时候，弯腰鞠躬说，对不起，可惜一切都不能从头再来。

鞠躬之后，包大山捂脸跑了去。

徐明见包大山渐渐跑远的身影，对高丽笑笑，呵呵、嘿嘿、哈哈，徐明哈哈大笑的时候，秋风随之而来，那是经历闷热之后的秋风，带着喘息，高高低低的，徐明看着成熟的水稻，随着秋风一起舞蹈，想，从头再来？人又不是小麦和水稻？一辈子的事呢。

高丽顺着徐明的目光，看到弯下稻穗黄灿灿的成片水稻，高丽想说季节真快呀，一回头，发现徐明眼里蓄满泪水，这才慌了神，急急说，刚才还笑呢？咋又哭上了？

徐明擦去泪水说，我哭了吗？好了，秋天没有紊乱，节气在呢，人心也在呢。

高丽不想说话了，她想，这时候说委屈还有什么用呢？

（原载《北京文学》2019年3期，《中国故事》2019年6月期转载）

轻　尘

一

说起无法忘却，很容易想到彭学辉。

彭学辉是我小学同学，有别于我们当地的孩子，身材和肤色，都不太相同。我们一律黑黝黝的，他肤色白中透红，我们嘲讽为"戏白"，戏中人似的白，有苦霜霜的味道。还有一个重要特征，他看起来豆芽菜一般，羸弱得很。更为主要的区别便是口音，不似我们"嘛呀""咋呀"，而是带上浓浓的侉音，"嘛儿""咋儿"，处处带个"儿"字音。

彭学辉是插班生，和我们相比，有太多的不同。

刚入班，注定要被"刺头"扎几下。我也是同学中"刺头"之一，每次找碴，他都胆怯说，嘛儿，咱娘不让惹事儿。他说"咱"，不说"俺"，听着就来气。

一次他坐断了我的一支铅笔，那是我书包里唯一值钱的东西，我二话不说给了他一拳。我本来想砸到他的脸上，我讨厌那种"戏白"，可我打偏了，我很恼火他居然躲避。

他坐正身子说，这么儿，再来一次。虽说他疼得龇牙裂嘴，可还同意我再打一次。

课桌是土坯垒起来的那种，面儿也是熟泥抹平的。一张泥课桌足有三米多长，分列在草房教室的两旁。一张泥巴课桌坐六七个同学，我跟彭学辉坐在第三排靠左边的泥课桌上。下课时，我急于到外面疯闹，把书包放在他的柴凳上。我常常那么放的，没想到这次他居然忘了我的书包，一屁股坐了上去。我不依不饶，彭学辉不再争辩，低头不停道歉。我对道歉不感兴趣，我说，你得买根一模一样的。彭学辉摸摸口袋，没有一分钱，只好十分不情愿地掏出他书包里的铅笔递给我，说，我不是故意的。

我知道他不是故意的，可我坚持让他赔根一模一样的。我的铅笔是红色杆子黑色笔芯的那种，五分钱一支的。他的是蓝色笔杆的，蓝杆下端刻着"上海"二字，七分钱一支，按说比我的还贵。需要说明的是，五分、七分，听起来有些好笑，要知道那时候一斤大米才一毛四分钱。彭学辉口袋没钱，自然无法赔偿一模一样的，唯一让我谅解的便是递过他的铅笔。看来只能委屈下，还有什么办法呢？

彭学辉见我收下他的铅笔，就看坐断的本属于我的那支。看了一会儿，他从书包拿出铰笔刀，几个旋转，成了两支半截铅笔。他的铰笔刀绿色塑料面儿，上面还有一朵红色花儿。我们见过铰笔刀，可我们买不起，我们削铅笔用菜刀，经常削得豁豁牙牙的，没有铰笔刀铰出的精细好看。他居然藏有铰笔刀！为啥平时不借我用呢？

他把铰好的半截铅笔递给我，小心翼翼地说，这个儿给你，剩下的半截给我儿好吗？

什么儿不儿的，谁是谁儿子？我听他那么说话就来气，大声说，你坐断的本来就是我的，你的这支属于赔偿的，你即便铰好，还是我的。我伸手夺过另外的半截。

彭学辉头上瞬间沁出豆大的汗珠。大概是秋天，不太热，他头上的汗滚落到脸上，一副大汗淋漓的样子。班长那会儿喊了起立，上的是语文课，班主任教的。我发现，从落座开始，彭学辉脸上的汗就没有干过，他只好用袖子不停擦拭。

课后班主任布置作业，彭学辉却趴在座位上，一动不动。

我知道他的铅笔在我书包里，活该他倒霉，谁让他坐断我的铅笔。

王大庆见他一直趴着，捅捅他说，做作业呀，老师看着呢。

彭学辉不搭理王大庆，王大庆站起来报告说，彭学辉病了。班主任是个回乡女知青，长得好看，听到王大庆报告，便走到彭学辉的面前，伸出葱白的手摸摸彭学辉的额头说，不发烧呀？

彭学辉脸色红紫起来，紧张得居然说不好话了。

全班同学见他窘迫样子，哄堂大笑，有人还趁机拍起桌子喊，彭学辉，装病。彭学辉、王大庆。王大庆是女生，我不知道同学们喊王大庆干啥？班主任不搭理闹趣的学生，走到彭学辉面前小声问，为啥不做作业呢？

彭学辉看看我，然后挺起胸脯说，不会。

班主任说，不会要问？问同学、问我都行。

彭学辉慢慢低下头，等他抬起头时便问，老师，损坏别人的东西需要赔偿吗？

班主任点点头，彭学辉问，损坏了的原物归谁呢？

班主任不知道怎么回答，问，什么意思？

彭学辉看着我，我不想看他。班主任发现了端倪，问我，他弄坏你啥啦？

我说，铅笔。

班主任问，损坏的那支呢？

我拿出彭学辉铰好的两个半截铅笔，老师掂起其中的半截铅笔问我，借给彭学辉同学用用可以吗？

我拿出半截铅笔，递给彭学辉。彭学辉眼泪唰地滚出，然后深深给老师鞠了一躬，才坐了下去。后来的自习课，彭学辉一直埋头作业。下课后，彭学辉递出半支铅笔对我说，这个还你。

我没有丝毫犹豫，顺手夺过，然后问，今后还敢乱坐吗？

彭学辉不说话，落荒而去。

放学回家我便问娘，认识不认识彭学辉的爹娘？娘摇头，爹也摇头，我说，彭学辉住在后套，听说下放来的。

娘说，下放？哦哦，下放户吗？娘忙其他的去了。

爹不想搭理我了，下放是个啥呢？我很好奇，想找彭学辉问问。

后套离我们生产队只有二里地。未到掌灯时分，我对爹说，想去稻场上玩会儿。爹一直抽旱烟，时不时说腰疼。我打着赤脚，那时候的孩子都打赤脚，除非到了冬季。乡村土路上到处弥漫着稻谷的芳香，走到棉花地，稻谷的芳香才淡了去。秋天嘛，孩子们都喜欢打土仗，月亮高悬，伏在水渠的岸边，用泥巴做炮弹，尘土当烟雾，冲呀，为胜利而战斗，激情万丈。说出去

176

玩，爹根本不会在意。

走到后套队地界，狗早早地开叫。说实在话，我不怕孩子，怕狗。小时候，三奶奶煮猪头肉，余下的骨头丢给狗吃。三奶奶心善，知道这种好日子狗摊不上几回，扯下肉就把猪骨头随意丢在地上，管他谁家的狗抢去。围拢上来的一群狗不讲规矩，斯文扫地，见到骨头就打成一团。三奶奶的孙子见其他人家的狗抢了肉多的骨头去，便喊，奶奶，为啥别家的狗抢了肉多的骨头呢？三奶奶孙子心疼猪骨头，认为他家的狗吃了亏。我不信，想单独看看去。结果狗护食比护狗崽还吓人，见我到近前，猛地扑向我咬了几口，当时我就吓昏了过去。

狗的叫声，让我软了腿。

畏葸不前，发现一口塘的埂上搭个茅庵，茅庵露出的灯光成了救星。奔那里去。走到茅庵附近，小偷模样躲到杂树后面去。风并不大，星星稀朗而澄明。我不停挪动身姿，希望有人出来，好问彭学辉家住在哪里。茅庵里始终传来说话声，提提神，只能往茅庵挪去。才到茅庵前，确认无狗，才挺起胸脯，轻轻拍打茅庵的"柴门"。柴门是旧木棍钉的，缝隙大得很，只是中间钉上白膜，能透出光的。拍过柴门，我轻轻问，知道彭学辉家住在哪儿吗？

里面瞬间没有了说话声。茅庵西边是塘，塘面雾蒙蒙的，看塘工夫，有了女人的说话声，谁呀？他睡了呢。

敢情就是彭学辉的家？

我说，我是他同学，找他玩的。

彭学辉听到是我，猛地开了门。

屋里的灯光很暗，彭学辉家的煤油灯不是集市上买来的罩灯，而是在盐水瓶里放上灯芯，跟碗灯差不多。一个高大的女人借着灯光正在缝补衣服，两个青年哥正坐在一张简易的床上看画书。

彭学辉把我介绍给他娘说，这是同学郝明。我叫郝明，可很多事情我都弄不明，彭学辉家为啥住在塘埂上？为啥住在茅草庵里？

彭学辉娘放下缝补的衣服，走到我面前小声问，还为铅笔的事吗？

可能彭学辉晚上无法做作业已经说了事情经过。面对他娘，我有点不好意思，机智说，我给他送这半截铅笔的。实际，想到彭学辉回家无法做作业，我就坐立不安了。他娘这才央我坐下，简易床上大个子男的递上一碗热水，然后说，弟弟不懂事，老是惹是生非。看来他是大哥。

我窘迫起来，连说，今天是我不对，我不该把书包放在他的凳子上。

他大哥呵呵笑起来，对彭学辉说，人家不是蛮懂事吗，为啥儿说人家坏话呢？说话也有一个"儿"音。

我冲着大哥笑，朝二哥笑，最后朝彭学辉娘笑，嘀咕说，谁让他又白又高的？

他大哥应该叫彭学农，二哥叫彭学军，大概就是这些名字。我不知道他娘叫什么，他娘让我喊他姅子，我问，姅子，为啥到了这里？

姅子不解释，两个哥哥也不说话。彭学辉突然不知道怎么说话了，想了半天，便使劲夸我，说我成绩好，不欺负人。我本"刺头"，成绩中等，哪有他说得那么好。姅子听完彭学辉的夸奖，叹息说，同学难得，你们既然坐在一个座位，就是好兄弟。姅子说话声音好听，轻柔得好像春风刮过茅草，姅子说，他坐断你的铅笔是他的不对，赶明鸡下了蛋，我给你们一人买支新的。

听姅子那么说，我感到特别羞愧，丢下半支铅笔说，我是来道歉的。

姅子用衣襟擦擦眼，然后说，你是好孩子。

姅子说我是好孩子，还没有人夸我是个好孩子呢。我有点得意忘形，啥也不说跑出茅庵，噌噌跑到大路上去。彭学辉撵了出来说，实际我也不想说的。

那会儿我大声说，明天我把那半支也送你。彭学辉半天没有说话，等我走老远了，回头看他还站在黑乎乎的夜色里。

二

与彭学辉要好是在小学三年级。三年级可以入少先队了，可彭学辉的爹是右派，听说在劳动改造呢。咋被打成了右派，没有人问，姅子一家也不解释。彭学辉为此不能加入少先队员。苦恼的是，我也不能。我不能是因为我娘，我娘是富农分子。富农分子是成分，是娘的人生印记。娘提起成分，委屈满腹的样子，好像不解释，活不下去似的。娘本来也是穷苦人家的孩子，舅舅是贫农便是证明。娘十三岁到了爹家当童养媳，十六岁圆房，新中国成立那年娘十八岁，达到了戴帽子的年龄。说来娘便抱怨，哪有恁傻的祖上，一九四八年还买地？爹玩笑说，谁让你大了一岁的？爹说完还呵呵笑。爹的"呵呵"狡黠。娘不呵呵，伤心说，上辈子不是黄鳝就是蚂蟥，瞎了八辈子眼睛。娘的委屈蔓延到全家，让我也感到了委屈、压抑。因为娘，我也不能加入少先队，我的委屈就像天空的白云，一直晃悠悠的。同学们置办红领巾的时候，我和彭学辉你看看我，我看看你，最后同时泪光涔涔。我俩同时跑到无人的地方，找到一大块红纸，而后各自做了一条"红领巾"。我和彭学辉对着空旷的田野宣誓，我们是共产主义事业的接班人，我们自愿加入少先队……后来看到同学们带的红领巾那么鲜艳，我们就默默撕烂脖子上的红纸，再也不提红领巾的事情。

班主任发现了我们的沮丧，安慰说，革命不分先后，只要你们追求进步，一样可以加入少先队的。听到班主任那么说，我和彭学辉特别委屈，一起红了眼睛，一起流泪。

当不了红小兵，我当孩子王，专打红小兵。那时候大人还没有发现我的动机，他们只说我是坏孩子。"坏孩子"成了我的别称，"坏孩子"扯出的自卑让我处处想证明自己是好孩子。我几次甚至借用婶子的话说，婶子还夸我是好孩子呢。婶子，哪个婶子？呵呵，右派的老婆当然夸你，你们一条道上的。这些话注定让我大打出手，那些红小兵被我打得鼻青脸肿，纷纷找爹娘告状，我自然要受新的皮肉之苦。连玩都被娘拦了去。当不成红小兵，孩子王也做不成，无形中我跟彭学辉玩到了一起，谁让我们是同路人呢！

那时候生活条件特别艰苦，吃不饱是再平常不过的事情。忍受饥饿的时候，彭学辉喜欢对我说，我有办法儿，他的办法就是爬树掏鸟蛋。一九七六年的春天，天气有点冷，叮是树叶还是张开了，鸟儿同样还会在窝里下蛋。那时候鸟儿真多呢，有树便有鸟，便会有喜鹊和斑鸠。走运的时候，一窝能掏到几十个呢。掏到鸟蛋，彭学辉就会带我到很远的野外，找处田埂豁口，然后找来干枯的野草，再找来破旧的瓦盆，架在豁口上。不知道他哪儿找到的旧瓦盆，反正我已经感到他无所不能了。

野外风大，枯草烧起来气势吓人，火围着瓦盆，不一会儿水烧开了，鸟蛋也就熟了。我们捞出鸟蛋，分开来吃。偶尔的时候，为谁多吃了一个而争吵。一次我想多吃一个，说彭学辉数错了，彭学辉说，怎么会错呢？不对，你赖皮儿，想多吃多占呢。

我满地打滚，彭学辉说，好吧，这个给你。他留出几个给娘吃的，最后十分不情愿地又拿出一个送到我手里。

他和我唯一的区别就是，他依然比我白，比我高。还有他做这些事情的时候，不会把自己的衣服弄脏，一直保持干干净净的面貌，我不服气的还在这里，为啥再破旧的衣服，他都能穿出整洁的样子？不像我，什么衣服到身上，都是灰猴模样。就像爬完树，吃完鸟蛋，衣服不是剐破就是沾上黑灰，眼鼻口耳都是黑黝黝的。彭学辉便拉我到河边说，洗洗儿，别被人发现了呢。

我不想洗，我说。我就这样的，再洗，不会比你白的。

彭学辉说，白有什么好呢？我会黑的，总会跟你们一样的。

过了掏鸟蛋的季节，彭学辉便会下塘摸鱼。也许跟他两个哥哥学的，也许他天生就有摸鱼的能力，反正有水的地方，他总能摸出一两条鱼；运气好的话，能摸上几条呢。摸到鱼后，也是那么煮着吃。没有油盐，白煮的不好吃。几次我想把鱼拿到家里煮，彭学辉说，惊动了大人，会骂咱们的。

逮不到鱼的时候，他会逮黄鳝。夏天他用钩钓，秋天他用锹挖。不知道他咋认得田地里黄鳝和泥鳅的洞穴，一挖一个准。挖到黄鳝泥鳅不能白煮吃了，太腥，他便兜起黄鳝泥鳅，找到婶子说，娘，咱跟郝明心里委屈，想吃点好的。婶子多半会转过脸，等缓过劲，才回头用剪刀剖黄鳝泥鳅。剖好后，用石头把黄鳝泥鳅砸扁，切成段，锅里放上少许的油，慢慢煎。没等黄鳝泥鳅熟透，香味便弥漫在房间里，馋得人直流哈喇子。婶子见我俩馋猫样子，嗔怒说，不急。煎好后，婶子手脚麻利起来，切碎葱蒜，放点盐，盖上锅盖，婶子身影才会慢下去，对我说，熬下去才有滋味。我听不懂婶子话的内在含义，注意力都在锅里。最多两个多时辰，婶子铲出黄鳝，就能盛出煮好的一点米饭，让我俩慢慢吃。看到我们吃得津津有味，彭学农、彭学武不停吞咽唾沫。婶子说，外面站着去，没看过吃饭咋地？他俩咽下最后的唾沫，这才回转身，走到外面的阳光里。

大半年下来，我整整长高了半个头，个子快赶上彭学辉了。我对彭学辉

180

说，跟在你后面，我也长个了，只是还没有你白。

彭学辉说，长个子有什么用儿，白又有什么用儿呢？

我不知道什么才有用，我们吃饭睡觉不就为长个子吗？

打那之后，我离不开彭学辉了。有时候玩耍晚了，便邀他到我家。当然，他会告诉婶子的，婶子想想茅庵拥挤，往往都会点头。

他喜欢跟我睡，常常挨着头跟我说话。说得多了，我们就说王大庆，我说王大庆好像挺喜欢跟你说话的。彭学辉就沉默，沉默久了，提议，下回弄吃的，带上王大庆可行？我一听，恼了，推开他的头说，带她，我们吃什么呢？

他不再说话，喃喃自语，王大庆不像别的同学呢。见他提王大庆，我来了劲，突然把手伸进他的腋间，挠饬说，王大庆，哈哈，王大庆。

谁知他突然火了，警告说，不准喊她名字。

我咋就不能提王大庆了？王大庆又不是你的，我再次大声喊，王大庆，王大庆。彭学辉真生气了，半夜嚷着要回去。我吓得不敢喊了，小声问，咋就不能提了呢？

彭学辉不会解释原因的。那时我就能听到他心口怦怦跳动声，很久才会平静。说话多了，我自然会问他爹犯了啥事？提到他爹，我又听到他怦怦的心跳声，比提王大庆还厉害。我问他怎么啦？他扳过我的头说，好吧，好吧，还说王大庆吧。

我不想说王大庆了，再说王大庆头发焦黄，麻秆样，我一点也不稀罕。

见我不说话，彭学辉说，好吧，我跟你说说我叔叔吧，于是他神采飞扬说叔叔。叔叔在矿上，是采掘区的区长。叔叔本事可大了呢。

区长多大的官？问彭学辉，他也不知道，只说，到了寒假，咱就到叔叔家里去，咱一直等着寒假呢。

我火了，我说，能不能不说"咱"？弄得你跟我们不一样似的。

彭学辉说，习惯了，我改。我这才捅捅他问，你叔叔在矿上？

他点头。

我心里酸酸的，他居然还有个当区长的叔叔，区长是个什么官呢？问爹，爹说，区长大了去，比公社书记还厉害呢。爹说的这些，我不懂，彭

181

学辉也不懂。又睡在一起的时候，彭学辉说，叔叔要是给了啥，我一定分点给你。于是我跟着彭学辉一起期待着寒假，他能看望叔叔，还能带回一些稀罕东西。

　　说着话，就到了元旦，那是一九七七年的元旦。农忙结束，集体活多半是积攒农家肥之类的琐碎事，大人们这才露出轻松的表情。队长觉得集体一年收入不错，念着大家辛苦，晚上就会请来说书人，还激情澎湃地说，犒劳犒劳大家伙呢。说书人说得最多的是《杨家将》《三侠五义》《封神榜》啥的。只是开说前，先学习下报纸，然后才神秘说，听了就听了，谁也不准到外面乱说去。一天说不完，就两天，这队说不完，那队接着说。后套队请来的是城里说大鼓书的高手，能说百十种古书，最拿手的是《西游记》《樊梨花征西》《水浒传》啥的。那晚说书人说的《桃花扇》，《桃花扇》说的是"东林党人"侯方域逃难到南京，重新组织"复社"，与太监魏忠贤余党阮大铖斗争的事。期间侯方域结识秦淮河名妓李香君，李香君倾力帮助侯方域。说书人把侯方域与李香君的悲欢离合，说得委婉动人。对于过惯寡淡生活的大人们来说，哪里听过如此动人的爱情故事呢？早听到鸡叫，还不愿意离去。我还是孩子，听不懂，大人沉浸其中的时候，我一直在找彭学辉，我想，他是后套队的，咋会不来听书呢？结果，我很失望。他没来，他两个哥哥也没来，更没见姊子的身影。我想找他，爹不让，爹说，好好听书，复国大业，听听。我不懂爹的意思，彭学辉不来，我的心情糟糕透了。小半夜时，我居然睡着了。散场的时候，听到队长说请说书人吃饭，肚子咕嘟一声，饿的滋味就像水泡，冒出一个，就是一串，我嚷嚷要吃锅巴。后半夜了，哪里寻去？爹寻不到，我便哭，我哭得地动山摇。爹急了，脱下鞋，不分青红皂白朝我屁股上揍。爹的鞋底让我清醒过来，爹打，我喊，一下、两下……，喊到八下的时候，爹住了手，抱起我率先哭了起来。我这里不行了，我说，爹，你打我八下，你记着，等你老了，我一定还上八鞋底。爹哭笑不得，在场的人都哄笑起来，天呀，这是啥儿子？跟爹记仇呢。结果，你打我八下，我还你八鞋底，成了那场古书的意外闹剧。没想到事情传到了彭学辉的耳朵里，第二天课堂上，班主任刚宣布上课，彭学辉便站起来说，我要举报。

　　班主任没有想到彭学辉会举报，惊讶问，举报谁？

彭学辉说，举报郝明，他确实不用"咱"了，可他举报我。彭学辉继续说，郝明昨晚上听古书不说，还嚷嚷打他爹。

老师回头问我，情况属实？

我低下头。

彭学辉继续说，他听的是《桃花扇》，娘说是大毒草儿。

我们才三年级，过了年才升四年级，那时候寒假时候升级，还没到寒假呢。彭学辉公开举报，班主任就得认真。班主任对彭学辉说，你坐下，郝明站起来。我站了起来，班主任说，这堂课你站着听。

站堂让我特别难受，我本来就敏感，没有想到彭学辉让我当众出丑。我用脚一直在下面踢彭学辉，逼得他最后挪向王大庆那边去了。放学后，我感到特别委屈，一直坐在教室里不动。同学们都走了，只剩下我一个，我开始哭，我也不知道哭啥。哭彭学辉？显然不是，哭班主任？也不是。我就是感到委屈，想一直哭下去。

我没有回去吃饭，肚子咕噜噜叫个不停，爹娘忙着集体活，也没有工夫问我咋没回去吃饭。再说，我跟彭学辉常常弄吃的，爹娘知道饿不着。下午上学时分，开始下雪，天冷得很，又冷又饿，让我无法坚持听课。可我很快来了精神，我看见彭学辉还穿着一条单夹裤，也冻得嘻嘻哈哈的。我突然来了精神，想，下雪好，天冷好，冻死他个王八羔子。彭学辉坐下来不再哈手了，讨好般附在我的耳边说，知道你没回家吃饭，我给你带了锅巴儿。说话间他掏出了锅巴，塞进我的书包里。我讨厌他的讨好，推开他的手，掏出锅巴，一下子甩到地上去。彭学辉飞身捡起，不停吹灰，看看无法弄干净锅巴了，对着我嚷，听古书就是你的不对，打爹更不对。

爹是他的禁忌，也许打爹的话，惹怒了他呢。我知道他的软肋，张嘴而出，难怪你爹当右派呢。

彭学辉"噌"地火了，变得我一点也不认识的模样，劈头给我一拳。那拳也是他的全部力道，把我砸在地上。我站起来就挠彭学辉，鲜血洒在他的袄子上、脖子上、手上，王大庆吓得喊叫起来，最终惊动了班主任。

班主任把我们喊去办公室，办公室还有其他老师，班主任问我，为啥打彭学辉？

我不想搭理班主任，她为啥不问彭学辉打我？班主任见我气鼓鼓的，直接说，大毒草知道不？我不知道什么叫大毒草，那么多大人听书呢。

班主任有点生气，大声说，你缺乏的恰恰就是彭学辉的正义。

我气坏了，班主任看错了人。

班主任说，人家当你面举报你，不属于打小报告，听古书就该罚站的。

彭学辉一直不吭声，班主任越说越多，其他老师也跟着数落我，说我不该犟，哪有孩子不听管教的？我委屈得不行，开始号啕大哭。估计老师还没有见过一个学生那么哭过，等哭叫声盖过校园所有声音时，班主任怕了，哄我说，好好好，别哭了，吓死了人。

彭学辉见状也怕了，检讨说，我不该举报，不该瞎操心。

我甩开彭学辉的手说，晚了。

晚上我依然不回去吃饭，我就坐在教室里。班主任注意到我，见学生打扫完教室，悄悄走到我身边说，好了，难道让老师给你道歉不成？班主任接着小声说，你娘戴帽子，听大毒草古书，传了出去，害的可是你娘呢。

提到娘，我的声音也小了下去，最后懂事地站了起来。老师用她葱白的手摸了我的额头说，还真发烧了呀，天这么冷，快回家吧，我送你。

我还没有走出教室，彭学辉就带着我爹娘赶来了。估计他说了事情经过，爹娘一直感谢他。

班主任跟爹娘说了啥我没有听清，见彭学辉在，我故意迈开步子，单独向家跑去。

那天的雪好大，我边跑边想，下大点，再大点，把彭学辉冻病才好呢。

三

天晴之后，就到了寒假。放假了，便见不到彭学辉了。没有彭学辉的陪伴，我感到特别孤单，想，那天是不是我过分了，为啥揭他伤疤呢？

见天晴，我决定出去溜达一圈，希望能有孩子找我玩。可问题是，遇到谁都绕我而去。外面北风呼啸，地上结了冰，即便出了太阳，沟塘里的冰冻一点也没有融化。门前的水田冰层更厚，鸡鸭鹅一起上了冰面。鸡灵活，鸭鹅不行，八字步，一步一滑中露出窘态。我用脚试试，瓷瓷的感觉，站在冰面上跳了几下，纹丝不动。我啥也不顾地溜上冰面，开始追逐那些鸡鸭鹅。鸡张开翅膀，呼啦啦飞到地上。鸭和鹅身子重，慌乱中滑倒在冰面上。我比鸭鹅滑得快，很快追逐到它们。它们受到惊吓，吃力地用翅膀拍打冰面，掉下的羽毛乱飞，也打破了宁静。我高兴得哈哈大笑，鸭鹅不会笑，落下的全是愤怒，尤其鹅上了堤，率先"嘎喽"起来。我瞧不起鹅的虚张声势、张狂，便喊，下来呀，有本事就下来。鹅终究离开了，空荡荡的冰面，又陷入平静。冰冻让水田里没有丝毫生气，我一个人滑了半天，感到越发无聊，站下来眼巴巴期盼能走过一个孩子，老半天了，没有一个人过来。又过了一个多时辰，我等来几个孩子，只是他们看是我，一律加快脚步，想尽早离去。我急了，讨好喊，你们是红小兵吗？我不打红小兵了，我打坏人。

那些孩子不打算原谅我，就像我不打算原谅彭学辉。

随着几个玩伴的离去，我的无趣放大到了极致。垂头丧气走上田埂，最后便找出锹，我想看看冰层到底有多厚，我想，冰冻肯定比不过铁锹的。

只一会儿，我便出汗了，见到水，感觉一点也不好玩了。水漾到冰面上，很快又结成冰，好像我无法打败它们似的。我盼着爹娘回家，盼望那些呼呼的风声听下去。

惴惴不安走回，路上一直张望落叶的树。一抬头，看到彭学农挑着柴火走了过来，我知道他是送柴草到大队部的。大队部离我家不远，到集市去他不必经过这条路的。彭学农看到我，主动放下柴火挑子问，郝明弟弟，干啥呢？哦，为啥不找弟弟玩了呢？

我懒得搭理彭学农，埋头往前走时，彭学农喊，哦，忘记告诉你了，弟弟一直想给你道歉儿，可惜放假了，他去了叔叔那儿。

提起彭学辉的叔叔，我想起彭学辉的话，说好弄到好东西分点给我的，他会带回好东西吗，还会分点给我吗？我很惆怅，我想，肯定不会了。

见彭学农又挑起柴火挑子，我问，他什么时候回呢？

彭学农回头笑着说，你挠破了弟弟的脸，娘没有怪你，我们也没有。之后，他换个肩，柴火挑子便山一样横在我的面前。我看不到他的表情，只听他说，弟弟也很孤单，为啥生分儿？说完，柴火跟着他一起起伏离去。

那会儿风特别大，我想对彭学农说，我也孤单，想跟彭学辉和解呢。可惜彭学农走远了，我只能站在路边等。我想，他还会回来的，我要亲口告诉他，我准备原谅彭学辉了呢。等了半天，没见彭学农回头，他去哪儿了呢？冷风弱了些，感到有些冷，我想，到茅庵处等，跑跑路，不就暖和了嘛！再说，等在那里，肯定能见到他的。我毫不犹豫走向了后套，不一会儿就到了茅庵。

茅庵里没有人，婶子不在，二哥也不在，我站在茅庵旁，一直静静看着塘面，塘面也是结了冰的。有了在水田滑冰的那番经历，我一点也不怕，久等让我失去了耐心，我决定再次滑冰，我得玩会儿。谁知刚踏上冰面，猛地嗤滑开去。谁知道塘面儿不似水田，冰冻结得并不厚，嗤滑不到几米，冰面突然开裂，猝不及防，我"咔嚓"掉进塘里。这出乎我的意料，我本能抓住冰边沿，冰边沿的冰块却啪啪碎下去。我会游泳，可在冰窟窿中，还穿着棉衣，我身子越来越沉。水真凉呀！我慌了神，越挣扎，冰窟窿越大，沉陷得越快。我的手脚麻木了，嘴唇也麻木了，连救命声也喊不出来了呢。眼看就要落下去的当口，彭学农扛着扁担回来了，见我在冰窟窿挣扎，麻溜嗤滑到我的面前。实际他怎么滑到我面前的，没有印象，我只感觉到他一手拽着我，一手破冰，最后把我拽上冰面，带到茅庵里。他麻利地替我脱掉衣服，而后将我扔进被窝里。忙完这一切，他才嗤嗤哈哈换衣服，我这才看清冰碴划破了他的手，鲜血直流，他顾不得处理伤口，就生火烧水。

天慢慢黑了，我还是颤抖不已。我想不是彭学农，怕真会被淹死。

彭学农见我不再害怕，就小声问，刚才还在路边，咋到了这里？

我并不回答。

彭学农说，不怕，大哥在呢。

黑透时，婶子回来了。听彭学农说了经过，婶子把我的衣服重新洗了，然后生了劈柴火，边烤着我的衣服边说，千万不能玩水，今天要不是碰到你大哥，想起来就怕人。

彭学农穿的也是夹衣，好像很冷，他坐在火盆边上说，娘，还是把缝纫机卖了吧，大活人不能饿死。

这才知道，婶子一家是去年春里下放的，生产队分的粮食只能按一半给。

估计社员有意见，才有这样的规定。二哥带着彭学辉到叔叔家借钱还没有回，大哥砍柴火卖给大队部只能换来一分两分的，冬季缺粮，显而易见的。想到明年春上，婶子就慌了神。

看我掉进水里，婶子在瓦罐里熬了一点米粥。想必他们自己不会吃米粥，否则为啥在瓦罐熬这点呢？我喝完了米粥，感到暖和多了，忘记了历经的危险，一直笑嘻嘻的。婶子递过来烤干的衣服对我说，得赶快回儿，你娘见不到你也许会着急的。

穿上衣服，我却有种说不出的滋味，彭学辉一家咋这么苦呢？生气那会儿我还诅咒他冻病，特别愧疚，那会儿我没再说话，系好裤子，哧溜蹿出门来。

跑到家里，我开始哭，我不知道为啥会一直哭下去。娘问，咋了？我说了经过，娘吓得不敢出声了，抓住我就打，边打边说，不省心。

爹丢下旱烟袋对娘说，不行，得感谢人家。

娘丢下我，想了一会儿才说，是呀，是呀，就要好好谢谢人家呢。

讨论如何感谢时，我插嘴，他家就要断粮了，真谢的话，给袋米。

一袋米？娘脸上露出不舍。爹也不舍，看看我才说，一袋米换来儿子的命，值。只是人家娘们几个，我不便出面，你带儿子去。

娘听到爹的安排，拍拍衣袖说，好吧。说完又给了我一巴掌，懊悔说，我家也缺粮呢。

娘扛着一袋米，五十来斤的那种袋子。娘累得大喘气，好不容易到了塘边的茅庵，放下粮，娘就扶住腰不说话。

婶子迎了出来，一脸疑问。

我向婶子介绍娘，婶子很客气。娘说了感谢的话，婶子说，谁见到都会救的，何况他是彭学辉的同学呢。

娘说，这袋米你收下，无法感谢呢。

婶子说，那怎么成？收下这辈子就做不起人儿了呢。

婶子不收，娘不愿意，娘说，孩子命，不是一袋米能换的。

婶子说，活该这样的，老大还说郝明帮他积攒了福气。婶子接着换种口吻说，都好好的，最好不过，什么谢不谢的？

187

娘说，嫌弃我帽子？

婶子说，老姐姐，咱嫌弃你？

娘说，不嫌弃就收下。说实在话，拿出这么多粮食我也心疼，可与孩子的命比起来算得了什么呢？不收下，郝家就欠下了人情，只怕从此就不能安生。娘啰啰唆唆，把不舍也顺带说了出来。

婶子知道粮食的金贵，说啥也不收。娘没有想到婶子会拒绝，突然涌出不安，最后折中说，半袋成吧？婶子见没有办法，倒出少许说，以后再还你。

娘想多倒些，婶子说啥也不依，倒出十来斤，婶子替娘扎上了口袋。

娘背着依然沉重的米，吭吭哧哧往回走。半道，娘趁喘息工夫对我说，有骨气。

我问，谁？

娘惆怅叹息，善着呢。

北风一直呼呼的，那种冷既不是北方的干冷，也不是南方的湿冷，是一种无数冷簇拥起来的黏稠冷。扎进身子，凉就贴在皮肤上，一动不动似的。

我抱起双胛说，他们还穿单衣。

娘眼泪猛地湿润起来，又扛起米，娘走得颠颠簸簸的。

四

还未吃腊八粥，彭学辉回来。彭学辉回来就找我，我见彭学辉变得跟我一样黑。是的，现在的彭学辉跟我们没有了太大的区别，只是他的黑，好像被红压抑出来的。我掩饰不住高兴，迎上去抱住他。彭学辉好像并不激动，再看他脸色，只见他鼻子耳朵里都是黑灰，我问，咋了？他说，跟运煤车回来的。彭学辉目光有些游离，半天没提他叔叔。想到了他的承诺，我急忙打断他的话问，借到钱了吗？说好带回好东西分我一点的。

彭学辉嗫嚅半天才说，我不该举报你。彭学辉打岔。

不想分点啥给我？我继续问下去，彭学辉突然蹲在地上哭了，那种哭特别无助。到底咋了？见我追问。彭学辉说，瓦斯爆炸，叔叔走了。

当区长的叔叔走了，怎么会炸到区长呢？

彭学辉擦擦眼睛，最后才说，可以接班的，婶子说名额给大哥。

我不问了，知道问不得。想到彭学辉空手而回，心里多了些失望。

彭学辉见我失望，这才羞涩地掏出一个铰笔刀，吞吐说，这个给你。铰笔刀是红色塑料面的，只是面儿有点残色，印花斑驳，看上去很旧。开学就是四年级了，按理不用铅笔，改用钢笔或者圆珠笔，我要铰笔刀干吗呢？

彭学辉看我不在意，这才解释说，看你过去稀罕，一直想给你弄个呢。

娘那天在家，见彭学辉穿得依然单薄，便找出很多破衣服，又找出一些棉花。上前对彭学辉说，你娘会缝缝补补的，拿回家做几条棉裤。大冷天的，别冻坏了。

彭学辉看着我，不知道接还是不接。我说，婶子跟娘熟，你娘不会怪你的。彭学辉接过破旧衣服和棉花，弯腰鞠躬说，谢谢婶子。他也喊我娘婶子，过去他没有喊过呢。

过了几天，大概他穿上棉裤的时候吧，彭学辉喊我跟他一起去找王大庆，他说王大庆今天上集。我问，你怎么知道的？彭学辉说，我就知道。王大庆也是后套的，想必私下告诉他的。他专门过来喊我，想让我陪他一起去。我说，好呀，反正没人跟我玩，寡得很。

彭学辉诡异说，走小路，可以追上她的。

小路上的杂草见了霜冻，早早枯死了，枯草连缀，看上去苦霜霜的。好在地里已经种上小麦和油菜，枯草就像毛茸茸的围脖，缠在绿色田畴中间。彭学辉沿着枯黄的草路，一路飞奔。见把我丢得远了，才会停下来喘息，待我追上他时，他又呼哧呼哧走去。

身子热了起来，迎着风，黏稠冷却像变成了春风似的，一点感觉不到冷，不一会儿还汗津津了呢。走过一片荒草地，彭学辉不跑了，等来我说，可惜了，可惜了儿。我累得喘大气，不知道他说可惜啥。见我大喘气，他蹲进荒草地里说，你等等，我看看有没有藏下啥？他走来走去，就要回头的时候，一只野兔子"腾"地蹿了出来。他来不及说话，猛地追赶上去。他跑不过兔子，可他不想放弃，一直追撵下去。野兔子许是累了，跑跑停停，始终就在他的眼前，而他一直无法追上。兔子边吃油菜苗儿边等他，好像故意撩拨他似的。我有些恼了，跟在后面用土块砸。兔子失去了耐心，跃起身子，很快

189

消失在油菜地里。他失望至极，对我吼，谁让你砸的？我想，又追不上，也许能砸到呢？他说，你能砸到兔子，就凭你？原来彭学辉一直低估我的能力，我想证明给他看，可没了兔子，我只好踢倒一片麦子说，总有一天我会逮到兔子的。

再次回到路上，他想起了王大庆，说，坏了，晚了，这会真晚了儿。他又扑扑腾腾往前跑，我依然追不上。我想，这个彭学辉，找王大庆干啥呢？

好不容易追上彭学辉，我问，你和王大庆约好的？

他看着我问，可能？

我不信，反问，没约好，跑这么急？

他这才扭捏说，想送她一样东西，我也答应她了呢。

我说，什么东西，给我看看。

他捂住口袋说，不行。

我上前抢了过来，原来是条红头绳，我当什么宝贝呢，王大庆又不是喜儿。

他喃喃说，答应了的，咋都要兑现呢，可惜我只有这条红头绳。失望都在脸上，不一会儿他咧嘴偷偷笑了下，那种笑多了腼腆和羞涩。笑完他问，你说王大庆稀罕吗？

快快地走着，越走越慢，最后到了集市边上，他索性不走了，说就在这里等。我说，既然到了集市，进去看看热闹也行。他说，不行，集市油条诱人。我不信。他说，你站在那儿肯定走不动道儿，知道我试过多少次？

我不知道他试过多少次，想到油条，我开始咂摸嘴，他也开始了咂摸。之后，他咬住嘴唇问，看过汽车没？我摇头。他说，走，带你看汽车去。

我没有见过汽车，就是跟爹到了集市，也不会到汽车站的。他说，集头离车站不远，很快就到儿。我跟着他一路走过去，刚到车站，恰好有辆客车慢慢滑行，最后停在路边上。刚开始还好好的，查验票时，场面乱了起来，有人逃票，有人正在拦截。逃票的终于被逮住，一脸无奈，反复说口袋没钱。没钱坐啥车？人们感到气愤。彭学辉上前说，没钱肯定也需要坐车的。那些人看着彭学辉说，坐车给钱，天经地义。

彭学辉说，很多人就是没钱，而又需要到很远的地方去。

车站工作人员推开了彭学辉，又纠缠那个逃票人。彭学辉不停摸口袋，口袋没钱。他只好低头往回走，边走边说，我每次坐车都没钱，可我会扒货车。

见他有些难受，我好奇问，坐上这车，就能去你的老家？

提起老家，他轻松起来，笑嘻嘻说，肯定的。

我不知道他老家在哪，我得出一个结论，车跑得并不快，慢悠悠的。彭学辉认真起来，反驳说，那是到站，跑到路上，嗖嗖儿、嗖嗖儿，他说得特别带劲。

我不知道嗖嗖儿多快，陷入茫然中。

他又想到那只兔子，惋惜说，要能逮到那只兔子就好了。

还提兔子干吗呢，谁能逮住它呢？

我们又回到集头，不知耽误这会，王大庆有没有下集，他开始了新的忐忑。

见太阳才升至半空，还早，他又喃喃自语说，不会的，肯定不会的。

我们坐在集头的截水闸上，只一小会儿，汗干了，黏稠冷簌拥了上来，冷得透心。我牙打着战说，太冷了，我们回。

他说，再等会儿，她卖鸡蛋的，不可能那么快儿。

我说，到卖鸡蛋地方找呀，哪有这么傻等的？

他吞吞吐吐说不去。我说你不去，我回。说完，我站起来要走，他一脸无奈，拉住我说，那边有卖甘蔗的，我弄点来给你。

你能弄来甘蔗？

卖甘蔗的老人一直缩着脖子，并不出声。

彭学辉走到老人家面前，弯腰鞠躬说，老大爷，能送我一截甘蔗儿？

老人家不开心，挥手说，去去去，捣啥乱呢。

彭学辉回头看看行人，突然喊了起来，又香又甜的甘蔗呢，五分钱一根，不甜不要钱。下集的人听到叫喊，停下脚步问，真甜？

彭学辉说，刚尝过，只有尝了才知道有多甜。

听到彭学辉蛊惑，有人买了一根，撅断一截试吃，跟着说，咦，还真甜呢。一声"咦"，又引来几个人。彭学辉接着喊，甜儿，真的甜儿。见有人围看，一会儿围上很多人，有人问，真甜？彭学辉翘起小指头说，骗你是这个。不一会儿老人家卖完了所有的甘蔗，数钱的时候，老人家才想起彭学辉

191

说要一截的。见彭学辉吧嗒嘴，老人家遗憾抖抖手说，没想到卖得这么快。彭学辉也没有想到，只有不停咂摸嘴。老人家看看彭学辉的馋样，想起啥似的说，给你五分钱，买块烧饼吃。

没有想到事情的反转这么突然，彭学辉接过五分钱，弯腰鞠躬感谢。而后，一股风似的往集市跑去。

有烧饼吃，我不会走的，可天又太冷，我只好不停蹦下去。正蹦着，看到王大庆挎着篮子一扭一扭走来了。王大庆篮子空空的，看上去有些高兴。见王大庆就要走过去，我急忙跟上去喊，王大庆，王大庆。

王大庆看到我，笑笑，却不说话。我上前拉住王大庆说，别走，彭学辉找你。

王大庆走得更快了，我说，他马上就到的，等会儿。

王大庆迟疑了下，拿眼张望，果然看到彭学辉飞奔而来，那会儿她羞红了脸，小声问，你们干啥呢？

我不管不顾说，等你呀。

我说了实话，王大庆不高兴了，甩开我说，胡说。之后快步走开了。

我喊，彭学辉。彭学辉跑到我面前，掰半块烧饼给我，然后看着王大庆急慌慌的背影问，说啥了？

我说，啥也没说。

他说，你肯定说啥儿了。

我确实啥也没说，只说等她了。

彭学辉拿着属于他的半块烧饼追了上去，可是他越追，王大庆跑得越快。彭学辉不好意思追了，停下脚步，低下了头。

我追上彭学辉，他又抓住我的胳膊问，到底说啥儿了呢？

我说，啥也没说。

他看我三下五除二吃完了烧饼，又掰点给我说，我看不像呢。

说完也吃下余下的烧饼，才掏出红头绳，叹息说，开学再说吧。

往回走时，他的脚步彻底慢了起来。

冬阳升至半空，照得麦苗油汪汪的，油菜苗没有那种油汪汪的感觉，只有毛刺刺的绿，那些绿挤在一起，伸不开腰身似的。走过小麦地、油菜地，时不时会见到啥也没种的水田，水田收割完水稻，翻犁好稻茬，就放上了水。大人们习惯称之为沤田，等来年做秧母田或者栽早稻用的。每块水田总会落下几只细长腿的白鹭，我们当地俗称老洼子。白鹭走走停停，似在寻觅吃的。依仗翅膀，它们一点也不怕人。彭学辉看到白鹭悠闲自在的样子，咂摸着嘴问，老洼子的肉啥味道儿呢？

我说，老洼子特警惕，逮不到呢。

他这才想起啥的问，烧饼好吃吗？

我不想说话了，看着我娘给他的旧衣服，被他娘翻新过来，密密麻麻走上线，劳保服似的，十分合身。有点羡慕说，你的棉裤好看呢。

他说烧饼，我说棉裤，无形变成谁也不欠谁的。实际我不是那个意思，他听出了弦外之意，红了脸说，我娘说你娘心善呢。

我娘也说他娘心善，我不知道两个娘什么意思。见他解释，我岔开话题问，马上就要过年了，你家会杀年猪吗？

他不说话，过了很久才说，我二哥也想接班，可惜名额只有一个。

我追问，你会接班吗？

他长长叹口气说，轮不到儿。

说到接班，他的忧伤蹙在眉头上，有些沉重，不再说话了。走到他家后，他说，到我家吃吧，不行让我娘替你改改棉裤。想到他家缺粮，我不好意思进去，便推辞而去。

看我单独走开，他在后面喊，你真的没跟王大庆说啥？

我说了啥呢？我确实没有说啥，我头也不回走了。想，干吗那么在意王大庆呢？

五

再开学，我们挪了教室，四年级可以坐木课桌了，那种课桌高年级的学生才能用。木课桌是四条腿没有抽屉的那种，好在离桌面儿七八寸的地方有四根撑子，在撑子上可以攀结一层网绳，能放书包啥的。王大庆跟我坐在一张课桌上，彭学辉坐到后面去了。攀结完网绳彭学辉问王大庆，要帮忙吗？

王大庆不回答彭学辉，直摇头。

不知道谁开头说班主任的，说，她快返城了，听说回去就结婚。

彭学辉不想提班主任，捅捅我问，能调座位儿吗？

我问，为啥要调？要调得找班主任去。

王大庆小声对我说，别听他的。

彭学辉见没人在意，拿出了半截红头绳，丢在王大庆攀结的网绳上。

王大庆发现后问我，你的？

我认得那根红头绳，我摇头，接着小声说，彭学辉送你的。

王大庆把红头绳丢在地上，然后踩了几脚。王大庆的动作，彭学辉看在眼里。我回头看彭学辉，见他眼圈红红的。我回头对王大庆说，你不该这样的，那次上集追你，就是要送这截红头绳的。

王大庆说，不稀罕。

我不知道彭学辉跟王大庆之间究竟发生了什么，过去王大庆很关心他的，这会儿咋这样对他了呢？

第二天上学，彭学辉坐在座位上一声不吭。我知道王大庆伤了他心，一直小声劝王大庆，你不该这样对他。

王大庆诡秘说，他大哥偷社房里的粮食，他家都是坏人。

怎么可能？

王大庆说，看社房人说的，都这么说的。

怎么会这样？不，彭学农不是那种人，再说，我娘给他家一袋米，他娘还坚持不要呢。

王大庆说，爹娘让我离他远点，我劝你也离他远点。

我们说话声很小，还是被彭学辉听到了，听到王大庆那么说他大哥，他脸涨得通红。走下座位，大声对着王大庆说，胡说。

王大庆被彭学辉吓傻了，见彭学辉攥紧了拳头，吓得抱起头说，大家都那么说的。

彭学辉本想打王大庆的，看看王大庆的样子，就放下了拳头，跑出了课堂。

上课的时候，班主任问，彭学辉呢？

我说，跟王大庆生气，跑了出去。

班主任说，你出去找找，四年级了，还这么烦神？

我走出学校的院子，我知道他肯定躲在学校的周围。可惜四周没有看见他的影子，最后我往围沟外面找去。不远的水渠边，我找到彭学辉，他四仰八叉地躺在水渠埂上正看蓝天呢。我拽起他说，老师让你上课去。他甩开我的手，我这才发现，他早哭过一场，脸上还有泪痕呢。

我问，你哭啥？

他说，我没哭。

我说，你明明哭了。

他说，大哥咋会偷社房粮食呢？诬陷好人。

我说，走，上课去。

他看看我说，王大庆不该跟着别人那么说。

看他伤心的样子，我比他还难受。那会我突然想起他家冬季缺粮的事情，问，你家冬季就断粮了，咋过来的？

他睁大眼睛看我，意思我也怀疑他大哥偷了粮食。见我不是那个意思，才摇摇头说，熬呗。他说，大哥二哥整天替生产队整修树枝，剪修下的枝丫，砍巴砍巴，当成柴火，大哥挑到集市上卖钱，也能换回一些粮食。更多的时候，大哥二哥会到野塘里逮鱼。大哥学会了织网，二哥用猪血或者桐油浸泡那片网，大哥就在线网的两边安上合适的竹竿，再在底边上坠上细小的铁块，就能做出一张出色的撒网。下活了，大哥带着二哥一起撒鱼，运气好的时候能逮到一些鱼虾的。吃不了，也会提到集市上卖去，娘说，有水有田的地方，饿不死人。

我不想打断彭学辉的讲述，他说得凌乱而细致。最后彭学辉说，叔叔不死，不会这样的。说到叔叔，彭学辉脸上又露出忧伤，那种忧伤不该那么深邃。彭学辉好像还没有说清，继续解释说，我娘在塘埂的四周栽点白菜、菠菜、芫荽，还有油菜老叶片。这么着，才走过来的。王大庆应该知道的，咋跟着别人不信呢？

彭学辉站了起来，气哼哼说，你问问王大庆，看社房的那个老头是不是队长的三叔？几百斤粮食，咱家偷了能藏哪儿去？一不留神，他又"咱、咱"说下去。

195

后来队长知道理亏，又不说偷粮了，说偷鱼。那是没人稀罕的野塘，不属于集体的，咋算偷集体的鱼呢？大哥找队长拼命，把自己拼到批斗会上去了，从此大哥坏了名声。

彭学辉质问我，凭啥诬陷我家呢，哪儿说理去？

我拉着彭学辉往教室走，我说，娘说你娘善呢。

彭学辉揉揉眼，向我鞠躬说，谢谢你娘，我给她鞠躬儿。

那会儿我好像跟着哭了，我不知道怎么安慰彭学辉。

第二天上学，彭学辉迟到了，他喊了声报告，站在教室门外。上的是算术课，老师是个男的，绷着脸问，为啥迟到？

彭学辉说，送大哥到医疗室去看腰，大哥被人打了。

算术老师不喜欢彭学辉，见彭学辉一头汗，半天才说，再迟到就站在外面。彭学辉坐在座位上，一直喘粗气。我知道他心里藏有委屈，特别留意他的表情。

下课后，大家都出去玩，我几次回教室喊他，他都不搭理我。我想他心里委屈，让他独自坐会儿也好。我们玩得欢天喜地的，上课铃声响了，同学们纷纷跑回教室。

彭学辉还坐在座位上不吭声。这节上的是语文课，班主任讲解的是《小英雄雨来》。班主任正说小雨来集体主义精神时，王大庆突然"嗷"的一声软瘫在课桌上。

我抱住王大庆喊，咋了？班主任急忙掐住人中喊，王大庆、王大庆。

王大庆慢慢睁开眼，又"嗷"了一声。那声"嗷"吓坏了所有人。那是惊恐无比的喊叫声，班主任急问，看见啥了？

王大庆吓得说不好话了，像要再次晕眩过去。

班主任抱住王大庆说，不怕，老师在呢。

王大庆惊魂未定，用手指向书包。书包是花格子的布包，里面有个什么东西鼓起疙瘩，一动一动的。

班主任看我，我二话不说，向疙瘩摸去，我哈哈笑了起来，原来是只癞蛤蟆。我轻松拿出，丢到教室的门口，回头笑嘻嘻说，癞蛤蟆有啥好怕的。

班主任看我麻利做完这一切，目光犀利地盯住我，你干的？

196

我，我吓唬王大庆？

班主任厉声问，为啥要这么做？

咋，你真以为是我？

你怎么知道书包装有癞蛤蟆的？

就是癞蛤蟆呀。

知道有多么严重吗？

什么多严重？又不是我干的。

班主任突然发火了，郝明，站起来说话。

我还没有见过班主任那么发过火，吓得软了腿，接着站了起来。班主任看我站得不太周正，提溜我的后衣领说，站直了。

我尽量站直，可泪水忍不住滚了出来。

班主任并不打算放过我，继续训斥说，欺负弱小是最大的不仁。班主任说的话我不解深意，委屈至极，泪水汩汩而出。

王大庆见班主任一直审问我，站起来替我解围说，不可能是郝明，他下课后一直跟我们在一起。王大庆的话提醒了班主任，也提醒了我，下课后，教室里只有彭学辉，我这才回头看着彭学辉。彭学辉并不惊慌，淡定站起来说，是她自己装下的，故意诬陷好人。

班主任又看向王大庆，王大庆委屈，脸通红，居然说不清是不是她自己装下的。

班主任说，你们三个不当面说清，都站着。

我不站，一个女老师，还长有葱白的手，凭啥诬赖人？

王大庆也不站，被惊吓之后又受到委屈，脸色特别不好。

彭学辉听话站着，一副特别委屈的样子。班主任气得浑身发抖，人心之不足，如其面焉。欲得美誉，但行好事。不知老师从哪儿读来的名句，一直喋喋不休说教下去。

见王大庆委屈，彭学辉难受，我只好站起来大声说，老师，我承认就是我干的。我只想帮彭学辉出气。

班主任说，能承认还是好孩子，只是为啥要帮彭学辉出气？我说了王大庆诬陷彭学辉一家都是坏人。

197

老师看王大庆，王大庆说，大人们都那么说的，他大哥偷社房的粮食，全家都是坏人。

彭学辉没有想到王大庆对着班主任和全班同学，还这么诬陷他们一家人，这才咬牙说，老师，癞蛤蟆确实是我放进去的，因为我受到了侮辱，我想报复她。说完，彭学辉大声哭了起来，这是我第一次见彭学辉哭，他哭得震天动地。

那个春天的雨水好像彭学辉的眼泪似的，一直下个不停。

听到春雷声，班主任冷静了下来，她对彭学辉说，你们是同学，长大了才知道同学是多么重要的人。王大庆，大人事情，不懂不能乱说。彭学辉你就这么站下去。

班主任简单明了，不再发火。

彭学辉一直站着，听着外面的春雷，最后停止了哭声，肩膀不耸了，也不再抽泣。

那天的雨点真大，随着雷声而至，这会雨声越发密集，一直下得稀里哗啦地。

六

这年的春天不仅来得迟缓，且多了少有的阻滞与缠绵。先是晴了阴、阴了晴，最后变得有些缠绵，一直淅淅沥沥的。等花草树木伸开了身子，春天的气息还是滞留在了庄稼、花草、树木上，薄凉随处可见呢。

也就在这个春天，彭学辉不带我弄吃的了，他放学后，总是悄悄往回走，我喊破嗓子，也不回头。几次我追到他家里，他都在案板上做作业。我问咋了？他说，娘说咱大了，不能玩了。我有点难过，按说他吓唬王大庆，我主动承担责任，起码应该说声谢谢的，可是他一直没说，还不跟我一起弄吃的！往回走的路上，看见那些油菜花也好像委屈人的脸，一直倾诉冷暖不均的憋屈。我的失落演变成了一种伤心，突然走进麦地不停拔"辣辣藤"、拔荠菜花，包括蒲公英。蒲公英的花很黄，还没到白色模样，它们散在地上，随着辣辣藤和荠菜花瑟瑟发抖。还不解气，看见一条水蛇蜷曲着身子，藏在向阳的田坎上，我用棍子挑直水蛇身子，一下踩住水蛇的尾巴。我转了十几圈，才把水蛇甩出去。我跟水蛇说，去吧，狗日的彭学辉。

走过一块田，我再次坐进油菜地里。我看见蜜蜂采花，上下飞舞，我居然跟蜜蜂说起了话，我问蜜蜂，采蜜干啥？蜜蜂听懂了我的话似的，有一只还在我面前飞着，嗡嗡地好像一直安慰我的情绪。等蜜蜂飞走了，又发现大路上有成队的蚂蚁过路。我讨厌蚂蚁，它们过路，注定又要下雨，我用手中的花草阻断蚂蚁的去路。看到蚂蚁焦急突围，我撒下一泡长长的尿，蚂蚁在尿液里迅速抱成一团。直到尿液侵蚀到土里去，它们才放弃拥抱，急慌慌夺路而去。快到家门口，我听到了喜鹊和布谷鸟的叫声，我站下来认真听了一会儿，可麻雀一群一群飞起，一群一群落下，打断了我的好心情。我又骂了声，谁稀罕你呢。

到家里，娘正在做饭，好像很开心，不停跟爹说话。娘说，听说很快就能摘帽子了。娘说，能摘了帽子，死也瞑目了。娘还说，本以为这辈子完了，没有想到还有出头之日。

爹磕了磕烟锅说，彭家女人说的熬，真有些道理，好日子真要来了呢。

娘见我在听，扭头对我说，听说以后凭成绩考学了，别整天瞎晃了。

我问，老师咋没说呢？

娘说，班主任说你好哭，还任性。

没有想到班主任跟娘这么说我，我又感到了委屈，想，班主任凭啥这么说我？她一直对我有成见，亏我天天偷看她的葱白手呢。

娘说，那个女娃是个好老师，只是估计快要进城了。

爹让我站直身子，这才说，是个男人就不该哭的，眼泪是留给窝囊废的。

娘对爹说，子不教父之过，看看他多大了，还到处晃悠。

居然说的都是我的不是，我容不得班主任那么说，也容不得爹娘说我窝囊废，犟辩说，你们处处委屈我。

娘说，委屈你，你何来的委屈？

爹说，彭学辉比你还可怜，他爱哭吗？

我不想提彭学辉。第一次正儿八经地坐在罩灯下做作业。

那会儿爹娘不说话了，灯的玻璃罩子黑了，娘取下说，灯罩脏了，擦擦就行，人心呢？

我不说话，不知道娘今晚为啥说这多废话。爹很享受，接上娘的话说，人心黑了，擦不亮的。爹娘为啥说这些不着边际的话，我不想听，嚷嚷让他们到外面说去。

第二天上学，彭学辉到得最早，到了就趴在桌子上做作业。王大庆还未到，我作业晚上做好了，便大声朗读课文。彭学辉说，能不能小声点？

我说，都这么朗读的，嫌吵，到外面去。

彭学辉吧嗒下嘴，最后才神秘对我说，好了，我知道你生气了。实际我也想跟你玩，可是大哥马上就要接班了，我得跟着大哥到矿上去读书，娘让我加把劲。

没有想到会这样，我猛地停止了朗读。急问，你走了，我咋办？

彭学辉失落片刻，他又高兴地说，娘说爹快出来了。

你爹要出来了，你不是一直不提你爹吗？

彭学辉说，我记不得爹长啥样了。娘说，爹受到了诬陷，现在已经证明了爹是好人。

我只能哦哦点头，那会儿王大庆到了。

王大庆穿了件新衣，比过去好看多了，坐下来之后王大庆就问，你们咋来这么早？

我说，听说马上要恢复考试了。

王大庆没有反应过来，半天才说，考试？哦，考试，我成绩不好咋办呢？

我没有回答，我也不知道咋办。我接着说，彭学辉要转学，你还欠个道歉呢。

王大庆说，他吓唬我，还让我道歉？他明明知道我怕癞蛤蟆的。

我说，你跟着大人一起诬陷他，他不委屈？

王大庆看着我说，大人都那么说的。

我说，大人说的不一定都对。他爹要出来了，也受了诬陷呢。

王大庆回头看看彭学辉，彭学辉没有看她，王大庆扭过头也开始了朗读，她朗读声很小，像是默读。彭学辉做完了作业，也开始诵读，只是声音更小。

我想，凭成绩就从凭声音开始。

晨读课结束，王大庆跟其他女孩子在教室外面踢毽子，我们靠在墙边上看，王大庆的新衣闪闪发亮，特别可人。一回头，看到彭学辉也在看，我偷偷问，走了，会想她吗？

彭学辉坚定说，不会。

我问，为啥？

彭学辉说，不为啥？

我又问，会想我吗？

彭学辉怔怔看了我半天才说，你说呢？说完彭学辉嘿嘿笑了，露出白白的牙齿，之后才问，你会想我吗？我听出了他的另一种忧伤，那种忧伤深埋于心。

王大庆踢完了毽子，汗津津的，对彭学辉笑了下。彭学辉叹息了一声，转过头擦了擦眼睛。

可能就在第三天吧，是的，就在看王大庆踢毽子后的第三天上午，班主任课前宣布说，彭学辉转学走了。我看出班主任也有点伤感，说到后面几个字，她嗓子哑了。之后班主任清清嗓子，才大声说，彭学辉怕告别难受，让我这里说声。

听到班主任那么说，我特别惆怅，我想，彭学辉怎么能这样？不跟别人告别，为啥也不跟我告别下呢？

班主任那天还说了啥，我一句都没有听清，一直回忆跟彭学辉度过的时光。想到我们上集找王大庆，王大庆把彭学辉的红头绳踩在脚下，我就难受。看不出王大庆有丝毫伤感，一直笑嘻嘻的。

那会儿，我怔怔看着王大庆，我想，她笑啥呢？

后来听说彭学辉回来过一次，娘说，他回来搬家的。娘还说，他爹出来了，他娘和二哥都回去了。我想，彭学辉成了城市人肯定忘记我了，这个彭学辉，真不够义气。

娘拿出彭学辉留下的地址，字写得歪歪斜斜的，一点也不好看。看到地址，我抱怨娘，他主动找我，为啥不喊我？娘说，他急慌慌的，哪有时间喊你？我二话不说，一口气跑向后套，跑到茅庵处，茅庵已经人去庵空。我失落地往回走，这会儿走得快，到家又埋怨娘，说啥也该喊我回来见他的。

201

娘说，你们还小，往后见面的日子多呢。

娘那么说，我便释然了。是呀，我还小，不怕往后找不到彭学辉。

七

后来大家忙于考学，我便渐渐淡忘了彭学辉。再后来不断结识新同学，直到中师毕业，我当了小学教师后，一次出差去山东，路过彭学辉写下地址的地方。我问司机，新集是不是有矿？司机说，是呀。那会儿我把新集与彭学辉联系在了一起，便急忙喊司机停车。司机很不情愿，最后还是停了下来。

下了车，我感到了唐突，到哪儿找彭学辉呢？

新集街道有些杂乱，到处黑乎乎的，隐约记得他说的那所学校，那是我唯一能找到他的信息。问了半天，总算找到了新集矿工子弟学校，只是学校现在叫成煤矿职业中专学校。我提出查学籍档案的事，门卫说，放学了，档案员也下班了，到哪儿查呢？

我很失望，人生地不熟，不知道走向哪里。最后随便找家小旅馆住了下去。我想，只要彭学辉在矿上，总会问到的。于是我决定到矿上问问，谁知道矿分很多座，一矿区、二矿区……每座矿区一大片，且所有矿区相距甚远。问了很多人，没人认得彭学辉，也没有谁认识他大哥、二哥。我不知道婶子的名字，问来问去，一无所获。沮丧堆积在心口，我想，咋就找不到了呢？到了小半夜，腿发酸，才怀着沉重心情回到小旅馆。这个彭学辉，咋就不能给我去封信呢，我家地址他是知道的？

再后来，我成了家有了孩子，经历了更多的人与事。经历多了，才感到真情难觅。说来不怕笑话，一次培训班聚会，天南海北，都是小学老师，大家见面，感到亲切友好。聚餐时，因为高兴，所以忘形，推杯换盏，大家喝得东倒西歪还不肯放杯。我不太能喝酒，见到邻座老师儒雅，一心相处，不停碰杯。酒至兴致，把持不住，急匆匆到洗手间吐个昏天黑地的。正扶墙呕吐，旁边那人抬头看我，我一看，就是那个儒雅老师，他也在吐。我高兴坏了，指着他说，你也吐了。他朝我笑，然后拍头说，怎么这么面熟呢，哪儿见过呢？

我内心的苍凉比吐酒还难受，这才多大一会儿，桌上那份情感荡然无存。

再之后，酒肉、江湖朋友多了，越发惦念起彭学辉。可是还是没有他任何音信。

九十年代中期，我到县城出差，走到大街上，突然听到一个女的喊，郝明。喊声很大，属于咋咋呼呼的那种。我停下脚步，见女的又高又胖，满脸疑问，谁呢？

正在疑惑，女的突然拉住我的手说，好个郝明，连我都不认识啦？不认识，我摇摇头。女的大喊大叫，我王大庆？同学也不认识？王大庆怎么变成这样啦，她身上哪有王大庆的影子？王大庆大大咧咧说，奶奶的，生了孩子变胖了。我不停哦，王大庆说，哦个屁，走，到家吃饭去。王大庆家开了一个小饭馆，把我引到饭馆门口，就对家里男人喊，来同学了，炒几个菜，我们好好聚聚。

王大庆男人正站在炒菜间，一手掂勺一手端着猪油盆。听完王大庆喊，回头喊，坐、坐，欢迎、欢迎！饭馆不大，人气看起来很旺，王大庆男人忙得不亦乐乎的。王大庆挽挽袖子，我以为她要帮她男人，谁知道她到了吧台开始打电话。那时候还没有多少人家有固定电话，她家安了一台。她颐使气使地一个一个打，边打边嘀咕，咋了呢？总算有人接了，她急忙说了经过，得到肯定答复，才放下电话。走到我面前说，记得豹子吗？开汽修厂。还有黑头黑脑的骡子，开商铺。还有黑子……还未介绍完，有人要茶，她抱歉对我说，稍等。王大庆转了一圈后，又回到我面前说，毕业都十四五年了，今晚好好喝一杯。

那会豹子、骡子还有黑子分别到了。大家寒暄一会儿，到厢房入座。

喝酒期间，王大庆丈夫送菜，王大庆又咋咋呼呼说，再添几道，别来打岔，我们同学说话，别偷听。她男人呵呵笑，然后说，那是、那是。王大庆回头解释说，老实人，实诚着呢，都给我敞开肚皮吃。还没有说清楚，她又丢下男人的话头，又说同学了。问我，那个班，有几个考上大学的？听说现在还有一个到美国留学了呢，好像留在本县工作的只有你。

我说，我提前考上中师，其他同学考到哪儿真不知道呢。

王大庆话不停歇说，要我说，还是当老师好，有寒暑假，清静。豹子、骡子、黑子插不上话，坐在那里等王大庆把话说完。可王大庆兴致高，始终没有住口。说到最后，才想起啥似的问，记得班主任吗，就那个葱白手的语文老师？后来回城，就在城里小学当老师。一次我遇见她，她还说了我两句，意思可惜。王大庆哈哈笑着说，我才不可惜呢，我就不是读书的料，可惜啥呢？哈哈哈，说完她自己率先笑了起来。

王大庆笑完，开商铺的骡子一本正经说，单从经济角度来说，教师还不如我们呢。

王大庆打断说，闭上你的乌鸦嘴，以为你有俩钱就能跟老师比了？

骡子嘿嘿笑，豹子也笑。黑子说，有钱谁不认他当老大呢，豹子，你说对吧？

大家又是一阵大笑。

醉酒之后，我们颠三倒四回忆班上同学，说来说去，最后说到了彭学辉。王大庆提到彭学辉之后，率先绷住脸的。她说，那时候不懂事，可惜没有道歉机会了。我说，伤害他最大的就是你了，知道人家多么喜欢你吗？还踩踏他送你的红头绳。我接着感叹说，要知道，那时候他叔叔刚走，为了兑现承诺，不知道怎么才弄到那截红头绳的。

王大庆半天不说话，沉默很久才问，也不知道他现在在哪里，混得咋样呢？

我说，我路过新集找过一次，没找到呢。

王大庆这才叹息说，他真有心，会找我们的。后套没变，地址在那呢。

我想也是，彭学辉真想联系我们，我们的地址他是知道的。

大家七嘴八舌说，人都会变，他半途来的，想必对我们不够真心。

我打了一个酒嗝说，他不是那样的人。

大家说，好好好，那我们就等，看他会不会来找我们？

我舌头不能打弯了，大着舌头说，相信他一定会找的。

又过了十几年，我们的班长当了省直单位一个不轻不重的处长，刚刚履职，心情好，提议给班主任庆生。班主任居然六十周岁，她的样子还停留在过去。班长召集，大家响应，做生意的豹子、骡子、黑子揽下一个大包厢，挂好了横幅，还给老师买了一身新衣服。王大庆更积极，买下大蛋糕和花。

他们几个把庆生的场面承办得隆重而得体。

大家聚齐了，豹子才把班主任拉到酒店。班主任没有想到我们居然给她庆生，特别感动。喝酒期间，大家又说同学，说来说去，自然还会说到彭学辉。班主任突然不说话了，眼眶湿湿的，最后说，也不知道他后来到了哪里？大家都看向我，意思彭学辉跟我走得近，我应该知道的。迎着大家的目光，我只能摇头。班主任不知为啥伤感，豹子见班主任伤感，大声说，不就新集吗？找个人还不容易。

班主任半天没有说话，班长说，一个不能少，现在就找去，找到我们再聚一次。

第二天豹子开车，王大庆也跟了去，我和骡子陪着，一路上骡子都在说生意上的事情。豹子开车，很少说话。王大庆有一搭无一搭回应。王大庆今天特意穿了一件橘红色的风衣，领口搭条白色的绣花纱巾。阳光洒在纱巾上，多了不少妩媚。骡子好像说累了，才打住嘴。王大庆这才问豹子，查看导航，还有多远？豹子说，不用查也知道，过了淮河，再走上百十里就到了。王大庆说，说起来也不远，他为啥不想我们呢？骡子说，人呀，都会变的，肯定混砸了呗。骡子又说生意，惹到王大庆了，王大庆说，有几个钱？人模狗样的。

骡子嘿嘿笑笑，见大家不吭声，大咧咧说，你们说，提他彭学辉有意思吗？

王大庆跟我坐在后排，见我闭着眼，捅捅我说，嗨，晚上神累了？豹子、骡子扑哧笑，问王大庆，你咋知道的？王大庆从后面给了豹子一拳。骡子说，闲人故事多，哪像我们，早不知道女人的啥味啦！王大庆撇嘴说，滚一边去，你们烂事还少吗？大家开着彼此都懂的玩笑，很快就到新集了。踏进新集，王大庆开始梳头的，对着镜子还补了口红。最后自嘲说，我不想让他看到我现在的邋遢样子。我抿嘴笑了下，只是笑得无声无息。

新集变化挺大，据说地下的煤扒完了，塌陷区经过整治，变成了湖泊。矿山职业技术中专学校改称为矿山职业技术学院，就在塌陷区周围。现在看起来，校园两面环水，另外两面焊接出造型别致的铁艺栅栏。

到了学院大门，停好车，骡子掭出一条软中华走向保卫室，丢给门卫，才慢悠悠说，帮助找个人。门卫看看烟问，找谁？豹子插嘴说，一九八一年前后矿山子弟学校毕业的彭学辉。门卫露出为难的神情，半天才说，毕业都三十年啦，只怕难找呢。骡子说，麻烦啦，找到彭学辉，我们给你酬谢资金。

门卫笑笑说，大老板呀，看来要找的肯定是位重要的人，咱试试。

骡子回头对王大庆说，我们找个地方喝茶，让他找。

哪有这么找人的？我打断骡子说，不行，我跟着他去查找学生档案。

王大庆对着骡子嚷，喝什么茶，带着杯子呢。

骡子摆摆手说，好吧，听你们的。

档案员是个四十多岁的女同志，姓洪，洪档案对门卫说，学校几经撤并，不知道能不能找到花名册了。她嘟囔说，就是能找到，谁知道现在去了哪里？门卫说，麻烦了。那条香烟真起了作用。洪档案见门卫帮忙，眉开眼笑说，冲你，咱试试儿。他们说话的口音跟彭学辉一样，"咱""儿"连缀不停。

估计翻查了两个多小时，洪档案走出来说，查到一个叫彭学辉的，一九八一年初中毕业，他家住在五区。我问，五区在哪？门卫说，跟我来。这回门卫很热情。我们辞别门卫，门卫却递上那条烟说，不能的。骡子摇摇手说，不算啥，谢谢啦！按照门卫指的路，我们很快驱车到了五区。五区很大，大到一座城市似的。过去的房子拆了建，建了拆，几个回合了，找不到档案记录的小区。最后王大庆提议说，到派出所问呀，派出所肯定有户口登记的。对呀，我们怎么能忘记这茬呢？问到户警，户警几经查找，说找到了，不过他们后来搬到了十区。我们二话不说，驱车到十区。有了上次经验，我们直接找十区派出所，十区派出所的户警不耐烦，解释说，为了一个盗窃案子正伤神呢。骡子有经验，这次没有给香烟，抽出一千元钱对户警说，一点辛苦费。户警更加不高兴了，问，什么意思？骡子说，找人呀。户警说，找人给钱干吗？骡子说，你不是不耐烦吗？户警嘀咕句，神经病。然后开始查找，结果还真找到了痕迹，对着那段记录，他说，不可能呀，咋会注销了呢？

彭学辉户口注销了？

户警说，备注写着：已故。是不是搞错了呢？

我急忙说，他大哥彭学农或者他二哥彭学军在吗？

户警说，我看看，我看看。结果还真找到彭学农了，然后说了彭学农地

206

址，我们便一路打听户警开的路条。虽说几经变化，我们还真找到彭学农了。当时彭学农正抱着孙子在草坪上玩，孙子刚会走路，他一边撵着孙子一边回头问，你真是郝明，咋不像了呢？

彭学农也变得面目全非，走到大街上，我不可能认识。我问，你是彭学农吗？彭学农抱起孙子说，是呀，我是彭学辉的大哥。我上前抱住彭学农，他孙子吓得哭了起来。我放下手说，你让我们找得好苦，彭学辉咋了呢？

彭学农说，真是你呀？快到家里坐。

我说，不了，我们给班主任庆生，想到了彭学辉，特意请他来了。

彭学农沉默很久，好半天才说，找不到了，弟弟走了二十多年了。土痞子猖獗那会儿，一个土痞子欺负矿区的姑娘，他遇到了，气不过，上前说理，最后被土痞子砍断了几根手指。因为伤残，最后到了五区劳保公司上班。谁也没有想到，一次下班的路上，遇到矿山运煤轨道车过马路，护栏员只顾看放学的学生，忘了关闸口。两个学生急着回家，冲上了道口，眼看就要被轨道车撞倒，弟弟啥也不顾，推开了学生，自己却走了。

彭学农说得很平静，说完感慨说，爹娘为此病倒了，不久相继去世。咱那个小弟，咋说呢？好了，不说了，说来我又要难受了。

啥啥？彭学辉就这么走了？

彭学农说，那张报纸还在。你们进家，我拿给你们看看。家是普通的住房，三室两厅，彭学农进门就喊，来了贵客，屋里的人让开了道，热情张罗我们。彭学农放下孙子找报纸。报纸发黄，被红布包着。我接过报纸，文字描述的情况跟彭学农讲的大致相同，不同的是，后面写了不少议论和抒情的文字。看着报纸，我眼泪唰地流了出来，没有想到彭学辉就这么走了。王大庆一直张大嘴巴，回过神，王大庆"嗷嗷"哭了起来。王大庆说，不行，我还没有给他道歉呢？她拉住彭学农的手说，他在哪？我们见到墓碑才信。

彭学农说，咱是他大哥，能说瞎话？

找到彭学辉的墓地，我们才彻底相信彭学辉真的走了。墓碑上的照片是他初中毕业照，依稀能寻辨出嘴唇上的茸毛。王大庆抱住墓碑，哇哇哭喊，咋会这样呀？你听我说，我真的错了，不该踩踏红头绳。

我不想说话，静静流泪。最后，我抚摸着彭学辉的照片说，你呀，让兄弟说你啥好呢。

我们烧了祭纸，开车回了。豹子回程开得很慢。等到了班主任家里，豹子叹口气，坐在一边喝茶。骡子一五一十说了经过，班主任说，怎么会这样？最后班主任说，那孩子，心肠热，那是他的道儿。说完，班主任颤颤巍巍拿出我们那届小学同学花名册。班主任说，每次见到学生，我都带着花名册，就怕你们走着走着联系不上了呢。说着话，她指着其他班级学生说，这个干啥，那个干啥，也有不少因这或者那走了的。班主任说，凡是走得硬气的，我在这里给他们画个花。两张花名册，我看到四五朵花了，班主任给彭学辉画花时，手一直颤抖不停，画完最后一笔才喃喃说，老师只能为他做这些了。

打那之后，我一直提不起精神。有天批改学生作业，我想到了班主任。我想，班主任对学生的最大深情应该就是捧着一本本花名册。我也得学班主任，把从前毕业的学生都登记在册，一样记着他们什么时候毕业，去了哪里。不过我的学生还没有谁被画上红花，我留有空隙，我希望就是有谁走了，也学彭学辉硬气点。

我想心思的当口，手机嘀嗒响了下。翻看微信朋友圈，一个熟悉的旧友又发了一则感慨：尘世轮转，不过轻轻一瞬。旧友最近感慨特多，过去我常点赞，这会不想点了。我想，尘世不可能轮回，也不可能轻松而过。

正胡乱想着，老婆突然拉开了书房的灯说，黑灯瞎火的，躲在书房干啥呢？哟哟，还哭上了，到底咋了呢？

我站起来说，我有些伤感，我不知道，咋就伤感了起来。朋友越来越少，轻尘不过转头空，什么才是最珍贵的情感呢？

老婆说，你是不是到了更年期？

我嘿嘿一笑说，我像吗？

老婆轻轻一笑，拔出了我的一根白发说，躲不过的，怕啥呢？

我摇晃了几下，到底站稳了问，记得跟你说过的同学彭学辉了吗？我真想他呢。

（原载《飞天》2019 年 4 期）

月 牙 塘

一

山里还有薄雾，月牙塘上也有。黄晓婉径直走到凸起的石头前，撩起裙裾坐下，才发觉石头并没有想象中沁凉，毕竟初夏了，石头也温暖了许多。

月牙塘看上去更像一把梳子。老辈人说，阳面儿是地，阴面儿是塘。阴阳环扣，才像一轮满月。月牙塘突出的弧线处有座八角亭，亭内有碑，碑文系魏碑体，刚劲敦厚，记录了唐家先祖空山虚谷何年考上了进士，主政何方，何年还乡修建唐园。碑文据史料记载而来，说得严肃而正经。唐氏后人相信碑文，也相信口口相传。传说先祖空山虚谷一辈子无法了却心愿，辞官归隐后便在后花园内建了月牙塘，明示世间难有圆满之事，其中的不了之意尤为明显。也许先祖一时悲愤，做出建塘之举。谁知，月牙塘诞生之日便成了唐家破败的伊始，代代相传，唐园渐渐没落在风霜雪雨的岁月里，最后连仅存的八角亭也坍塌在民国年间的一场雪里。

要不是振兴乡村旅游，恢复文化古迹，便不会重修月牙塘，也不会重建八角亭。修旧如旧，复建的八角亭，咋看都像墓志亭。亭内摆有石桌、石椅。亭柱上书有"人世大难开口笑，红尘苦海落笔闲"的楹联，楹联黑漆绿字，像极了某些馆堂中的碑帖，看上去同样暮气沉沉的。

修建八角亭时，唐家后人多有不满。县里旅游发展需要，唐家人反对又有啥用呢？空山虚谷不属于唐家，八角亭也不属于。好在县里没有更多的资金，否则在阳面上恢复唐园旧有模样都不得而知。

黄晓婉不喜欢八角亭，亭内为啥要立黑漆漆的字碑？木瓦椽柱为啥弄得这么暗沉？为此黄晓婉每次到月牙塘从不入亭，更不会入内小坐一会儿。入亭的多是游客，常常驻足流连，啧啧称赞。黄晓婉看到游客饶有兴趣的样子，便吐露不屑鼻息，想，一碑一亭，有啥看的？切。黄晓婉不屑又有什么用呢，游客照样拥来、导游照例解说，先祖的功与过，变成了别人的巧舌簧片，八角亭也给了别人更多的佐证和猜想，唐家后人的不满谁会在意呢？

雾淡了去，想必是晴好天气。黄晓婉有时喜欢下雨，有时喜欢天晴。晴久了稀罕大雨滂沱，阴雨绵绵时又渴望阳光妩媚，她的好都跟着情绪来的。今天黄晓婉需要晴好，需要阳光，需要蓝天和白云，更需要一切明亮的东西，荡涤心中的郁闷。

黄晓婉刚坐下，锦鲤照例簇拥而来，游荡在凸起石头下的睡莲、芦苇以及蒲草中。黄晓婉并不意外，就像看到那些睡莲一样，锦鲤也是其中的一部分。黄晓婉笃信，这些锦鲤只对她亲，除此之外不会再亲近别人。谁知，有天早上，她见到婆婆站在凸起的石头旁，婆婆那天有点儿忧伤，当然不是黄晓婉这般忧伤，婆婆站定，并没有看着塘面，谁知那些锦鲤照例簇拥而至。黄晓婉突然感到悲伤不已，这些锦鲤咋能簇拥婆婆呢？为此，她故意冷落锦鲤很长时间。好在锦鲤还如过去，每次只要她出现，就扑扑腾腾而来，好像道歉似的。后来几次，婆婆学着黄晓婉到了塘边，锦鲤再也没有出现过，婆婆问黄晓婉，咋了呢？

婆婆的失落让黄晓婉感到特别开心，黄晓婉相信锦鲤只为她而来，别无他人。

一次跟婆婆说到了善恶问题，黄晓婉说，大善不言。黄晓婉上学时就迷恋古诗词，古诗词读多了，让黄晓婉显得特别沉稳而忧伤。婆婆不懂大善不言是个啥，婆婆信奉善恶都在别人嘴上，婆婆跟黄晓婉争辩时说，自古善恶都由别人评说，何来不言？黄晓婉赌气说，别人嘴上？行行行，我只要拿出一百元，找个陌生人试试，看看善恶是不是在他们嘴上？

婆婆说，反正我信。

黄晓婉不信，大声说，我们找月牙塘里的锦鲤试试可行？

婆婆想，锦鲤咋能测试人的善恶呢？看到黄晓婉较劲，婆婆硬着头皮说，试试就试试。

婆婆与黄晓婉一起到的月牙塘，都站在凸起的石头旁，黄晓婉说，你先站着，假如锦鲤为你簇拥而来，说明你就是善人。说这话时黄晓婉心里根本没有底，她不知道那些锦鲤会不会帮她，而她就要借此证明锦鲤的忠贞。她退到远处，盯着塘面。

婆婆犹犹豫豫站定，大声喊，锦鲤，你们可给我争口气。我一辈子行善，不信你们不给我个面子。婆婆喊了很久，锦鲤迟迟没有出现。婆婆糊涂了，这些锦鲤咋了，平时她可以常常见到的，今天咋就不露脸了呢？婆婆不甘心，又喊了几声，锦鲤还是没有出现，婆婆难受至极，弯腰蹲在石头旁。

黄晓婉不管婆婆什么心情，故意装出镇定，走上前来，让婆婆退后，她深深吸上一口气，然后淡定看着那些睡莲、芦苇，还有蒲草。不大会儿，那些锦鲤突然浮出，活泼至极，好像要帮她故意气婆婆似的。

婆婆受到了震惊，委屈涌上了心头，喃喃地说，我何曾做过一件恶事？咋就不善了呢？

黄晓婉落下一颗忐忑的心，她就要测试锦鲤，顺便跟婆婆闹下情绪，谁知，锦鲤确实给了她面子。她长长地松口气，才对婆婆说，善恶不在嘴上，在这里。说着，黄晓婉指指自己的心口，婆婆差点没有吐出血来，大声争辩说，我可从来就没有做过恶事。

黄晓婉轻轻吐吐舌头说，那些鸡鸭狗，又咋说呢？

说到鸡鸭狗，婆婆更闹心，家里喂养的鸡鸭狗按说该跟她亲近才对，不知为啥，见到黄晓婉就慌不择路黏在身后，究竟咋了呢？

过去问过黄晓婉，黄晓婉说，得问问自己。

黄晓婉知道婆婆是个大善人，她就要气婆婆，让婆婆也受些委屈。

婆婆彻底蔫巴下去。

黄晓婉心里发笑，还没有笑完，忧伤跟着翻滚而出，泪水滴滴答答的。

婆婆犯迷糊，打赌就打赌，咋还哭上了，咋了呢？婆婆不想跟黄晓婉争高低，见黄晓婉哭，婆婆主动认输说，大善不言，不言就是。

黄晓婉也不知道咋了，忧伤就像那口气，一直拥堵在心头。

今早醒来，黄晓婉突然感到特别难受，她先踢了沙发、椅子，然后又跺了几脚床，要不是怕触电，她甚至还想砸了电视机。放过了电视机，就看到了床头背景墙上她跟大唐的合影，怒不可遏，当即把相片框扯下摔了，心里还是扑扑通通的。实际今早的忧伤，与婆婆无关，与唐家无关，完全因解闷而起，可黄晓婉不管，她觉得所有的忧伤都与大唐有关，与唐家有关，不是大唐，她不会这么难受的。

黄晓婉不知什么时候开始失眠的，失眠不是病，却比病更怕人。夜深人静的时候，一个人辗转反侧，才感到是那么孤单和无助。那会儿，房间里到处充斥着鬼魅和邪性，还有无法说出口的渴望。搅和在一起，使得房间里处处都埋有兴奋剂似的。

睡不着的时候，手机成了黄晓婉唯一的依靠，浏览完朋友圈、看新浪，网讯看完，扒拉 QQ，反正，能打发时间的办法黄晓婉都会极尽所能。可越这样越无法入眠，常常睁眼到了天亮。真的等到了天亮，黄晓婉的瞌睡反而来了，一直睡到日上三竿。

婆婆看到睡眼蒙眬的黄晓婉想，年轻人瞌睡大，也不能每天早上都起得这么迟吧，问为啥？

为啥呢？黄晓婉不说失眠，单说，瞌睡咋了？

婆婆问，是不是生了啥病？

黄晓婉不高兴，顶撞说，我早得了不治之症，咋的？

婆婆张张嘴，不知道怎么说话了，这个儿媳妇，天天拉脸子，跟谁怄气呢？

黄晓婉不想跟婆婆掰扯，丢下婆婆，想自己的心思。

就在特别无聊的时候，黄晓婉找到了微信"附近的人""漂流瓶"这些条目的，玩漂流瓶，多是不着边际的，很快失去了兴趣。再点开"附近的人"这个条目，突然新奇发现还有如她一样没有睡觉的人。屏蔽了女性，单看男性。一直寻找合适的人搭讪。

"附近的人"里最近的只有二三百米，远的也就一两公里。那些闪闪发亮的头像，就像一盏灯，引得黄晓婉不能自已。黄晓婉试着留言搭讪，一直小心翼翼地。

女的主动，一般情况下男人都会积极回应的，"淡泊"和"黄庭坚"就是这么认识的。

搭讪上淡泊，黄晓婉只发个微笑符号。

淡泊说，别只发符号，说话呀。黄晓婉半天才回，我不会说话，喜欢听。淡泊发来了一个调皮的符号，然后幽默地说，那好，借你耳朵一用。淡泊说他是到山里写生的，生活得不幸福，现在感觉濒临崩溃。淡泊说，他老婆跟一个小老板偷情，然后说，小老板呀，小老板知道吗？怎么能跟我比呢？现在老婆离他而去，让他痛不欲生。淡泊发信息累了，开始了语音，淡泊的嗓音富有磁性，淡泊说，艺术创作需要空灵的心情，而我却被愤世嫉俗的情绪所包裹，咋能创作出好作品呢？淡泊说，我活着已经死了，还有什么用呢？语音说累了，淡泊提出想视频，黄晓婉开始不想同意，最后想到淡泊的痛苦，便同意了。打开了视频，黄晓婉发现淡泊原来是个胡子拉碴的人，不说卷头发，单就长长的大胡子，就让人看着闹心。黄晓婉想，就是难受，也没有必要把自己糟蹋成这样吧？黄晓婉心里这么想，嘴上不说话，一直默默地。淡泊见黄晓婉长得还可以，来了情绪，口若悬河地说着他的感受。说到最后，淡泊说，知道吗？我需要激情，需要荷尔蒙，需要女人，你能来吗？

　　黄晓婉手有些发抖，睡不着，没有想到遇到这么不理智的人。黄晓婉在淡泊的哀求下，弱弱地问，你住在附近哪家山庄呢？淡泊还没有来得及回答，镜头里突然晃出一个年轻的女人，女人很随意，见到黄晓婉，还主动招了招手。黄晓婉吓得想挂断视频，又不甘心，犹豫间，听到女的问，你老婆吗？咋跟女人聊天还约我？淡泊说，谁让你走进镜头的？黄晓婉想问啥情况？结果，淡泊掐断了视频。黄晓婉想，那个女的是谁？不知道怎么回事，想发语音过去，结果她的微信已经被淡泊删了，语音发不出去。黄晓婉想，这个淡泊，咋这样呢？说了一大堆，原来是个不靠谱的人。

　　打捞出淡泊之后，再失眠，黄晓婉便有点控制不住自己，好像吸毒，明明知道那是条不归路，可就有人经不住诱惑依然吸食。实在无法入睡，黄晓婉终究又把手戳向"附近的人"那里。

　　这天晚上她戳到了一个叫"黄庭坚"的人，黄庭坚乃北宋文学家、书法家、诗人，此人难道与他同名？于是黄晓婉主动发出留言，黄庭坚很快回复并加上了好友。黄晓婉还没有来得及说话，黄庭坚就主动说上一句，山岚寂寥月空明。黄晓婉好喜欢的感觉，问，你是黄庭坚？黄庭坚呼呼啦啦发来一大堆古诗词，黄晓婉快速浏览，甚是喜欢。黄庭坚问，了解黄庭

213

坚吗？黄晓婉回复，是你还是说北宋的？没有想到黄庭坚打下流泪的符号，再也不发诗词了，之后居然没有了音信。黄晓婉问，咋了？黄庭坚打下几个流泪符号，似乎无语。

黄晓婉百度黄庭坚，努力唤起关于黄庭坚的记忆，看到黄庭坚自号山谷道人，她突然想到了唐家先祖空山虚谷，她想，古人为啥都弄些字号呢？黄晓婉为了显示自己也略懂古诗词，发出一句，栅栏通透情正深。可惜她已经发不出去了，黄庭坚早早把她删除了。黄晓婉特别不服气，为啥这么快就删除我呢？我说错啥了？

往后黄晓婉再搭讪附近的人，见到写诗作画的，一概不理。想，本来就不是一条道上的，找他们聊天多半不靠谱呢。

再后来，遇到过感慨人生失意的、扬言真情不改的，还有郁郁寡欢不停骂娘的、愤愤不平想自杀的，黄晓婉才感到了害怕，想，大家都咋了，咋这么不着调呢？加了无数人，删除无数人，留下几个，早已不太说话了。

那时失眠就像一个顽疾，与她形影不离。咋办？咋办呢？憋不住，最后还是把手指戳向了"附近的人"那里。

"解闷"的签名很有意思，还有什么比偶遇更刺激？偶遇？刺激？这些词汇组合在一起，让黄晓婉浮想联翩。黄晓婉想，偶遇咋就刺激了呢？

黄晓婉还是一如既往，发了个微笑符号。

解闷问，常约？

约啥约？黄晓婉没有明白，打上了问号。

解闷说，还是视频吧，视频真实。

不知道为啥，黄晓婉断然拒绝了解闷的视频请求，她想，也许解闷只为解闷，而她不想为了解闷而解闷。

今年的月牙塘里，除了锦鲤，多了黑压压的蝌蚪。刚开始黄晓婉以为黑压压的一片是小鱼儿，想，锦鲤咋繁殖这么多后代呢？仔细凝视，才知是蝌蚪，黄晓婉突然笑了，默默想，不知它们是青蛙的蛋蛋还是蛤蟆的蛋蛋？黄晓婉看着蝌蚪入神，突然发现一头花斑锦鲤猛地跃起，一口吞噬了几只小蝌蚪。众多锦鲤仿效花斑锦鲤，群起而攻之，蝌蚪瞬间成了锦鲤的早餐。短短一瞬，蝌蚪早消失得无影无踪。黄晓婉憋不住愤怒，寻出一块山石，照着锦鲤砸去。锦鲤受到惊吓，嗖地翻起一阵水花，隐匿而去。

塘面恢复了平静，黄晓婉心里多了一些难受，不该砸锦鲤，它们不久前才帮了自己，可谁让它们吃小蝌蚪的，小蝌蚪还那么小，咋能一口吞下去呢？再寻蝌蚪，哪里还有它们的影子？锦鲤打断了黄晓婉的心思，黄晓婉惆怅了一会儿，想，解闷也许就是这般讨厌吧。

解闷见黄晓婉没有接受视频，问，约吗？见黄晓婉不说话，解闷打下一段文字：现实生活处处都是挑战和压力，放松需要扯下面具。黄晓婉不知道解闷想表达什么，而她又不能准确表达心情，于是发去几个符号，有些文不对题。

解闷说，嗨嗨嗨，不冲浪，不销魂，晃悠啥呢？

黄晓婉听到的都是新名词，什么冲浪？销魂？黄晓婉忍不住问，你多大呀？

解闷发来一张照片，中年油腻男，放荡不羁的样子。

黄晓婉对年龄满意，身材满意，包括放荡不羁也挺满意。只是对解闷的笑不满意，那种笑，像嘲笑，更像狞笑，黄晓婉不喜欢男人拥有这种笑模样，黄晓婉打下一行字：咋看你像坏人呢？

解闷回复：我本来就不是好人。

黄晓婉回：我不跟坏人搭讪，别过。

解闷打来了语音，黄晓婉忍了忍，还是接听了语音。解闷说话很好听，是那种正宗的普通话。解闷说，装是吧？要约就约，我可是特别有趣的人。

黄晓婉没有想到解闷越说越直接，脸上火辣辣的。

解闷说，知道不？约并开炮，才叫刺激。

黄晓婉挂断了语音，解闷发来几个问号。

黄晓婉不想回答解闷，解闷接连打下一行字：都是过来人，何必羞羞答答的？

解闷越发放肆，黄晓婉本来渴望放肆一把的，不知道为啥，见解闷越说越露骨，手一抖，果断删除了解闷。

谁知道删除之后，忧伤却走进了她的心底，忧伤如夜岚之气，摸不着、看不见，可又无处不在，好像轻微的男人气息。翻来覆去，卧听山风，心思跟着轻飘的山风一起擦过草木山冈，发出嚓嚓之声。拉开灯，光亮跟着一团

215

含糊不清的气息混合在一起，那种轻微的男人气息跟着灯光一起起伏跌宕，荡漾不止。那会儿身子突然开始酸软起来的，那种酸软就像春天的茅草勃然而起，让她一刻都不能安生。只好重新打开电视，电视画面色彩艳丽，看着电视中滑过的男男女女，酸软更加猛烈，蓬勃中多了一些悸动。赶不走酸软，索性关了电视，重回夜岚气息中，酸软依然顽固地黏附在她的身上，且开始了外泄。她不停扭动身子，不停砸腿，砸腹，最后啪啪地拍打起双乳。双乳依然饱满，拍打中双乳慢慢坚挺了起来，酸软更甚，好像怎么也挤压不走似的。她恨自己不争气，到了极致，一发狠，猛地揪住双乳，就那么死命揪着。痛让酸软突然停顿了下来，一切都陷入了安静。

折腾中，黄晓婉迷糊了过去。没有想到，梦中她突然变得活力四起，好像她是夜岚中的精灵，山风中的风筝，更像霉烂气息中的尘土，不停飞扬。飞扬中，她一会儿变成了树叶，一会儿变成了山鸟，她落、她飞。好像天空都是她的，山岚也是她的，还有空气、草木、大地，都是她的，她张牙舞爪，不停飘飞，甚至她能真切听到发自内心深处经久不息的喊叫。得意忘形之时，不知咋了，飞扬中，噗地落进月牙塘里。地上并没有水，她走进一座殿门，门卫让她先拜见锦鲤王。锦鲤王看上去有些老态龙钟，双手合十说，感谢你照顾我的子孙，为了报答你，本王特纳你为妃。说完，老态龙钟的锦鲤王突然摇身一变，变成了胸戴大红花的年轻人，挽着她走进婚姻的殿堂。黄晓婉清楚记得自己是大唐的老婆，不能结婚。她猛地挣脱锦鲤王的手，夺路而去。跑呀跑的，最后跑到茂林修竹之间的一片湾子地，湾子地上有草，她气喘吁吁地仰躺了下去。她想，这里清静，锦鲤王不会追到湾子地的。谁知道她刚躺下，解闷咋就出现了，居然趴在了她的身上，她喊，不能。可怎么也推搡不开解闷，最后她听到解闷大声喊叫，这才是偶遇，这才叫刺激。黄晓婉猛地喊，不要，不要。挣扎醒来之后，很久才缓过劲，原来是南柯一梦。

彻底清醒后，黄晓婉便在心里骂开了解闷，骂着骂着，就骂到了大唐，大唐是她绕不过去的人。骂还不能解气，便给大唐发微信，她发：大唐，你不是东西。大唐，你不得好死。大唐，你对不起人。大唐一直没有回复，发到最后，黄晓婉心猛地悲凉起来，控制不住自己的忧伤，发出一段省略号，最后发，大唐，能回来一趟吗？

二

没认识大唐的时候，大唐和黄晓婉一个住在山这边，一个住在山那边，一座山让他们始终没机会相见。到上海打工后，他们先后落脚在一家电子厂里。那时候大唐是质检员，黄晓婉是流水线上的装配员，厂子大，一年多里，他们还是无缘相识。

要不是黄晓婉粗心大意，焊接错了配件，可能他们今生都无法认识。

说起那次失误，黄晓婉就要后悔，也许人生不该有那次失误，否则她就不会认识大唐，也不会有现在的忧伤。

那天黄晓婉有点心不在焉，也许因为机械劳动让她失去了耐心，也许有点想家，机械地焊接手里的配件，结果她张冠李戴，出了废品。

大唐查找下来，找到了黄晓婉。大唐暴跳如雷，骂线长，都这么不负责任，厂子迟早要完蛋的。线长不停道歉，线长兼任线上质检员，初检，线长确实没有发现问题。

大唐一副得理不饶人的样子，回头骂黄晓婉。黄晓婉像犯了错的孩子，一直低着头。线长对大唐说，不要骂了，真想追究，报上去，开除她就是。

黄晓婉那会儿猛地哭诉起来，哭诉声引起了大唐的注意。为啥像老家人的口音？

黄晓婉过去一直说着蹩脚的普通话，大家都说各自的乡普，虽不标准，却也大致遮掩去了乡音，弄得谁也不知道谁是哪里人。面临有可能被辞退，黄晓婉啥也不顾，发出本该属于她的口音。

大唐越听越好奇，听到最后猛地打断了黄晓婉，你究竟哪里人？黄晓婉生气，她讨厌大唐得理不饶人。大唐追问急了，黄晓婉说，山里人，好欺负咋的？黄晓婉哽咽说完自己来自哪里，大唐听完后喜不自禁说，哪有这么巧的事？我们居然来自一座山头。

黄晓婉糊涂了，怎么可能？

大唐说，嗨，一个地儿的，咋就不认识呢？

黄晓婉说，谁跟你一个地儿的？老家没有你这种人。

大唐知道是老乡后，不在意黄晓婉的顶撞，态度来了一百八十度大转弯，满脸堆笑，笑完之后，转脸对线长说，你看看，大水冲了龙王庙，我们居然是老乡呢。

线长不高兴，刚才要打要杀的，知道是老乡，想徇私情？线长冷着脸。

大唐对线长鞠躬说，对不起，今天也许心情不好，保不定我出错了呢。

线长说，你出错，却在这里乱熊人。

大唐再次向线长赔不是，说自己不该这么急躁，都是坏心情闹的。

线长见大唐承揽下责任，自然不会跟着较真的，怎么说都不能驳了大唐的面子，大唐是质检员，质量这关，他说了算呢。线长说，我说呢，我的线上咋会出现质量问题？

大唐知道线长推卸责任，没有办法，谁让是老乡出的废品，于是他装作没事的样子，镇定地对其他装配员说，今天我错怪了黄晓婉，都是我的责任。

那时候黄晓婉很瘦，瘦得就像山里的细竹。没有想到大唐打小就喜欢瘦削女孩儿，见到黄晓婉就喜欢得不行。大唐不瘦，看上去胖乎乎的，那种胖让他看上去更像管理层的人。黄晓婉跟大唐熟悉后问过大唐，为啥别人都喜欢胖乎乎的你呢？

大唐说，喜欢吗？我咋不知道呢。

黄晓婉嘿嘿笑，笑完之后想，说白了，大唐到底属于打工的。

认识大唐的时候员工们都住在工厂提供的板房里，说是板房，实际就是夹芯板做墙壁搭起来的工棚。板房冬天冷夏天热。就那样的条件，一个房间还住七八个人，嘈杂、局促、拥挤可想而知。好在板房的外部环境整治得有模有样的，有花草，有路径，男女员工吃完饭一般不会马上回到板房，多半会在板房的院子里走动一会儿。女员工板房之间的院子都是相通的，与男员工的板房之间却隔了一道铁艺栅栏，栅栏上面还焊接上了带刺的铁丝网。为此，男女员工想串门必须得绕到街上去，须得经过门卫盘查才行。

好在栅栏毕竟只是栅栏，男女员工可以隔着栅栏说话的。

黄晓婉看着栅栏两边站着那么多说话的男女，开始感到好奇，有啥话非要站在栅栏两边说呢？当黄晓婉发现男女隔着栅栏竟然啥也不顾地拉着手时，早羞得脸火辣辣的。

以后散步，尽量躲开栅栏这边。

这天不知道为啥，黄晓婉还是走到了栅栏这边，也许那晚有点伤感，也许那晚院子里人太多，她想从栅栏这里躲开别人。她刚走到栅栏这里，突然听到大唐隔着栅栏喊，黄晓婉，黄晓婉，正找你呢。

黄晓婉停下脚步，看着大唐呵呵笑后，好奇地问，找我？

大唐说，喊你几遍，你都听不见。

黄晓婉问，有事？

大唐说，来了几个老乡，想请你一起吃顿饭。

那些年手机还是稀罕物，大唐想约黄晓婉只能这么等着。黄晓婉显然有些犹豫，大唐怕黄晓婉拒绝，解释说，不怕的，都是一个乡镇的。黄晓婉听大唐说得自然，便点了头。

黄晓婉收拾干净后才到了饭店的，到了包厢，黄晓婉一直问，老乡呢？

大唐吭哧半天才说，实际我专门请你的。

黄晓婉有点生气，想，大唐不该骗她。

大唐不停地解释说，认识了，还没有单独说过话呢。

黄晓婉想想也是，不再生气了，最后受到大唐的细心照顾，竟然多了感动，话语间，脸上还时不时飘出轻松的笑意。

话到随意处，大唐有些想表达心意，黄晓婉突然问，你不是有女朋友吗？

大唐问，谁说的？

黄晓婉说，常常跟在你后面的那几个是谁？

大唐后面确实黏着几个女人，都是结过婚的，大唐说，她们？玩伴。

玩伴？咋能这么随意？忍不住问了句，结过婚还跟你一起玩？

大唐说，玩伴嘛。

黄晓婉不再说话，大唐见黄晓婉低头想心思，就吃吃地笑，笑到最后才问，说明你在意我了，要不咋知道我后面跟着几个女的？

黄晓婉说，我这个人挺认真的。

大唐收住笑说，我们那地儿的人都认真。

后来发生的事情没有什么特别的，因为一个乡的，认识、交往，交往久了，就离不开彼此了。黄晓婉心思缜密，见大唐衣服脏了，吃饭的时候会说，

219

换了吧，从栅栏那里递过来。大唐很享受，脏衣服啥的都是黄晓婉洗。为了表达感激，大唐偶尔上市区也会替黄晓婉买件衣服或者化妆品。黄晓婉在收到大唐送的香奈儿香水之后，再也控制不住自己，对大唐说，我们结婚吧。

大唐问，结婚？

黄晓婉说，交往这么久了，不为结婚？

大唐说，这样就能结婚吗？

黄晓婉糊涂了，结婚是两个人的事，咋就不能呢？

大唐见黄晓婉沉默，特别解释说，结婚需要礼金和房子，我还做不到呢。

黄晓婉松了一口气说，我不在意的，干吗在意那些东西？

大唐感到惊讶，没有想到黄晓婉并不看重物质。

大唐说，这么说，我还真想结婚了呢。

黄晓婉羞红了脸，低下头，吃吃地笑。

大唐被黄晓婉笑得有点不好意思，试探说，到街上开间房好好说会儿话吧。

黄晓婉说，那怎么行？还没结婚呢。

大唐说，结婚是迟早的事，再说，就是说说话嘛。

黄晓婉心里扑通扑通地跳，跳到最后说，只能说说话啊。

大唐答应好的。到了宾馆，就由不得黄晓婉了，大唐蛮不讲理，一个劲儿要。最后黄晓婉也控制不了自己，就在身下垫上几张卫生纸说，我可是清白的。

大唐说，不用的，我知道你清白。

黄晓婉说，光说不行，得有证据。黄晓婉还是垫上了雪白的卫生纸。

完事后，黄晓婉晃动卫生纸说，看清楚了，得记着。

大唐笑，笑到最后说，我不在意呢。

黄晓婉说，怎么可以不在意呢？

那次之后，黄晓婉天天催大唐结婚，大唐说，结婚这种大事总得跟爹娘说说吧。

黄晓婉说，那是自然的。

大唐说，等过春节回去再说吧。可后来，大唐再也不提结婚的事了，黄晓婉急了，追问大唐，大唐说，不是还没到春节嘛。

大唐怎么可以这么不认真呢？不想结婚干吗要开房？心里不舒服，便不见大唐，大唐几次邀约也不见。后来黄晓婉怀孕了，她没有想到这么快就会怀孕。肚子不争气，得问问大唐。

大唐问，真的怀孕了？

黄晓婉点头，大唐说，怀孕也不是坏事。

当然也不是好事。黄晓婉嘟哝道。

大唐说，那行，我们请假回家，告知下爹娘，想来他们不会不同意的。

黄晓婉都怀孕了，双方父母能有什么意见呢？结果托媒人，按照老家的规矩，草草把两个人的婚事办了。

黄晓婉事后一直有遗憾，兴致高的时候便对大唐说，我就像流水线上的电子设备，最终进了你这条破袋子。

大唐没有想到黄晓婉还遗憾，摇头说，我还不想结婚呢。

黄晓婉想，不想干吗开房？

七个月之后，黄晓婉挺着大肚子无法上班了，只能回老家待产，那时候她离不开大唐了，一天几个电话，大唐接听电话后一直说忙。也不知道忙什么。黄晓婉无事的时候便喜欢遐想，想到大唐后面黏着的几个女的，心里疙疙瘩瘩的，担心大唐的随意，每次挂电话时总会提醒几句。好在大唐态度好，信誓旦旦地说，怎么会呢。

又过了一年多，孩子断奶了，把孩子丢给公公婆婆，黄晓婉又回到了厂里。

令黄晓婉吃惊的是，她离开的近两年时间里，大唐跟一个外号"小蜻蜓"的四川妹子搞在了一起。黄晓婉认识小蜻蜓，是黏着大唐的几个女人之一。过去她知道大唐不稀罕小蜻蜓。大唐曾玩笑说，小蜻蜓到处飞扑，是男人都不会真心喜欢的。

既然不喜欢为啥又跟她搞在了一起？黄晓婉心里憋气，暗地里开始调查小蜻蜓。

有人说小蜻蜓早年结婚又离婚，男女之事从不介意；有人说，小蜻蜓功利，没有好处决不会主动付出的；也有人说，小蜻蜓真性情，敢爱敢恨，男人惹上了她，只怕要吃苦头呢。黄晓婉听得多了，心里更憋屈，难道自己还不如小蜻蜓吗？

黄晓婉把难受压在心里，天天注意大唐的行踪。看起来大唐一直很正常，上班、下班，两点一线，下班之后就闷在家里。唯一与过去不同的是大唐闷在家里不像过去那么爱说话了，一直耷拉着头，跌在沙发上发呆。黄晓婉看到大唐的样子，也不追问。时间长了，大唐变得唉声叹气起来。黄晓婉听到大唐光叹气不说话，心里更生气。有几次深夜，大唐的手机突然响了。手机当时还是稀罕货，很贵，为了能跟黄晓婉通话，大唐买了一部，也给黄晓婉买了一部。大唐心疼，黄晓婉也心疼。手机响铃声不大，大唐听到手机响，一把抢了过去，接着揿了电话。

黄晓婉冷淡说，接呀。

大唐说，闹铃，定错了呢。

黄晓婉不信，也不说破。她想看看大唐还能玩出什么把戏。

大唐一夜都惴惴不安的，等到天亮，见黄晓婉并没有说啥，才惶恐不安地上班去了。

黄晓婉到了班上，焊接配件时，脑中一直响着铃声，那铃声顽固地响着，比装配线上的噪音还大。她想，为啥这么假呢？干吗要欺骗呢？回家几次想问问大唐，见大唐不买账，想亲自问问小蜻蜓，又想，真问了，也许会把事情闹大，还是忍了的好。回到家里，依然期待大唐主动解释，可大唐还是唉声叹气，闷声不说。

黄晓婉的苦恼就在这里。

实际大唐几次想说的，只是无法说清，只能选择沉默。

真实情况是黄晓婉回家待产、生孩子，夫妻房里只剩下大唐一人，几个女的没有好去处便喜欢结伴到大唐的夫妻房里聊天。开始只是喝茶说话，没有啥特别过分的。谁知聊久了，小蜻蜓动了心思。有天晚上小蜻蜓不知道在哪儿喝醉了酒，一个人摸到大唐的夫妻房里，进屋躺下就嚷，给我倒杯水去。

大唐想，咋了？醉醺醺的。

小蜻蜓躺在床上嚷，大唐，你究竟喜欢谁？

大唐说，我没有喜欢谁。

小蜻蜓说，别装蒜，以为我看不出你花心？

大唐说，我咋就花心了呢？我有老婆的。

不提老婆还好，提了，小蜻蜓说，黄晓婉？麻秆似的，她不配。

大唐说，你喝多了，喝点水。

小蜻蜓说，反正我来了就不会走的，我什么也不怕。

大唐说，怎么越说越离谱呢？

小蜻蜓说，咋了？难道你不乐意？

大唐说，我没有你想得那么随意。

小蜻蜓说，别跟我装正经，以为我看不懂你的心思？

小蜻蜓说完扒光了自己的衣服，随手拉灭了灯，然后说，下不了手，就把我当成黄晓婉，你喊黄晓婉的名字就是。说完一把扯过大唐，大唐想推，可是摸到小蜻蜓滑溜溜的身子，什么都忘记了。

有了第一次，便会有第二次。大唐想了，或者小蜻蜓想了，一个眼神，就能够彼此心领神会。

现在黄晓婉回来了，小蜻蜓再也不能那么随意了，开始装模作样忍着，时间长了，如何能忍？找到大唐说，难道就这么结束了？

大唐说，说好的，不当真。

小蜻蜓说，我也想不当真，可想到你跟黄晓婉抱在一起，心里直冒酸水。

大唐说，咋能这样呢？

小蜻蜓说，你说咋样？

大唐知道麻烦来了，整天躲着小蜻蜓，小蜻蜓恼了，专门夜晚打电话，一次不行，两次。

黄晓婉等不到大唐的解释，心里更加生气，这天正在下班路上，另外两个黏着大唐的女人拦住了黄晓婉去路，叽叽喳喳说了很多小蜻蜓的坏话，为首的辣椒说，本来大家都是好姐妹，她居然动了坏心思，还不让我们跟大唐说话。听到这些，黄晓婉感到身子发软，头发疼，走路也跟跟跄跄的。

黄晓婉回到家里，再也不能说话，见到大唐还唉声叹气的，就想发火。

好在黄晓婉还没到崩溃的时候，小蜻蜓率先崩溃了，她主动找到黄晓婉说，不行，我快疯了。黄晓婉头嗡地一下，看看小蜻蜓想，怎么能这么不要脸呢？

小蜻蜓说，你走了，大唐和我就没闲着。小蜻蜓厚颜无耻，黄晓婉脸上热辣辣的，黄晓婉知道那是怒火，也是委屈。想到小蜻蜓可能故意刺激她，黄晓婉很快冷静下来，满不在乎地说，辛苦你了，还没来得及感谢你呢。

小蜻蜓问，你不生气？

黄晓婉说，难得你瞧得起大唐，说明我找对了人。

小蜻蜓说，大唐花心，到处拈花惹草的。

小蜻蜓把黄晓婉约到一个茶吧，那个晚上阴雨绵绵的。听到小蜻蜓说大唐花心，黄晓婉把碟中的黄桃填进嘴里才没有失声。等黄晓婉能正常呼吸的时候，才挤出一句，难道你分不清大唐在意谁？

小蜻蜓突然大声说，可是我怀孕了，你说怎么办吧？

黄晓婉失去了定力，不敢看小蜻蜓，想到自己曾经大着肚子的艰辛，眼泪都要出来了。好在到底忍住了，咬牙说，那是你跟大唐之间的事情。说完，黄晓婉再也坐不下去了，站起来趔趄而去。外面的雨不大，牛毛雾雨的那种，黄晓婉刚走进雨地里，眼泪就哗地滚落出来。好在是夜晚，加上雾雨在，大家看不到黄晓婉流泪。黄晓婉哭好了，在雾雨地里收拾干净了情绪，摇摇晃晃走进家里。

刚开门，大唐扑通跪倒在黄晓婉的面前。大唐说，现在说迟不迟？

黄晓婉忍住忧伤，问，说什么？

大唐说，我知道小蜻蜓找你了，实际不是她说的那样，那晚她喝醉了，让我把她当作你。

黄晓婉再也控制不了自己的情绪，积攒的泪水夺眶而出。

大唐愣怔住了，他没有想到黄晓婉的无声哭泣这么吓人？于是跪着作揖说，晓婉，我不是故意的，我确实有些糊涂呢。

黄晓婉不想说话，她感到大唐特别肮脏，她甚至不想跟大唐多说一句话。

从那之后，大唐确实表现出重新做人的样子，按时上下班，见到女人绕道走，他要极力证明彻底悔改的决心。

黄晓婉慢慢软了心肠，表面上看，接受了现实。

小蜻蜓见没有起到作用，还把大唐推远了去，再次找到黄晓婉。

黄晓婉说，我原谅了大唐，也原谅了你，你不是怀了大唐的孩子吗？生下来，我养。

小蜻蜓没有想到黄晓婉这么有定力，她知道自己完了，情绪突然失控，猛地伏在黄晓婉怀里说，不行，你得考虑我的感受。

黄晓婉说，人不是东西，无法送人，再说，我得为我儿子着想。

小蜻蜓见黄晓婉还是不为所动，发飙说，世上哪有你们这样的夫妻？你们是不是联手欺负人？

黄晓婉扑哧笑了，黄晓婉想，到底谁欺负谁呢？

小蜻蜓见黄晓婉笑，嚷嚷说，那不行，即使跟大唐分手，也得算下明白账。你让大唐算算，做了多少次，一次一百不多吧？

黄晓婉嘘地张大了嘴，小蜻蜓如果不这么说，她还能高看一眼，小蜻蜓这么说话，让黄晓婉心里生出的全是鄙视，她不屑地看了几眼小蜻蜓说，你说多少钱，我给。

小蜻蜓突然被抽走了筋骨似的，她低估了黄晓婉，本想用这种方式做最后一搏，没有想到黄晓婉软硬不吃。最后小蜻蜓捂着脸跑了，也是跟跟跄跄地。

再往后，小蜻蜓居然不闹了，再也不找大唐，也不跟黄晓婉说话，好像大唐和小蜻蜓之间根本没有发生过啥事似的。

某一夜晚，大唐摸摸黄晓婉的胳膊，大唐想，都几个月了，难道还不能在一起？

谁知道大唐的手刚搭上黄晓婉的肌肤，黄晓婉浑身打起了哆嗦，随之黄晓婉莫名其妙地恶心起来，彻底反胃的样子。

大唐问，咋了？

黄晓婉说，我也不想。

大唐问，为啥这么大反应？

黄晓婉指指心口说，这里想吐，控制不住呢。

大唐摊开双手，无力摇摇头。

黄晓婉说，也许以后会好的。

大唐说，行，我等。

等到黄晓婉能说能笑的时候，许是心理上能够接受大唐了。大唐洗好了澡，见黄晓婉脱得一丝不挂躺在床上，大唐问，咋了？

黄晓婉羞答答说，我也不知道。

大唐糊涂了，黄晓婉为啥会变成这样呢？

大唐很久没有跟黄晓婉在一起了，见到黄晓婉主动，不再多想，主动扑到黄晓婉身边。完事后，大唐要到卫生间洗漱，黄晓婉说，不行，说说你跟小蜻蜓怎么做的？

大唐糊涂了，黄晓婉闹什么呀，一会儿恶心，一会儿这么放肆。这么下去怎么行？

黄晓婉说，谁让我活过来了呢。

一个晚上，黄晓婉要了五次，最后大唐穿上衣服的时候，一个人坐在沙发上流泪。黄晓婉看到大唐流泪才开始发疯的，先是扔下床上的衣服，然后开始拍打沙发，夫妻房沙发陈旧不堪，被黄晓婉拍打得皮屑乱飞。大唐看着坠落一地的皮屑发呆，黄晓婉说，你不是想吗？要吗？从此一晚上五次，不做都不行。

大唐见黄晓婉恶狠狠地，小心翼翼地问，难道这道坎真过不去了吗？

黄晓婉说，想想你家祖上，想想儿子，想想能不能过得去？

大唐不敢提祖上，大唐说，我重新做人还不行？

三

山外到了割麦的季节，月牙塘的水依然沁凉。锦鲤不知道游到哪儿去了，沉溺的蝌蚪再次聚在一起。芦苇叶子上攒动着露水，蒲草上也有，睡莲被锦鲤闹翻了叶子，缝隙中落下了浮游生物，蝌蚪你争我抢地游动在空隙里。

凸起的石头下面涌出了成群的蚂蚁，褐色的居多，也有黑色大蚂蚁夹杂其中。薄雾散了，太阳果然红彤彤的。有风，不大，带有热气，拂在脸上，暖烘烘的。裂开的石缝挡住了蚂蚁的去路，褐色的蚂蚁用身子搭上桥，余下的爬上了蚂蚁桥，快速穿行而过。蚂蚁越聚越多，最后翻过凸起的石头朝另一边的香樟树爬去。黄晓婉容不得蚂蚁气势汹汹的，折断了树枝挡住蚂蚁的去路。瞬间树枝上爬满了蚂蚁，黑啾啾一片。黄晓婉还没有见过一根树枝上爬上了那么多蚂蚁，吓得一哆嗦，便把树枝丢进月牙塘里。蚂蚁落到水里，快速抱成一团，浮在水面上，最后挣扎着向睡莲叶片滚去。不知埋伏在何处的锦鲤，突然浮出水面，不停地吞噬蚂蚁团。蝌蚪早惊慌而去，蚂蚁至死都不知道发生了什么。硝烟之后，水面渐渐陷入平静，看到那么多蚂蚁很快被

226

锦鲤消灭干净，黄晓婉心里又有些难受，想到梦中的锦鲤王，脸上情不自禁开始了发烫，然后羞羞答答地想，月牙塘里会不会真有锦鲤王呢？

胡思乱想的那会儿，黄晓婉受到了蚂蚁的攻击，成群结队的蚂蚁顺着她的光腿，不停爬上去。黄晓婉低头看时，差点吓晕了过去，蚂蚁咋会突然攻击她呢？急忙撩起裙子，发现满腿都是蚂蚁，哇地尖叫起来。好在月牙塘周边没有人，她脱下了裙子，不停拍打，拍打中，有的蚂蚁开了口，腿上、肚子上都有蚂蚁叮咬的痕迹，她离开凸起的石头，不停检查身上、腿上，发现没有蚂蚁时，整理好裙子逃也般离去。

走到八角亭，黄晓婉依然不想坐进亭子，蚂蚁叮咬处痒飕飕的，那种痒不同于酸软，是一种实实在在的痒，黄晓婉不停抓挠，一会儿腿上就布满了红包，黄晓婉想回去抹点风油精，往回赶的路上，看见二叔又在填塘。

二叔骂月牙塘和八角亭是出了名的，犯糊涂时就骂。有次二叔骂完月牙塘后开始骂空山虚谷，那是唐氏先祖，骂不得，可二叔不管，说骂就骂。说来二叔是唐家几代人里学问最高的一位，"大跃进"那会儿考上的师小，后来当上了公办小学老师。唐家先祖很多史料都是二叔研究并发掘出来的。二叔已经八十六了，早到了风烛残年之际，可只要二叔开骂，不知哪来的力气，一弯腰就能抱起百来斤的山石，丢进月牙塘里，边丢边说，灭了你。二叔过去寡言少语，八十二岁那年神志不清的。刚开始没有这么严重，最多只会骂天骂地骂世道。后来二叔病得越来越重，开始填塘并骂祖上的。

黄晓婉不怕二叔，二叔骂人、填塘，却不打人。黄晓婉知道二叔无法填实月牙塘的，即便能填上一些，来年镇村安排人清淤时同样会清理走的。前两年镇村逮到二叔填塘还教训了一番，知道二叔是病人后，也就随二叔去了。

黄晓婉每次见到二叔搬石头填塘，就心疼二叔，想，二叔咋就清醒不过来了呢？

二叔神志不清与孙子媳妇、孙女有关。孙女婷婷，好端端地出去打工，后来却做了夜女。虽说半道嫁了富，体面了几年，却不知道珍惜。后来丈夫有了外遇，婷婷受不了，开始了吸毒。谁不知道毒品碰不得呀？婷婷偏偏碰了，强制戒毒后，自然离了婚，几番折腾，瘦骨伶仃地回到山里。孙女如此这般，孙子倒有个好呀，殊不知孙子非但生性懦弱，还好吃懒做，挣不到钱，

227

让老婆跟妹妹一起当夜女，最后，孙子自己也到了夜店当起了保安。

二叔是要面子的人，孙儿辈如此不堪，哪有颜面做人？

孙女和孙子媳妇灰头土脸地回到山里后，二叔低矮下去了，常常一个人坐在月牙塘边上生闷气。

孙子媳妇叫李子，多半夏天生的。李子跟婷婷知道爷爷心里窝气，不但不收敛，见到爷爷坐在塘边想心思反而故意奚落，挑衅问，爷爷，月牙塘是不是装着死脑筋呀？

爷爷见孙女、孙儿媳妇轻薄，早气得面红耳赤。

姑嫂俩并不在意爷爷的心情，故意做出嘻嘻哈哈的样子。

婆婆看不惯，骂李子，李子便打婆婆，婆婆嘴角出血，李子还打。按说嫂子打娘，作为女儿婷婷得帮娘吧？婷婷倒好，还帮李子说话。世上哪有这么混蛋的孙女？二叔想想就来气。一家人过不到一起去，最后儿子、儿媳妇带着二叔住在一起，婷婷和李子住在一起。婷婷、李子住在一起后，成天出双入对的，最后就把别人家废弃的民房租来，捣鼓出八角亭民宿。

山村旅游火爆后，开民宿也是一条生财的路子，可婷婷和李子却请来了五六个足浴小姐，美其名曰按摩技师，弄得乌烟瘴气的。

二叔管不住，常常摇头说，我这哪是一张脸，是屁股，天底下人的屁股，撑不住呢。

婷婷听到爷爷感叹，不屑说，不偷不抢，有啥撑不住的？

我呸，二叔常常气得捶胸顿足。

那天二叔见到婷婷和李子跟一个男的说话，样子十分亲密，二叔路过，咳嗽了几声，李子见到爷爷，主动说，爷爷散步呀。

二叔懒得说话，李子就回头跟那个男的说，死脑筋，越老越拉脸子。

二叔回家开始吐血，吐血之后，开始发烧，发烧之后说起了胡话。二叔一直嘟嘟囔囔说，明十五帝朱由校罢免了辽东经略熊廷弼，先祖受到的牵连，从此辞官归山。说完过往，二叔开始抱怨先祖，二叔说，你想圆满，干吗修月牙塘呀？你可知，修了月牙塘后，唐家非但没有圆满，还生下这等不肖子孙。抱怨完先祖，二叔开始了自言自语，说的都是过往祖上，言语多有不敬。吓得看护在身边的儿子直哆嗦。第二天起床，二叔糊涂了，张口就开骂，狗日的月牙塘，狗日的祖上，我灭了你！

儿子被二叔吓到了，爹怎么会骂祖上呢？先祖是爹一辈子恭敬的人，收集先祖事迹，爹不知道费了多少心血，咋回事呢？

二叔推开诧异的儿子，大笑出门，高声嚷叫，我要灭了你！

爹要灭谁？儿子跟在身后，见二叔走到塘边，搬起石头往塘里扔，边扔边喊，灭了你。

二叔儿子才知，爹生病了。

大清早的，谁又惹到了二叔呢？黄晓婉朝二叔走去，拦住二叔说，灭不了的。

二叔早不认识人了，也不认识黄晓婉，二叔见黄晓婉拦住他，依然疯疯癫癫喊，灭了你，灭了你！

黄晓婉说，我是大唐家的。黄晓婉死死拉住二叔。

二叔想了半天，想不起大唐家的是谁。

黄晓婉见二叔雪白的胡子上都是汗，眉毛上也是。心有不忍，松开二叔，捞出几片睡莲叶子，替二叔擦汗，之后黄晓婉问，二叔，谁又惹您了？

二叔并不搭理黄晓婉，见黄晓婉松手，突然又抱起石头往月牙塘里扔。扑通、扑通。

二叔的儿子跟了出来，看见黄晓婉在，二叔儿子说，大唐家的，走走呀。算起来，二叔儿子属于黄晓婉的远房大伯子，见黄晓婉替爹擦汗，他有些感激。

黄晓婉跟二叔儿子平时不太说话，虽说年龄相差较大，山里人封建，一般弟媳妇不跟大伯子啰唆。见二叔儿子面目讪讪的，黄晓婉问，谁惹了二叔呀？

二叔儿子说，昨晚婷婷跟李子回来，给爹带点吃的，爹撒了一地不说，今早又糊涂了。

黄晓婉不想多嘴，想，这是二叔的心病，大家都知道的事情。见二叔儿子拉住了二叔，不想再说什么，一个人软绵绵往家里走去。

走到半道，开始可怜自己，想来自己还不如婷婷和李子呢，就说李子吧，同为唐家媳妇，人家就能拿得起放得下，啥都不管不问的。

婷婷和李子四十不到，跟黄晓婉差不多大小，按说能玩到一起的。可她们名声坏了，差不多大的小媳妇都不敢和她们一起玩耍。过去黄晓婉到过八角亭民宿，十来间房子，中间大厅做了书画展览室，四周挂有收集来的字画。展览室中间放上一张大平台桌子，桌面铺一张白色的毡毯，码起一摆宣纸。院子内有亭阁、有戏台，还有刻意摆放的盆栽。外面辟有一块坡地，栽种一些葱、蒜、莴笋、黄瓜，还有其他时令蔬菜。民宿内建有一个大灶台、劈柴烧火。灶台的另一边空闲地上时不时置放一些农耕器具，弄得很原始的样子。按说，没有什么的，就是足浴室，也放在了民宿的外面，顾及了二叔的面子。

见黄晓婉专门过来查看，李子辩解说，婶子，你看，有啥？你说爷爷闹个啥呀？

婷婷跟着帮腔说，我们把足浴室承包给了河南人，爷爷还闹，你说是不是不讲道理？

黄晓婉看完后想，说起来不算大不了的事情，二叔为啥闹呢？

李子说，脸面都是自己给的，爷爷没有颜面是他自己的事情。

黄晓婉不好说道二叔，低头不语。

李子拽住黄晓婉的胳膊说，再说，脸面算个屁呀，你说是不是？

婷婷接话说，啥年代了，婶子，你抠脚丫想，大唐叔在外能好？

婷婷不该这么说话，这是黄晓婉的心病。她能猜到大唐不会安分，又怎么办呢？孩子上学，她得回到山里。

黄晓婉面对婷婷和李子，不知说啥合适，急忙跑开去。

想到二叔的糊涂，还有婷婷、李子的委屈，黄晓婉心口更堵。捂住胸口，慢慢回走中，突然看到李子疯疯癫癫往山上跑。

黄晓婉停了下来，想，跑啥呢？愣怔中，见李子跑到山上在一个男人身边停了下来，递上啥后，又颠颠簸簸跑了回来。

黄晓婉想躲开李子，李子见到黄晓婉，大咧咧喊，婶子，干吗呢？

黄晓婉想，啥也没干，忧伤呢。可是黄晓婉不想说这些，看了看李子，又看了看山上那个男人，准备回头。

李子话多，接着说，一位游客，叫解闷。

解闷？黄晓婉忍不住说出了声。

微信名，真名打死不说呢。

黄晓婉头嗡的一下，咋会是解闷呢？

230

李子说，挺好玩的，早上忘了带相机，打电话让我送上山去。

黄晓婉不会说话了，张大了嘴巴。想到昨晚上解闷的放肆，脸色煞白，好半天才喘上一口气，由不得自己，黄晓婉突然撇开李子，情不自禁向解闷走去。

李子弄不懂黄晓婉，看黄晓婉走得火冒三丈的，不再追问，想，干啥气鼓鼓的，我又没有说错啥？

山上正是鲜花盛开的季节，映山红漫山遍野，扶桑花、凌霄、串红到处都是，紫薇和夹竹桃、合欢等高高地立在低矮花的上面。解闷一会儿蹲着，一会儿弯腰，没有发现黄晓婉站在身后。等解闷拍好了照片，回身看到黄晓婉时，吓了一跳问，旅游的？你看看，寻常人家藏花海，多美呀。解闷无头无脑说了一大通话，让黄晓婉确信就是昨晚上的解闷无疑，黄晓婉不想说话。

解闷说，站着别动，我给你拍几张照片。

黄晓婉根本不听，挪动身子，并用手遮住了脸。

解闷问，本地的？

黄晓婉还是不想说话。

解闷问，喜欢照相？

黄晓婉知道解闷不认识她，每次搭讪附近的人，黄晓婉都会屏蔽了资讯，她知道解闷没有看到她的照片。黄晓婉想想解闷不知道她是谁，嘴角便挂上了冷笑，偶遇、刺激，咋能跟李子混在了一起？

解闷见黄晓婉不说话，面目讪讪地，无头无脑又来了一句，寻常人家最相宜。

黄晓婉问，你认识李子？黄晓婉这会儿用的是蹩脚的普通话，昨晚毕竟有过语音，她不想让解闷发现。

解闷说，李子？送相机的？怎么啦？

黄晓婉不想解释，又看看解闷，心里有些瞧不起。

解闷笑笑，连说，八角亭民宿不错，李子不错，都不错。

黄晓婉不想再问了，什么都再清楚不过了，她想，也许删除了解闷，解闷并没有安分，搭讪上李子，真正实现了解闷。

黄晓婉想到这里，再也不能控制自己的情绪，扭头就跑，边跑边在心里骂，什么解闷？骗子、骗子。

四

大唐七点四十多分发来的信息，黄晓婉手机没带在身上，没及时回复。大唐说，天天累死了，忧伤的只是闲人。大唐信息说，儿子在家，爹娘在家，别身在福中不知福。

黄晓婉不想回复了，回家伴读的几年里谁知道大唐又会生出啥幺蛾子？

儿子十二岁了，刚上初中，住在山上的学校，周末回来。儿子回来的时候，黄晓婉就会亲自下厨，给儿子做好吃的。儿子不会说感谢的话，见黄晓婉端上饭菜，边吃边挑剔，说没有奶奶做得好吃。儿子的味蕾适应了婆婆的做法，她改变不了。现在儿子对她一直有抵触情绪。想到儿子的抵触，黄晓婉便生气，儿子是爷爷奶奶带大的，咋会跟娘抵触呢？说不定婆婆使坏呢。

黄晓婉能做的，就是尽量多陪陪儿子。中间离开几年，正是儿子语言发育的关键期，她不在，大唐也不在，儿子不太说话。奶奶带孙子看医生，医生说，孩子有些自闭，需要多给些关爱。黄晓婉便丢下大唐，回到山里。现在的孩子越来越难教育，黄晓婉回来后问儿子，咋就不想说话呢？儿子不回答。她回来的头几年里，儿子跟她说话，不是摇头就是点头。现在儿子愿意跟她说话了，只是态度冷冷的。

黄晓婉知道，还算回来得及时，要不孩子就废了，想，再苦也要留在家里。留在家里的唯一好处，想儿子了可以直接到学校去，哪怕躲在外面看看也行。

儿子不喜欢黄晓婉常到学校，见到黄晓婉去，抱怨说，以为我还是孩子。

不是孩子是啥？在娘的眼里，儿子永远都是孩子。黄晓婉忍让着儿子，儿子好好的，她心情就好，即便儿子抱怨。于是她把儿子换洗的衣服带回家，又把洗好的带去，留点钱，丢下点水果啥的，才离开。

后来儿子不让她去，为此她跟儿子大吵了一架，儿子委屈地说，你去了，有的同学难受。

同学难受啥呢？

儿子说，他们的娘没有回来。

黄晓婉没有想到这么多，原来自己探望儿子，勾起别的同学想娘。黄晓婉说，那我不去就是，只是你周末必须回来，我受苦受累都是为了你。

儿子说，谁让你乱操心，你陪爹也行。

黄晓婉那会儿比谁都难受，儿子咋能这么说呢？为了儿子，她忍受了多少委屈？可是儿子非但不领情，还这么抵触，咋不体谅当娘的难处呢？

今天不是周末，儿子不会回来，黄晓婉看完了大唐的信息，到厨房吃饭。

早餐照例稀饭、馒头，外加几碟小菜。小菜同样还是生姜片、腌制的腊菜。时不时会有小瓣咸鸭蛋。婆婆一般会把咸鸭蛋切成三份，半个给她，另外一半切成两小瓣，婆婆和公公只吃一半中的小瓣。黄晓婉看不惯婆婆的节俭，便把留给她的这片夹给公公，想，咸鸭蛋又不是好东西，弄得精贵八宝似的。

婆婆见黄晓婉走进厨房，便问，溜达好了？

黄晓婉"嗯"了一声，公公说，山上的茶还能摘点，才到芒种，还是行的。

黄晓婉知道公公想让她跟婆婆一起上山采茶，她明白公公的意思。

婆婆说，那点茶采不采的没啥，晓婉没啥精神，算啦。

公公不说话，看看黄晓婉满脸忧伤，便放下碗，走出去拿起锄头对婆婆说，我锄玉米去了。玉米和黄豆都在坡地上，很小的两片地，公公天天收拾，好像不到地里，他浑身发痒似的。婆婆说，知道了。

黄晓婉放下碗，背起茶篓，不跟婆婆说话，上了山。

婆婆随后到的，婆婆说，实际你不用来的，这点活做不做都行。

黄晓婉闷声不说话。

婆婆问，咋了呢？无精打采的。

黄晓婉说，二叔又填月牙塘了，二叔病难道真的好不了啦？

婆婆说，二哥性子强，咋能受下那么大的打击呢？

黄晓婉说，婷婷和李子也没做啥出格的事情。

婆婆说，啥才叫出格呢？二叔扛不住，搁谁能扛住呢？

说到了李子和婷婷，黄晓婉便想到了解闷，想，他跟李子咋认识的？难道昨晚解闷就住在八角亭民宿里？解闷这个家伙，究竟干啥的？想到这里，黄晓婉脸上又火辣辣的，想，昨晚解闷为啥会出现在梦里？

茶叶上的露水弄湿了黄晓婉的裙子，裙子贴在身上，显露出身子的轮廓。

233

黄晓婉是生过孩子后丰满起来的，只是看起来依然不胖，丰润得很。

采茶是手上活，得眼尖手快。黄晓婉双手翻舞，尽量采摘干净。婆婆上了岁数，采摘动作不利落。黄晓婉不想提醒婆婆，初夏的茶，多半不值钱，采摘下来，炒制好，不跟谷前茶混在一起，卖不上价。每每混茶时，黄晓婉都感到对不起买茶的人。所以初夏采茶，黄晓婉一般不太卖力。今天黄晓婉心里添堵，采得格外起劲。太阳升到半山腰后开始热的，露水干了，衣服也干了，汗水上了身，汗水比露水还怕人，上半身几乎汗湿了，紧紧贴在身上，连乳罩颜色都看得清清楚楚的。婆婆看了看黄晓婉，试图说上几句啥，抬头看自己，也是大汗淋漓的，婆婆便噤了口。低头看看自己穿的蓝布褂子，还好，到处裹得严严实实的，婆婆才抬头歇歇。婆婆抬头那会儿，发现一个男人正拿着相机对着她和黄晓婉拍照。

婆婆问黄晓婉，那人照啥呢？

黄晓婉抬头，见是解闷，心里呼啦蹿上了气。大声喊，照什么照？信不信砸了你的相机？

解闷说，空山茶女，太美了。

黄晓婉讨厌游客说些奇奇怪怪的话，什么空山茶女，只有空山虚谷，那是唐家先祖。黄晓婉喊，美啥美。

婆婆抬头看了看解闷，问黄晓婉，你们认识？

黄晓婉没有好声气地说，怎么可能认识？

婆婆低下头小声说，不认识搭啥话呢。

解闷端着相机朝黄晓婉这里走来，婆婆看到黄晓婉衣服毕露的，大声喊，不能进茶园，没看过采茶咋的？

解闷停了下来，看着黄晓婉说，好像在哪里见过你？刚才黄晓婉没注意，说的是昨晚语音时的口音。

黄晓婉赌气说，没有见过这样搭讪的。

婆婆见黄晓婉没有好声气，更加不客气，大声喊，不要拍照，闲得咋的。

解闷郁闷而去，走了很远，还回头看黄晓婉。黄晓婉知道解闷看她，只是她不想看解闷，她想到了李子，感到恶心。

快到中午时分，黄晓婉跟婆婆一起回到家里，刚走到院子门外，鸡鸭狗一起拥向了黄晓婉，黄晓婉让狗儿卧倒在家里，狗儿听话，卧下，样子有点失落。黄晓婉放下了背篓里的茶叶，站在外面喊，散步去。

鸭子本来在一宕水窝里，看见黄晓婉回家，主动上来的。鸡在树下啄食，看见几只鸭子啪嗒啪嗒往黄晓婉身边跑，不甘落后，一起飞扑到黄晓婉的身边。黄晓婉摸摸鸭子又摸摸鸡，然后向月牙塘走去。今天大公鸡不知道咋了，有些跟黄晓婉怄气，黄晓婉没有散发面包渣子，大公鸡跟到半道，就嘀嘀咕咕唤母鸡。母鸡有点分心。黄晓婉生气，对着公鸡喊，大唐，就你不省心。黄晓婉早把大公鸡唤作大唐了，看到大公鸡后面整天跟着母鸡，她才那么叫的。过去想大唐了，黄晓婉常常单独给大公鸡吃面包渣子，然后故意挑逗大公鸡说，大唐，说自己不要脸。公鸡得到吃的，喔喔打鸣。黄晓婉笑，想，大唐承认不要脸了呢。大公鸡后面都是老态龙钟的母鸡了，多数三五年的，早不能下蛋了，婆婆本来要杀了的，黄晓婉不让，黄晓婉想，就让老母鸡陪着大唐，大唐想开心，门都没有。

相对于鸡来说，黄晓婉更喜欢鸭子，这些鸭子每次见到黄晓婉回来，即便游耍在水里也会上岸，实际黄晓婉并没有给它们多少吃的，一块面包，几条小鱼，间或几个螺蛳，鸭子却忠贞得很。领头的公鸭身上几根大羽毛是彩色的，黄晓婉喜欢称公鸭为大彩。大彩跟黄晓婉亲近，不像大公鸡三心二意的。今天黄晓婉心里不爽，面对大彩的讨好一点也不领情，还特地对大彩说，往后，你就叫解闷。

大彩不知道黄晓婉说什么，嘎嘎直叫。

黄晓婉笑了，说，得有叫婷婷、李子的。想到了鸡，把一只芦花的，叫了婷婷；一只麻花的，叫了李子；把一只眼有点斜的，叫了小蜻蜓。给所有鸡起上了人的名字，黄晓婉心情好多了，她想，今后忧伤起来，想骂谁就骂谁。

没有吃的，鸡鸭有些失望，尤其大彩，被称作解闷后，迷糊起来，不知道黄晓婉咋了？迷糊中，大彩嘎嘎地带着母鸭跳进月牙塘里。公鸡见鸭子走了，也失去耐心，轰地散去。

黄晓婉看看远去的鸡鸭，心里落寞得很。

站了一会儿，回家看狗的。狗还卧在院子门口，像是等着她似的。狗是五年前生的当地笨狗，正值壮年，也算灵性。上次这条笨狗看上了游客带来的一条哈士奇，追赶几里地，最终被人家打回。黄晓婉喜欢对着笨狗说它的糗事，笨狗吐出舌头，好像有些窝火，意思说，谁还没有点糗事呢。

黄晓婉走到院门，狗主动站了起来。适才黄晓婉冷落了它，有些不忍，主动摸了摸狗的头。狗多了一些感激涕零，激动地突然躺下，翻起了肚子。黄晓婉知道狗承欢最放松的时候便是翻过肚子，今天狗不知道咋了，翻过肚子居然露出了翘翘的家什。黄晓婉脸上又是一阵火辣，想，今天咋尽遇到这些无厘头的事情。

吃完中午饭，黄晓婉对婆婆说，我想看看大唐，有点想大唐了呢。

婆婆说，去吧，大唐回不来，就应该多去看看。

公公说，去了告诉大唐，说我们身体好好的。

黄晓婉说，知道了。

婆婆说，大唐不容易，一家人就指望他呢。

黄晓婉不开心，婆婆咋这么说话，好像都应该感谢大唐似的。如果不是为了儿子，她也不比大唐差，也能挣钱的。

下午一般不采茶，烘焙刹青。土法做菜，婆婆熟门熟路的。婆婆做茶那会儿，黄晓婉说，想看看李子。

婆婆说，少去，你看山里谁家媳妇去看她？

黄晓婉说，我去问问李子有啥要带给侄儿的。

婆婆想了想说，去吧。

李子正在跟一帮游客说话，有要退房的，有要上山的，八角亭民宿到处都是人。黄晓婉没有想到民宿生意这么好，站在外面等游客散去。

游客进进出出的，黄晓婉站在树荫下，背对着行人。见行人少了，才转身。刚转身，李子发现黄晓婉了，喊，婶子，快到屋里坐呀。

黄晓婉说，我明天想去上海，你有什么要带给侄儿的？

李子说，带给他？我有什么好带的？

黄晓婉哦哦的，最后说，我知道了，那我走了。

李子说，别走，婶子难得来一趟，说说话吧。

黄晓婉不想跟李子说话，她留意游客里没有解闷，一刻都不想耽误。正想离开，突然听到李子说话声变得柔软起来，娇滴滴的。原来解闷从外面进来了。

黄晓婉看到了解闷，突然想离开了。解闷见到黄晓婉，玩笑说，不大会儿，三次相见了，是不是有缘呢？

李子说，她是我婶子，不带乱说的。

解闷说，婶子？看起来差不多大嘛。

李子说，辈分跟年龄有关吗？

解闷说，起码不是亲的。

李子拍打着解闷的肩膀说，就你贫。

解闷回头又问黄晓婉，我好像见过你？

黄晓婉说，见鬼了，你怎么能见过我呢？

解闷说，听声音熟悉。黄晓婉脸唰地红了，扭过头，喘了几口气，回头问，做啥工作的？

解闷低头想了会儿，呵呵笑了，然后说，现在谁还问工作呢？

黄晓婉见解闷嘻嘻哈哈的，不太开心，想，像解闷这样的男人不可能好的，不说也罢。说完对李子招招手，然后走出八角亭民宿。

黄晓婉失落涌上心头，想到凸起的石头上坐会儿，想想阳光正盛，就往家走。到了卧室想，还是给大唐打个电话吧。转思，不行，打了，他就会准备，还是突然袭击好，说不定还会给大唐一个惊喜呢。

五

电子厂快要下班的时候黄晓婉赶到的。

黄晓婉知道大唐当上了质检总监，电子厂效益不好时，大唐也想辞职，老板说，都能，你不能。厂里决定给大唐升职并加薪，这些黄晓婉都是知道的。

厂房还是过去的样子，不同的是厂房外边的板房已经建成了标准宿舍区。黄晓婉问保安，大唐住在哪里？

保安新来的，不认识大唐。

黄晓婉就找老板。老板不在，行政助理在，黄晓婉问大唐呢？

行政助理见黄晓婉大包小包的，问，你是唐总监什么人？

黄晓婉看看行政助理，年轻人，不认识。离开的四五年时间，变化太大了，黄晓婉有恍如隔世的感觉。黄晓婉对着年轻人笑笑说，我是他家里的。

行政助理说，唐总监跟老板出差了，这几天不能回呢。

黄晓婉后悔没有提前通知大唐，想给大唐惊喜的，现在好了，大唐不在，急急忙忙扎到这里，还不知道住哪里呢。黄晓婉有点失落，问，知道大唐住在哪里吗？

行政助理有点犹豫，最后说，你还是联系唐总监吧。

黄晓婉便打大唐的电话，大唐好半天才接，冲上来就发火，上班时间，整天都是电话。

黄晓婉问，你在哪里？

大唐说，厂里。

黄晓婉说，我在厂里呢，人家说你跟老板出差了。

大唐沉吟一会儿说，哦哦，是的。

黄晓婉说，怪我没有提前告诉你。

大唐说，谁让你不声不响来的？

黄晓婉说，我是你老婆，不能来吗？

大唐说，能来。大唐挂了电话，好像忙其他事情了。

黄晓婉大包小包的，不知道走向哪里？手脚冰凉，只能到街上开房，先把自己安顿下来。想了半天，没有熟悉的宾馆，最后想到第一次跟大唐开房，往那家宾馆走去。宾馆经过重新装修，黄晓婉差点不认识了。住下后，黄晓婉怎么都感觉不对劲，大唐为啥不让她到宿舍去？不在家，不能找个熟悉的朋友招待下吗？现在弄得自己好像成了外人。

又打大唐电话，大唐不接。

这个大唐，咋能这样呢？

黄晓婉发信息，大唐也不回。

大唐咋了？这么不近人情？

黄晓婉没有吃饭，气不过，到宿舍区找大唐住处。问了很多人，听到是大唐的老婆，大家都说不知道大唐住在哪里。黄晓婉感觉不对劲，肯定大唐又出什么事了。又打大唐的电话，大唐接了，大唐说，你不停打电话发信息，啥事？

黄晓婉说，我在宾馆里，找不到你的宿舍，你说，我来了，见不到你能走吗？

大唐似有难言之隐，大唐说，你先住着也行，要不你先回去，过几天我回去看你。

黄晓婉说，难道你住在哪里我也不能知道吗？

大唐说，别人又没有我的钥匙，就算告诉你，你怎么进去？

黄晓婉想想也是。

即便这样，黄晓婉还是特别不舒服，感觉大唐好像有事瞒着她。黄晓婉这会儿真的生气了，就到女员工宿舍问，她不信找不到一两个熟悉的人。转了一圈，好不容易找到了过去喜欢黏着大唐的辣椒。大唐跟小蜻蜓的事就是辣椒告诉黄晓婉的。当时那几个女的都有外号，不知道谁给起的，小蜻蜓、辣椒、板栗啥的。小蜻蜓早离开了厂子，板栗也走了，只剩下辣椒。辣椒见到黄晓婉惊讶地张大了嘴，辣椒问，你怎么来了？不是离婚了吗？

离婚？什么时候的事？

熟悉大唐的都知道呀。

从何而来的流言蜚语？黄晓婉说，我回家伴读去了，什么时候离婚的？

辣椒连说，哦哦，可能大家传错了。

黄晓婉见辣椒欲言又止的，知道事情没有想象那么简单，要不大唐不会一直说自己忙的，连春节回去也是急马三枪的。黄晓婉冷静问，是不是他跟小蜻蜓还藕断丝连？

辣椒撇开嘴角说，小蜻蜓？算个屁呀。

黄晓婉张大了嘴巴，等着辣椒说话。

辣椒忍住了话题，什么也不说了。

黄晓婉急得豆大的汗珠滚落下来，快要晕倒了。

辣椒终于不忍心，拍拍心口说，现在大唐可是厂里的大红人。

黄晓婉睁大了眼睛。

辣椒说，老板娘认识吧？就是过去大白天也喜欢戴墨镜的。前几年，老板陪上级领导喝酒，死了，厂子差点倒闭了，小蜻蜓等一帮人就是那个时候走的。本来大唐也要走的，老板娘不让，说需要帮手。现在大唐就住在老板娘的别墅里。

这个大唐，咋能这样呢？即便这样，也该提前说一声，这不是欺负人吗，一次次的？

黄晓婉有点失态，问辣椒，咋发生这么多事情，我还一直蒙在鼓里。

辣椒说，通过小蜻蜓那件事，我们几个服了你。你是好人，小蜻蜓都说，欺负谁都不能欺负好人。

黄晓婉突然被抽走了精气神，忘了跟辣椒打招呼，一个人踉踉跄跄往外走。

一个晚上，黄晓婉都不能入睡。她想发信息给大唐，也想打电话，可她想到行政助理的话，唐总监跟老板一起出差了，又感到恶心。出差？算吗？为啥对外人说离婚了？居然登堂入室、上门服务了？半夜时分，黄晓婉再也忍不住了，还是打了电话，大唐不接。很长时间，大唐才打来了电话，大唐说，开会时候开了静音。你先回去，过两天我回去看你。

半夜时分还开会，鬼信，黄晓婉控制住悲伤，平静地说，大唐，你觉得骗来骗去有意思吗？黄晓婉用她自己都感到陌生的口气说，就算你巴结上了老板娘，也不能说我们离婚呀，我们什么时候离婚的？黄晓婉挂断电话开始哭的。那晚上她哭得死去活来，凌晨时分，哭够了，想找个附近的人把自己卖出去，可惜天快亮了，没有人搭讪。亮实了，黄晓婉匆匆忙忙起床的。昨晚就没有吃饭，清早起床还感觉不到饿，大包小包的，不是茶叶就是糯米粽子，还有一些瓜果、菜蔬，本来想好好给大唐做几顿饭的。现在看来，没有这个必要了。黄晓婉找到宾馆老板说，我要走了，本来带了很多吃的用的给朋友，可惜朋友走了，不想再带回去，想把这些东西送你。

宾馆老板说，朋友不在，可以给朋友的朋友，现在人套路多，你不是想陷害人吧？

黄晓婉哭笑不得，她没有想到这么多，眼泪扑簌簌往下掉，说，我想到这个宾馆的二楼一个房间坐会儿。

宾馆老板问，为啥？

黄晓婉说，记不得房间号了，只想坐一会儿。

宾馆老板感觉黄晓婉不像说假话的人，问，想回味过去？

黄晓婉说，就想坐坐，不行，转住二楼也行。

老板说，这么说，倒没有问题了，行，你先看看哪间，替你留着。

黄晓婉带着服务员指认了房间，可房客还没有退房，服务员下来查找信息说，那间房今天退，转住没有问题。

宾馆老板说，你在房间等，退房了，总台会通知你。你要有事，留下电话也行。

快到十点的时候，总台打来了电话，让黄晓婉到总台办理手续。

黄晓婉办好了手续，说啥也要把大包小包的东西送给老板，老板说，这怎么好意思？

黄晓婉说，我带回是个累赘，我坐坐就走。老板说，坐坐就走，还办啥手续？既然这样，你去坐吧，想坐多久坐多久，一切免费。

黄晓婉感动得眼泪巴巴的。

开了门，黄晓婉并没有想象中激动，房间不是过去的模样，卫生间也是新装修的，怎么看怎么不像。黄晓婉坐在椅子上，回想第一次她洗好了澡，大唐怎么拉她上床，她怎么垫上卫生纸的。现在一切都物是人非，连这间房也变了模样，黄晓婉再也不想耽搁一分钟，逃也似的离开了房间。

等她泪流满面，走到总台的时候，宾馆老板还问，怎么啦？要不要我送你一程？

宾馆是小宾馆，老板亲自打理，黄晓婉见宾馆老板担心，才知道自己失态，挤出笑脸说，没事的，谢谢你。然后黄晓婉头也没回，冲到街上招手打的。

黄晓婉到月牙塘是晚上九点多钟，黄晓婉不想立即回到家里，她想一个人到凸起的石头上坐会儿。凸起的石头上蚊子很多，黄晓婉坐了一会儿，被蚊子叮得满身是包。只好站起，走向八角亭。过去她从来不进亭子，现在黄晓婉啥也不顾，就想走进亭子。坐上石头椅子，看着字碑说，先祖，你做了无数好事，为啥却要修下月牙塘？你看看唐家后人，都成了啥呢？

字碑在月牙塘的冷辉中发出清冷的光晕，碑上的字一个都看不清。

黄晓婉忍不住走向字碑，踢上一脚说，都是什么东西。

第二天黄晓婉起床就要杀大公鸡。

婆婆知道黄晓婉受了刺激，拉住黄晓婉说，千错万错都是大唐的错，他也是为了一家人好呀。

公公不说话，听到黄晓婉哭诉一晚上，他说什么好呢？黄晓婉说杀大公鸡，公公对婆婆说，杀吧，黄晓婉想吃，杀了就是。

婆婆说，她把大公鸡唤作大唐呢！

公公说，可它毕竟还是鸡。

婆婆不再说话，黄晓婉逮住了大公鸡。公鸡不相信黄晓婉会杀它，一直温顺得很，临了还张开媚眼看着黄晓婉。黄晓婉挽住了鸡头，一刀下去，鲜血淋淋。婆婆当场吓晕了过去。公公也闭上了眼睛。只有黄晓婉没有被吓倒，丢下大公鸡，就往外跑。婆婆不知道黄晓婉咋了，为啥杀了大公鸡，又向外跑去？

婆婆跟在后面，追赶到月牙塘，见黄晓婉站在凸起的石头旁边，找来很多石块，不停往月牙塘丢，边丢边骂，灭了你。

那时候婆婆才感到害怕，婆婆想，二哥的病咋传染给了晓婉呢？你看看，连病症都是一样的。

那时候二叔不知道什么时候到了黄晓婉身后，二叔嘿嘿笑，笑完之后，二叔说，晓婉，我来帮你。

二叔什么时候又认识黄晓婉了呢？

黄晓婉还没有来得及回头，听到公公在后面拿着手机喊，晓婉、晓婉，你听大唐跟你解释。黄晓婉说，不听，不听。

黄晓婉顺着月牙塘向八角亭民宿跑去。

李子见到黄晓婉，急问，婶子，咋这么快就回来啦？

黄晓婉问，解闷呢？解闷在哪儿？

李子说，找他干吗？一个游客，早走了。

黄晓婉张大了嘴巴，好半天也合拢不上。

那时候黄晓婉听到婷婷问，是不是婶子也认识解闷呢？

黄晓婉合拢上嘴，可是已经不会说话了，她看到婷婷、李子不停张合着嘴，发疯般跑向月牙塘，大声喊，锦鲤王，你在哪里？是人你就出来。

青蛙就在那时候齐声歌唱的，今年的青蛙咋这么多呢？肯定不是那些青蛙的蛋蛋，才几天呢。黄晓婉愣怔的那会儿，突然倒了下去，那天没有太阳，天阴得有些重呢。

（原载《芒种》2019 年 8 期）

图书在版编目（ＣＩＰ）数据

寒腔 / 陈斌先著. -- 北京 ： 中国文史出版社，
2020.3

（"锐势力"中国当代作家小说集）

ISBN 978-7-5205-1986-1

Ⅰ．①寒⋯ Ⅱ．①陈⋯ Ⅲ．①中篇小说－小说集－中
国－当代 Ⅳ．①I247.5

中国版本图书馆 CIP 数据核字(2020)第 033129 号

责任编辑：全秋生

出版发行：中国文史出版社
地　　址：北京市海淀区西八里庄路 69 号　　邮编：100142
电　　话：010－81136602　　81136603　　81136606 （发行部）
传　　真：010－81136655
印　　装：北京温林源印刷有限公司
经　　销：全国新华书店
开　　本：787×1092　　1/16
印　　张：15.75　　字数：248 千字
版　　次：2020 年 6 月北京第 1 版
印　　次：2020 年 6 月第 1 次印刷
定　　价：49.80 元